존재, 생과 사의 본질을 추적하다

존재

생과 사의 본질을 추적하다

황성운 지음

들어가는 말

나는 누구인가?

이 질문은 인간이 태어난 이후 무수히 제기되고 다루어졌지만 여전히 답하기 어려운 문제이다. 그래서인지 먼저 이 세상을 살아왔던 수많은 사람들이 제시한 답들도 만족스럽지 못하다. 그런데 과학자도 아닌 내가 이 난해한 질문에 매달리는 것은 무엇 때문일까?

이제 내 나이 고희(古稀).

100년 전이라면 이미 저 세상으로 떠났을지도 모를 나이지만, 의학의 발달로 100세 시대라는 슬로건(slogan) 아래 감사한 마음으로 살고 있다. 하지만 간간이 죽음의 그림자가 서서히 다가오고 있다는 현실에 흠칫 놀라게 됨은 부인할 수가 없다. 어차피 피할 수 없는 죽음이라면, 그 실체라도 알고 편히 맞이해야 하지 않을까?

그래서 시작된 죽음에 대한 관심은 '생명이란 무엇인가'라는 거대한 질문에 부딪쳤고, 생명은 어떻게 태어나고 죽는 것인가로 이어져 해 분야 학자들의 저서를 탐독하게 되었다.

그 결과 우주의 생성으로부터 지구의 탄생과 생명체의 기원, 작동원리, 인간으로의 진화, 죽음 등 생명체의 생사에 관한 부분과 고대로부터 현대에 이르기까지 영혼과 육체는 어떻게 다루어져왔는가 등을 자세히 이해하게 되었을 뿐만 아니라 인간이란 생명체의 비밀도 아직은 갈 길이 더 남아있지만 풀려가고 있다는 사실을 상당 부분 인식하게 되었다.

이 문제에 관해 해당 분야 학자들을 포함한 소수의 사람들은 전문가적 입장에서 충분히 이해하고 있겠지만, 나와 같이 평범한 사람들은 쉽게 접하지 못할 것이라는 아쉬운 생각이 들어 이 책을 쓰게 되었다.

읽다보면 여러 부분에서 좀 더 세밀하게 다루었으면 하는 아쉬움도 생기겠지만, 이 책에서 다루어진 개괄적인 부분만 이해하더라도 세상은 달리 보일 것이며, 삶의 방향을 설정하는데 도움이 될 것이라 믿어 의심치 않는다.

끝으로, 독자들에게 바라는 점은 부족한 부분이 있더라도 모쪼록 너그러운 마음으로 이해해주시길 바랄 뿐이다.

2021년 12월
저자 황성운 拜.

차례

신(神)은 있는가

현충일 아침.

하늘은 내 마음을 들여다보기라도 한 듯 잔뜩 찌푸렸다. 매년 그러했듯이 나는 아침 식사 후 검은색 양복을 차려 입고 집을 나와 근처 꽃집에서 하얀 꽃을 몇 다발 사서 차에 싣고 동작동 국립묘지로 향했다. 주차장에 차를 세워놓고 분수대 앞으로 가니, 먼저 도착한 전우들이 다가와 꽃다발을 받아들며 반갑게 인사를 건넨다.

"소대장님, 그간 잘 지내셨습니까? 여전하시네요."

"그래. 자네들도 잘 지내셨는가?"

우리는 3묘역으로 이동해 안케패스(Tx. An Khe)에서 산화한 전우들의 묘를 일일이 찾아 꽃다발을 바치고 고개 숙여 명복을 빌었다. 그리고 묘역 이곳저곳을 돌아본 후, 한강이 내려보이는 언덕 쉼터에 앉아 그 옛날 이역만리에서 사투를 벌였던 안캐패스 전투를 떠올리며 국가가 무엇인지, 자유가 무엇인지에 대해 이야기를 나눴다. 그리곤 현충원을 나와 가까운 식당으로 자리를 옮겨 그 동안 살아오면서 고달팠던 사연들을 안주삼아 반주를 곁들인 식사를 하고 집으로 돌아왔다. 하지만 현충원에 누워있는 전우들에 대한 미안함과 허전함에 못 이겨 먼지 쌓인 앨범을 꺼내 뒤적이며 소주 몇 잔을 더 마셨다. 그래도 마음 한 구석으로 불어오는 바람은 쓸쓸하기만 했다.

그날 밤 나는 쉽게 잠들지 못하고 비몽사몽 뒤척였다.

'소대장님! 총알이 빗발쳐 도저히 공격할 수가 없습니다. 순간 슝-하며 바람을 가르는 총알소리가 선명하게 들리는가 싶더니 곁에 있던 김 병장이 소리쳤다. 소대장님! 소대장님! 나는 반사적으로 고개를 돌려 쳐다보니 김 병장은 피가 솟구치는 가슴을 부여잡고 자빠져 있는 것이 아닌가. 나는 적진을 한 번 살피고는 옆으로 서너 바퀴를 굴러 김 병장에게 다가가 솟구치는 피를 옷자락으로 틀어막으면서 위생병을 소리쳐 불렀다. 위생병! 위생병!' 그때 누군가가 나를 마구 흔들어댔다.

"여보, 악몽 꿨어요?"

"내가 어땠는데?"

"웅얼웅얼 심하게 잠꼬대를 했어요."

"여보, 물 좀…"

아내는 자리에서 일어나 곧바로 물 한 컵을 가져왔다. 나는 단숨에 물을 들이키고는 길게 한숨을 내쉬었다.

"또 악몽 꿨군요?"

"악몽이라면 악몽이지. 48년 전 이역만리 전쟁터에서 겪은 일이니까…"

"그 동안 그런 얘기는 없었잖아요."

"그랬지. 생각하기가 싫었으니까. 그런데 오늘은 털어놓고 싶어. 내가 중위 계급장을 달고 휴전선 철책 경계부대에서 소대장을 할 때였지. 앞으로 군대에서 출세하려면 전투경험이 중요할 것이란 판단아래 월남 파병을 지원했어. 강원도 화천군 오음리 파월교육대에서 교육을 마치고 맹호사단의 일원이 되어 월남의 퀴논항에 도착한 것이 1971년 가을이었지. 그리고 그곳 사단교육대에서 적응교육을 끝내고 부임한 곳은 기갑연대 1중대 소대장이었어. 부임해 보니 우리 중대가 부여받은 임무는 꾸이년으로부터 서쪽 내륙 중부 고원지대에 있는 도시 플레이꾸를 지나 라오스로 연결되는 동서횡단 19번 도로의 중간에 위치한 산악지역 안캐패스라는 곳에 주둔하면서 쁠레이꾸에 주둔하고 있는 월남군 제2군단의 유일한 주보급로인 19번 도로를 확보하는 것이었어. 뭔 말이냐 하면 월남군 2군단 보급부대가 이 도로를 통해 매일같이 식량, 탄약, 유류, 장비 등 많은 물자를 150여 대의 차량으로 실어 나르고 있었는데, 월맹군이 이를 막기 위해 이 지역을 빼앗으려 호시탐탐 기회를 노리고 있었어. 그래서 이 지역을 안전하게 지켜내기 위해 우리부대가 배치된 것이었지.

안캐패스는 우리나라의 대관령 같이 길이가 약 7.5㎞이르는 구불구불한 고갯길인데, 높이는 해발 500m 내외이고 원시림으로 뒤덮인 지역이야. 그 지역에서 제일 높은 고지는 638m이고…. 우리 중대는 이곳을 지키기 위해 고갯마루 근처, 그러니까 638고지보다 낮은 능선의 구릉지역에 중대기지를 만들어 주둔하고 있었지. 기지에는 적의 침투와 공격에 대비해 시설 외곽에 3중 철조망을 치고, 벙커를 만들었으며, 감시가 어려운 사각지역에는 크레모아 폭발물을 설치하는 등 방어준비를 철저히 했었어. 그리고 안캐패스가 시작되는 산 하단부에 1개 소대, 중간지점에 또 1개 소대를 배치하고, 교신할 때 월맹군이 알지 못하도록 하단부에 있는 소대를 백두산, 중간에 있는 소대를 지리산이라 불렀으며, 중대기지는 소도산이라고 암호를 붙여 통신을 주고받았지. 중대장은 이 지역을 안전하게 지키기 위한 방책으로 월맹군 공격이 예상되는 제일 높은 638고지에 2개 분대를 올려 보내 기존에 만들어져 있는 벙커와 참호를 보강하며 경계를 서도록 하였어.

그런데 내가 그곳에 부임한지 몇 개월 동안 아무 일없이 지나가고 있던 어느 날, 언제 전투가 벌어질지 모르니 소대훈련을 강화하라는 대대장의 명령이 내려왔고, 중대장은 상급부대의 점검에 대비할 목적으로 638고지의 병력을 중대기지로 불러내려 며칠 동안 훈련을 했는데, 이게 전투의 단초가 되고 말았지. 월맹군이 638고지에 있던 우리의 경계병들이 철수한 것을 알고 은밀하게 고지를 점령하고 말았던 거야.

이를 까마득히 모르고 있던 우리 중대가 월맹군에게 공격을 받은 것은 안개가 자욱이 낀 4월 11일 새벽 4시경이었어. 특공대(세이파)가 야밤에 침투해서 기지 방어용으로 쳐놓은 3중 철조망중 2개의 철조망을 무사히 통과하고, 마지막 남은 철조망을 넘으려 하고 있었지. 그때 당직 선임하사가 손전등을 들고 경계순찰을 하던 중 졸고 있는 경계병을 깨워 근무를 잘 서라고 주의를 주다가 육감적으로 살기를 느끼고는 안개가 자욱한 전방을 살폈는데 희미한 물체가 움직이는 것이 보인 거야. 침투한 월맹군 특공대가 급히 몸을 숨기려는 것이었지. 그런데 놈들이 잘못해서 철조망을 건드렸고, 설치해 놓았던 조명지뢰가 터졌어. 대낮같이 환한 불빛에 적이 보이자 경계병들은 반사적으로 총격을 가했고, 사각지대에 설치해 놓은 크레모아를 폭파시켰지. 그런데 이상하게 거의 같은 시각에 산 아래 도로 중간에서도 커다란 폭발음이 들려왔어.

날이 밝아 확인해보니 중대 기지를 공격했던 적 특공대는 발견되었던 3명 외에 크레모아 파편에 맞아 온몸이 벌집이 된 채로 2명이 더 죽어 5명이 사살되었고, 커다란 폭발음은 월맹군이 소대 규모의 병력으로 백두산 기지에서 지리산 기지로, 또 지리산

기지에서 중대전술기지로 지원 병력이 오지 못하도록 기지와 기지 사이 중간 계곡을 휘돌아나가는 도로의 후미진 지점을 폭파시킨 소리로 확인되었어. 그로 인해 백두산기지와 지리산기지는 완전히 고립상태가 되었지.

중대원들은 베트콩을 잡았다고 들떠서 환호했지만 그것은 전투의 서막에 불과했지. 나중에 알게 된 사실이지만, 당시 월맹군은 봄철 대공세라는 이름으로 접적지역인 북쪽 해안 후에로부터 중부 고원지대 쁠래이꾸 북방 꼰뚬지역을 연해서 월남군을 향해 총공격하고 있었던 때였던 거야. 그래서 꼰뚬지역 북방에 있는 월맹군 예하부대가 쁠래이꾸에 있는 월남군 2군단을 압박하는 작전의 일환으로 보급 생명줄인 19번 도로를 차단하려고 우리 부대를 공격한 것이었지.

어쨌든 그날 이후 우리 연대는 감제고지인 638고지 탈환을 위해 공격작전을 전개했지. 나는 전투가 시작되기 전, 소대원들에게 이런 얘기를 했어. '인간은 살아가면서 세 가지 싸움에 직면한다. 첫째는 자연과의 싸움이고, 둘째는 사람과의 싸움이며, 세 번째는 자기 자신과의 싸움이다. 우리는 지금 이 세 가지 싸움에 직면하고 있다. 살겠느냐? 아니면 죽겠느냐? 이것은 너희들 자신에게 달려 있다. 우리 모두 살아남도록 하자'고.

우리 소대원들은 살아남겠다는 비장한 각오를 다져서인지 순간 눈빛이 달라졌지. 그러나 전투는 뜻대로 되는 것이 아니었어. 우리부대는 며칠 동안의 공격에서 적들의 강력한 저항으로 7부 능선쯤에서 번번이 후퇴를 했지. 그로 인해 내 곁을 지키던 전령 김 병장도 적탄에 맞아 전사했고, 다른 부대에서는 중대장을 비롯해 소대장과 많은 병사들이 전사했지.

그렇게 며칠 동안 계속되는 전투와 더위에 병사들은 지쳐갔고, 엎친 데 덮친 격으로 도로가 끊겨 보급품을 받지 못한 관계로 병사들의 사기는 말이 아니었어. 특히 식수공급이 끊기면서 기지 안에는 심한 갈증을 느낀 병사들이 오줌을 받아먹는다는 소문까지 나돌았고, 죽어도 물 한번 실컷 먹어보고 죽겠다고 기지를 이탈해 계곡으로 내려가려는 병사들까지 생겨나 간부들은 이를 막느라 공포를 쏘아대며 안간힘을 썼지.

그런 가운데 상급부대에서는 도로가 끊겨 식량, 탄약 등 전투물자의 보급이 곤란해지자 헬기로 보급품을 보냈지만, 그마저도 적의 집중포화로 헬기가 기지에 랜딩을 못하는 일이 발생되었어. 그렇게 되자 병사들의 갈증은 더 심해지고 폭동이 일어나기 직전이었지. 그때 헬기에서 스피커폰으로 공중에서 보급품을 투하하겠다고 하더군. 결국 그렇게 해서 보급품이 기지에 투하되었고, 일부는 계곡으로 굴러 내려가기도 했지만, 대부분 기지 내로 떨어져 우리 부대원들은 살 수가 있었지.

그날 저녁 중대장은 사기진작을 위해 보급된 C-레이션(당시 미군들의 전투식량으로 A박스, B박스가 있었는데, 내용물이 20여 종이 넘었음)으로 부대회식을 했어.

'야, 잔뜩 먹어 둬. 우리는 하루살이야. 내일은 없고 오늘만 있는 거야.' '넌 억울하지 않니? 이곳에서 죽어야 한다는 것이…. 내가 죽으면 우리 부모님은 어떻게 될까?' '그러니까 살아야지. 어떻게든 살아서 집으로 돌아가야지.'

때로는 절망하고, 때로는 어떻게든 살아야겠다고 희망을 말하는 소대원들의 이야기에 나는 울컥했지. 그날 밤 나는 눈을 붙이지 못하며 참 많은 생각을 했어. '이념이 뭔지, 이역만리 타국에서 목숨을 버려야 하는 것이 옳은 것인지, 내가 살기 위해 적을 죽여야 하는 것이 옳은 것인지 등…' 그러면서 마음 깊은 곳에서 죽음에 대한 공포가 밀려왔어. '이국땅에서 내 인생은 이렇게 끝이 나는 것인가…' 부모님과 형제들이 죽도록 보고 싶어지더군. 나는 수첩에 끼워져 있는 부모님 사진을 꺼내봤어. 아버지와 어머니는 웃고 계셨는데 '너는 잘 이겨낼 수 있어! 이제까지 넌 잘해왔지 않니?' 그렇게 말해주시는 것 같았지. '그래, 난 이제까지 부모님 말씀처럼 내 의지대로 잘해왔어. 나는 절대 죽지 않아. 어떻게든 살아남을 거야!' 그렇게 스스로를 위로하고 나니 가슴속 저 깊은 곳으로부터 뜨거운 기운이 목울대로 올라오면서 공포는 사라지고 희망이 생겼지.

다음 날은 작전이 없어 오전에 총기 손질을 한 후 탄약을 보충 받고, 오후에는 연대에서 나온 군목의 강연이 있었는데, 강연 말미에 한 병사가 울먹이며 질문을 했어.

'엊그제 전투에서 항상 성경을 품고 다니던 옆 전우가 가슴에 총탄을 맞고 피가 솟구치는 거예요. 그래서 저는 그 친구의 상처를 옷으로 틀어막으며 위생병을 불렀죠. 그때 그 전우가 숨을 헐떡이며 힘겨운 소리로 '엄마가 보고 싶어. 왜 내가 죽어. 하나님은 없는 거야?' 하더니 이내 숨을 거뒀어요. 목사님! 왜 하나님은 불공평하죠? 누군 죽이고 누군 살리고.'

잠시 침묵이 흐르고 목사의 답변이 이어졌지. '우주만물을 창조하신 하나님의 뜻을 우리 인간이 헤아리기는 어렵지만, 아마도 더 좋은 일을 시키려고 데려간 것일 거예요. 그리고 우리가 이곳에 와서 전투를 하는 것은 공산주의에 시달리는 사람들을 돕기 위한 것이지요. 남을 돕는 일은 고귀한 희생이 따르는 법이에요. 우리는 그것을 실천하고 있는 것이고요. 누군가의 희생은 따르겠지만 우리는 반드시 적을 괴멸시키고 승리를 할 수 있을 거예요. 사람에게 제일 무서운 것이 무엇이냐 하면, 그것은 적이 아니라 바로 자신과의 싸움이에요. 스스로를 믿으세요. 할 수 있다는 신념을 가지세요. 패배의식을 갖는 순간 미래는 없어요. 그러니 살아서 부모님의 품으로 돌아갈 수 있다는 희망을 갖고 의지를 다지세요.'라고.

목사의 얘기가 끝났지만 분위기는 숙연했어. 세상에는 의지만으로 해결될 수 없는 일이 있다고 말하고 싶었겠지만, 그 누구도 입 밖으로 발설하지 않았지.

강연이 끝나고 나는 소대원에게 얘기했어. '다른 생각을 하지 말자. 오직 살아서 집으로 돌아가겠다는 생각만 하자. 감정에 치우치지 말고 냉정해지자. 그래야 적을 똑바로 볼 수가 있고 총을 쏠 수 있다. 내가 제일 먼저 앞으로 공격할 것이니 나를 잘 따르라.'고.

그렇게 하루가 지나고 밤이 되자 공격명령이 또 하달되었고, 우리는 다음날 새벽에 공격을 시작했어. 우리가 공격대기선으로 이동하여 전투대형을 갖추고 공격명령을 기다리고 있는데 팬텀기 소리가 들리는가 싶더니 어마어마한 폭발음이 들리며 지축이 흔들렸지. 638고지에 무차별 폭격을 하는 것이었어. 적이 살아남아 있을 것이라고는 생각할 수가 없을 정도였지. 그래서 오늘만큼은 쉽게 고지를 점령할 수 있을 거라고 생각하며 공격시간에 맞춰 공격을 시작했어. 아니나 다를까. 7부 능선에 다다를 때까지 적은 이렇다 할 공격을 하지 않더군. 팬텀기의 폭격으로 적은 모두 죽었거나 도주했다고 생각했지. 그러면서도 한편으론 적의 기만일 수 있다는 판단아래 아주 조심스럽게 땅에 붙어 낮은 포복으로 고지 정상을 향해 다가갔어. 저 만치 앞에 벙커가 눈에 들어오더군. 순간 나는 고지를 점령할 수 있다는 생각이 들어 소대원들에게 수신호로 돌격을 시키려는데 적들의 총탄이 빗발치는 거야. 나는 공격이 쉽지 않음을 직감하고 몇 미터 후퇴해 엄폐물

뒤에서 적진을 살피기 위해 살짝 고개를 들었지. 그 순간 헬멧에 총알이 비켜 맞아 튕겨나가는 느낌이 오며 정신이 아득해졌어. 몇 차례 심호흡을 하며 정신을 가다듬고 주변을 살핀 뒤, 무전기를 들고 중대장에게 소대가 7부 능선에 도착했다고 보고했지. 그 때였어. 허벅지에 심한 통증이 와 나도 모르게 아악 하고 소리를 질렀어. '아, 맞았구나!'하며 내려다보니 바지는 찢겨나가고 피가 줄줄 흘러 흥건하게 젖는 거야. 다리를 굽혔다 폈다 움직여 보니 뼈는 이상이 없는 것 같은데 힘이 주어지지 않더군. '위생병! 위생병!' 소리치며 대검으로 바지를 찢어 허벅지를 동여맸는데, 어지럼증이 와서 정신을 놓지 않으려고 무던히 안간힘을 썼지. 하지만 자꾸 정신이 흐릿해지더군. '이대로 여기서 끝나나보다.' 그런 생각이 드는 가운데서도 나는 전령을 시켜 선임하사관을 불렀지. 잠시 뒤 선임하사가 옆으로 굴러 곁으로 다가오기에 나는 지체 없이 그에게 소대 지휘를 부탁했어. 그리고는 나도 모르게 정신을 잃고 말았지.

내가 정신이 든 것은 후송 헬기 안에서였어. 희미하게 헬기 소리가 들려오는데 '정신 들어!' 라며 뺨을 때리는 군의관의 모습이 흐릿하게 보이더군. 다리에는 임시로 깁스를 해놓았는지 움직일 수가 없고, 손등에는 링거가 꽂혀 있고… '작전은 어찌됐죠?'하고 물으니 군의관이 말하더군. '이봐 황 중위! 적의 저항이 너무 심해 실패했어. 그래도 소대원들이 당신을 끌고 내려와 목숨을 구한 거야. 운이 좋은 줄 알아!' 그렇게 해서 나는 후송병원으로 옮겨져 수술을 받았고, 며칠 뒤 638고지를 탈환했다는 소식을 들었어.

그 뒤 나는 국내로 후송된 가운데 병상에 누워 많은 생각을 했지. '도대체 살고 죽는다는 것은 무엇이며, 만물을 창조했다는 하나님은 정말 있는 것인가? 있다면 왜 평화롭게 살도록 하지 못하는 것일까?'라고.

이후 내가 소대원들의 소식을 들은 것은 1973년 1월 파리 평화협정으로 전쟁이 종료되고, 모두가 귀국한 뒤였어. 우리 소대원들은 나를 비롯해 중상으로 후송되었던 4명과 그 후 5명이 더 전사를 했더군. 그 소식을 듣고 나는 순간 얼음이 되었었어. 그들을 지켜주지 못했다는 죄책감 때문에…. 그래서 나는 해마다 현충일이 되면 속죄하는 마음으로 그들을 찾아갔던 거야. 그러다가 그곳에서 분대장이었던 윤 하사를 만났고, 그가 이리저리 연락한 끝에 지금은 638고지에서 생사를 같이 했던 소대원들이 모두 모이게 됐던 거지. 어쨌든 그 전쟁은 내 생에서 지울 수 없는, 아니 지워지지 않는 아픈 상처로 남아 있지. 그런데다가 638고지에서 우리와 전투를 하다 죽어간 월맹군 병사의 전투수기를 보고 가슴이 또 한 번 미어졌지. 윤 하사가 그 수기를 가지고 있더라고."

"뭔 내용이었는데요?"

"소대원 중에 베트남어를 전공한 병사가 있었는데, 그 병사가 읽어줘서 알았지. '어머니! 우리는 왜 해방이란 이름으로 남쪽 마을을 불사르고 파괴해야만 합니까? 저는 왜 아이들을 고아로 만들고 부녀자를 과부로 만드는 명령을 꼭 따라야만 합니까? 동족의 피를 흘리게 하는 지뢰를 묻으려면, 흔들리는 대나무처럼 손이 떨릴 때가 한두 번이 아니었습니다. 무수한 악몽에 시달리면서 몸을 뒤척일 때는 피눈물이 났습니다.'라고. 따지고 보면 월맹군도 사람이요, 월남군도 사람이고, 우리도 똑같은 사람이잖아. 그런데 몇몇 위정자들의 지배욕, 권력욕 때문에 선한 국민들만 힘들어지는 거잖아. 그러니 산다는 것은 무엇이고, 인간의 본질은 무엇인지 궁금해질 수밖에."

"그렇게 엄청난 일을 겪었으면서 그 동안 왜 나한테는 허벅지 상처가 간단한 사고 때문에 생긴 것이라고 했어요?"

"그런 얘기 해봐야 마음만 아플 테니까…."

"그래서 일찍 제대를 하게 되었군요?"

"그렇지. 군인이란 직업은 나라를 지키고 자유와 평화를 수호하기 위해 존재한다는 측면에서는 숭고한 직업이지만, 정작 전쟁이 발발하면 본의 아니게 목숨을 걸고 서로 싸워야하는 운명이잖아. 난 월남전을 통해서 옆에서 죽어가는 전우를 보며 생명의 소중함을 깨달았지. 그래서 군인이란 직업을 다시 생각하게 되었어. 사람이 산다는 게 뭐야? 그리 특별할 것이 없어. 목적이 있어 태어난 것도 아니고, 자연스럽게 태어나 사는 것인데…. 죽을 때까지 서로를 사랑하며 보듬고 살면 되는 거잖아. 이념이 다르다는 이유로, 생각이 다르다는 이유로 서로 멸시하고 증오하며 살 필요는 없다고 생각해."

"그렇기는 하지만 어디 사람 사는 게 그래요? 각양각색의 사람들이 저마다 욕심이 있는데…."

"도대체 인간은 어떠한 존재일까?"

"또 그 얘기…. 그렇게 궁금하면 한 번 연구해 보구려."

"그렇지 않아도 공부해 보려고 하고 있어."

"머지않아 이 집에 도인이 나겠구려."

"도인이 되려는 게 아니야. 적어도 나란 존재가 무엇인가는 알고 죽어야 하지 않겠어?"

그날 이후 나는 틈나는 대로 내가 누구인지를 알기 위해 관련 서적을 구입해 읽고 또 읽었다.

두 박사와의 우연한 만남

끝없이 펼쳐진 사막.

모래와 자갈만이 뒤섞여있는 황량한 땅에 듬성듬성 서있는 유카선인장. 그런 곳에서 나는 홀로 눈물을 흘리고 있었다. 나는 누구인가라는 원초적 질문이 머릿속을 휘젓고 있었기 때문에. 그런데 어디선가 모차르트 교향곡 41번 C장조 「주피터」의 감미로운 연주소리가 들린다. 눈을 떠보니 꿈이었다.

손을 더듬거려 머리맡에 있는 핸드폰을 찾아 알람을 끄고 게슴츠레한 눈으로 시계를 보니 6시 30분이었다. 나는 여느 때와 마찬가지로 누운 채로 이리저리 뒤척이다가 밤새 뭉쳐진 근육을 풀기 위해 침대 바로 아래에 놓여있는 전동 핸드안마기를 집어 들었다. 그리고는 손바닥으로부터 팔, 얼굴, 등과 다리, 발바닥, 배, 가슴 순으로 30여 분 정도 마사지를 했다. 몸의 움직임이 한결

부드러워졌다.

나는 자리를 박차고 일어나 이부자리를 정리하고 거실로 나와 소파에 앉아 TV리모컨을 켰다. 뉴스가 진행되고 있었다. 코로나19가 전 세계적으로 걷잡을 수 없이 번지고 있어 유엔 보건기구에서는 심각하게 펜데믹(pandemic. 감염병 세계적 유행) 선포를 고심하고 있다는 내용이었다.

'허허, 큰일이야. 인간들은 앞으로 물리적 전쟁이 아니라, 바이러스와의 전쟁으로 망하겠군!' 나는 TV를 끄고 주방으로 가서 커피포트에 물을 올려놓고 머그잔을 꺼내놓은 다음, 베이글 하나를 두 조각으로 가른 뒤 토스터기에 넣으며 생각했다. 의학에 힘입어 우리 인간의 평균수명이 걷잡을 수 없이 늘어 100세 시대가 도래되었다고 하면서 코로나19 발병 6개월이 지났는데도 백신이나 치료약 하나 만들지 못하고 헤매고 있는 것은 뭣 때문일까?

커피포트가 앵-하며 울어댄다. 나는 얼른 갈아놓은 커피 원두를 떠서 머그잔에 올려놓은 종이필터에 넣고 포트의 끓는 물을 부었다. 순간 진한 커피향이 코를 찌르며 미각을 자극한다. 때마침 토스터기에 넣은 베이글도 다 구워졌다고 톡 튀어 올랐다. 나는 얼른 냉장고에서 일회용 크림치즈를 꺼내 구워진 베이글에 잔뜩 발라 크게 한 입 베어 물고는 커피를 한 모금 들이켰다. '그래, 이 맛이지. 아침은 이게 딱이야! 가볍게…' 커피와 베이글을 작은 쟁반에 받쳐 들고 책상 앞으로 자리를 옮겼다. 내가 아침에 이런 여유를 부리는 일도 얼마 전 정년퇴직을 하고나서부터였다. 그 동안 나는 40여 년 동안 치열하게 사느라 느긋하게 모닝커피 한 잔을 마실 여유도 없었다. 눈 뜨면 곧바로 세수를 하고 아침은 먹는 둥 마는 둥 회사에 출근해 하루 종일 일에 시달렸고, 퇴근하면 동료들과 술 한 잔 기울이며 세상사를 안주삼아 노닥거리다가 자정이 다 되어서야 집으로 돌아와 골아 떨어졌었다. 이런 일상은 내가 원하는 삶이 아니었다. 조금 늦게 가도 뭐라는 이도 없고, 남보다 좀 돈이 적고 사회적 지위가 낮아도 문제될 일이 없는 것인데… 쫓기듯 살아온 날들이 아쉽기만 했다. '이제부터라도 잘 살아봐야지. 며칠 전부터 조용한 곳으로 떠나고 싶었는데 오늘은 반드시 실천하리라.' 나는 간단히 배낭을 꾸려 차에 싣고 인천연안부두로 달려가 점심을 해결한 다음, 12시 50분발 승봉도행 훼리호에 올랐다. 배가 제법 부두로부터 멀어졌을 때, 나는 갑판으로 올라가 바다냄새를 잔뜩 머금은 시원한 바람을 맞으며 심호흡을 했다. 가슴이 뻥 뚫리는 느낌이었다. 순간 도파민의 생성이 활성화되었는지 기분까지 좋다. 푸른 바다 위에 간간히 떠 있는 바위 섬, 배를 따라오며 끼룩대는 갈매기, 적당히 넘실대는 파도, 그 무엇 하나 부족할 것이 없는 자유의 세계였다. 그렇게 1시간 40여 분이 지나 배는 승봉도 선착장에 도착했다.

나는 배낭을 챙겨 메고 배에서 내렸다. 항구 어귀를 벗어나니 논과 밭이 함께 어우러진 정겨운 마을이 반긴다. 미리 숙박을 예약해 둔 이장 댁을 찾아 언덕배기를 돌아드니 자그마한 초가집 마당에서 할머니가 송곳같이 날카로운 정을 들고 굴 머리를 쪼아 껍데기를 벌려 싱싱한 알맹이를 꺼내 양푼에 담고 있었다.

"안녕하세요. 굴을 까고 계시네요?"

하니, 할머니는 피식 웃으며 한마디 하신다.

"댁은 어디서 왔수?"

하고 묻는데, 말투에서 정이 확 묻어난다.

"서울에서 왔습니다. 이 섬이 하도 예쁘다고 해서요."

할머니는 혼잣말로 '그렇기는 하지' 하며 중얼거린다.

"그래, 며칠 묵어갈거유?"

"네, 이틀 정도 묵어가려고 이장님 댁에 예약을 해뒀습니다."

"그래유? 저기 파란 지붕이 보이쥬? 거기가 이장님 댁이유."

"감사합니다. 수고하세요."

나는 짧은 인사를 하고, 발길을 옮겨 이장 댁으로 향했다. 이장 님은 배가 들어왔음을 알고 벌써 기다리고 있었다며 반갑게 맞아 주신다.

"며칠 전에 숙박을 예약한 황강이라고 합니다."

"네, 그런 줄 알고 있어유. 오늘 예약한 분은 선생님 한 분이니 까유. 제가 동네 이장입니다. 여보, 손님 오셨어유. 어서 나와 인 사 드려유?"

그 말에 부인이 현관문을 열고나와 인사를 하며 반갑게 맞이하고는 곧바로 별채로 꾸며져 있는 방으로 나를 안내했다. 방에는 TV를 비롯하여 시계, 달력과 거울, 이부자리가 들어있는 2인용 장롱 그리고 화장실이 있었는데 단조로우면서도 깔끔해 지내기에는 아무런 불편함이 없을 것 같았다.

"이 섬은 어떤 곳이에요? 처음이라서요."

"민가는 몇 가구 되지 않지만 사람들이 모두 소박하고 착해서 살기 좋은 곳이여유. 풍광을 얘기하자면 해안가에는 깨끗한 모래밭과 기암괴석도 있고유, 오래된 소나무 아래 잘 닦여진 산책로와 맑고 푸른 바닷물이 잘 어우러져 있는 곳이죠. 승봉도(昇鳳島)라고 하는데, 그 이름은 용이 승천하는 모습을 닮았다 해서 붙여진 이름이여유."

"어디가 좋아요?"

"다 좋지유. 섬이 크지 않아서 한나절이면 둘러볼 수 있어유. 하기야 걷는 속도에 따라 달라지기는 하지만유. 둘레길이 있는데유 여기를 들어오기 위해서 선착장에서 올라오다가 삼거리 있었쥬? 거기 삼거리에서 오른편으로 쭉 올라가다 보면 이정표가 있는데, 이정표를 따라 가다 보면 해수욕장을 지나 두볽이 꽃길, 해안테크, 정자, 촛대바위, 주랑죽공원, 남대문바위, 부채바위로 이어져 있어유. 그리고 이 섬에서 제일 높은 곳은 당산인데 올라가는데 크게 어려움이 없을 거여유. 그곳에 올라보면 섬 전체가 다 보이쥬."

"아아 그렇군요. 혹시 저녁을 먹을 수 있나요?"

"그럼유. 도회지 같지는 않지만 가정식인데…. 몇 시쯤 준비해 놓을까유?"

"알려주신 대로 해안 길을 조금 걷다가 올 거니까 7시 반 정도면 되지 않을까요?"

나는 이야기를 마치고 천천히 둘레길을 걷기 시작했다. 쫓기는 것 없이 여유롭게 가다 쉬다를 반복하며 걷다보니 많은 것이 보였다. 소나무 숲을 지날 때면 쉭쉭 대는 바람소리가 탁해진 가슴을 씻어내고, 탁 트인 바다가 보이는 해안 길을 걸을 때면 맑은 햇살에 반짝이는 윤슬이 너무 고와 발길을 멈추게 되고, 이따금씩 '철썩 솨아'하며 파도가 밀려왔다가 자갈을 어루만지고 떠나가는 소리는 이 세상에 그 어떤 음악보다도 아름다워 이런 천국이 또 있을까 싶었다. 마음의 긴장을 풀고 보니, 세상은 너무도 평화롭고 아름다웠다. 먼지에 찌들어 온통 회색빛으로 둘러싸인 삭막한 도시에서 생존투쟁에 얽매 지내온 지난날들이 허무했다는 생각까지 들었다.

한참을 걷다보니 절벽 앞 저만치 바닷물 속에 우뚝 솟아있는 바위가 바닷물에 깎이고 깎여 촛대처럼 뼈대만 남아있는 채로 자기만의 영역을 지키며 굳건하게 서있는 모습이 보인다. 마치 치열한 전투에서 살아남은 전쟁영웅 같이.

그곳을 지나 얼마를 더 걷다보니 저만치에 코끼리 한마리가 바닷물에 코를 박고 물을 마시고 있다. 가까이 다가가니 태양과 바람, 물이 장구한 세월동안 깎아낸 하나의 예술작품으로 금방이라도 바위가 떨어질 것 같아 아슬아슬하다. 더군다나 코끼리의 콧등에 뿌리를 박고 있는 소나무의 끈질긴 생명력은 보는 나를 숙연케 했다. '생명이 무엇이기에… 물 한 방울 없는 저 척박한 바위에서도 살아남을 수 있었을까?' 자연에 대한 경외심에 젖어 걷다가 테크로 조성된 길이 끝나는 모퉁이를 돌아서니 부채처럼 생긴 바위 끝에 석양이 한 가닥의 강한 빛을 쏟아내고는 노을만 남긴 채 수평선 아래로 잦아든다. '그래. 삶이란 저 태양이 물속으로 가라앉듯 때가 되면 사라지는 것이겠지.' 그런 생각에 잠겨있는데 핸드폰이 울렸다. 저녁밥이 다 되었으니 얼른 돌아오라는 이장님의 목소리였다. 바로 돌아가겠노라 말하고 부지런히 발길을 옮겼으나 마을이 보이는 언덕에 도착하기도 전 어둠은 내 앞길을 가로막았다. 낯선 길에다가 너무 한적해서 약간의 두려움이 몰려왔다. 그렇지만 살아온 날들이 얼마나 많은데 겁을 내겠는가. 난 천천히 어둠을 살펴가며 발길을 옮겼다. 민박집에 도착하니 내외분이 같이 식사를 하려고 기다리고 있었다. 송구스런 마음에 죄송하다고 말씀을 드리고 얼른 식탁에 앉았다. 그러자 서먹함을 지우려는 듯 이장님이 말을 걸어왔다.

"어딜 다녀왔수?"

"부채바위까지 갔었습니다. 회색 장벽으로 둘러싸인 답답한 도시에서 살아 그런지 솔바람 소리, 철썩이는 파도 소리, 새 소리, 바다 속으로 가라앉는 태양과 노을… 등 모든 것이 평화롭고 한적해서 시간 가는 줄 몰랐습니다."

"기분이 괜찮은 것 같은데 소주 한 잔 하실까유? 서울 양반과 같이 있으니 나도 기분이 새롭수. 자, 한 잔 받으시유."

"아니, 먼저 받으셔야지요."

"괜찮수. 서울 양반은 손님이잖수. 사실 댁 같은 분들이 자주 와야 우리도 먹고 사는데, 요즘은 뭐 코로나인지 뭔지 때문에 찾아오는 사람들이 딱 끊겼어유."

"그렇기는 하겠네요. 사실 오면서 보니 배에 승객들이 거의 없이 몇 사람만 보였는데 이곳 주민분들 같더라구요."

이야기를 주고받다 보니 소주 한 병을 비웠다. 온몸에 혈액순환이 빨라지며 얼굴이 달아오르는 느낌이었다.

"그래, 서울양반은 뭐하고 사셨수?"

"네에, 회사에서 30년 넘게 근무하다 퇴직한 지 3년 남짓 된 것 같습니다."

"그럼 죽을 때까지 먹고 살 준비는 해놨겠네유?"

"어디 욕심에 끝이 있나요? 여식 하나 있는데 대학 졸업시켜 출가시키고 조그만 아파트에서 그럭저럭 지내고 있습니다."

"그럼, 할 일 다 한 것 아니우?"

"우리 세대 부모란 게 그렇잖아요. 너나 할 것 없이 없던 시절에 태어나 어렵게 자란데다가 물려받은 재산도 없잖아요. 부모에게 물려받은 것이라곤 몸뚱이 하나 밖에 없는지라 집을 뛰쳐나와 목숨 부지하기 위해 발버둥쳤죠. 지난 세월을 되돌아보면 어떤 때는 눈물이 나기도 합니다. 어렵게 살다보니 몸이 부서져라 일했고, 이제 남은 것이라고는 쇠약해진 이 몸뚱이뿐이니까요. 자식을 출가시키고 나니 조금은 어깨가 가벼워지더군요. 그래서 단단히 마음먹었죠."

"그래, 무슨 맘을 먹었수?"

이장님은 술잔을 한 숨에 쭉 들이키더니, 빈 소주병을 치우고 새 병을 따서 내 잔에 부었다.

"퇴직 후 몇 개월 쉬고 나니 집사람 눈치가 보이더라구요. 괜히 죄지은 사람처럼 움츠러들고. 그래서 재취업을 해보겠다고 여기저기 뛰어다녔죠. 그러나 결과는 참담했습니다. 면접을 가는 곳마다 나이도 있고, 경력이 너무 좋아 그만한 대우를 해줄 수가 없다면서 다른 곳에 알아보라고 하더군요. 몇 차례 허탕을 치고 나니까 재취업이 싫어졌어요. 사는 게 뭔가 싶기도 하고요. 그래서 재취업을 하느니 모아둔 돈 가지고 덜 먹고, 덜 쓰며 마음 가는 대로 살아보겠다고 생각했죠."

"거 뜸 들이지 말고 뭘 하려는지 화끈하게 얘기해 보슈."

"쉽고도 어려운 일인데…. 내가 어디서 왔다가 어디로 가는지 밝혀보겠다는 거였지요."

"하하하. 이 양반 참… 그거야 뻔하지 않수. 부모한테서 생겨났고, 죽으면 땅속으로 가는 거쥬?"

"간단히 생각하면 그렇지요. 그건 누구나 아는 거죠. 부모 없이 생겨난 사람이 있나요? 그게 아니고, 인간이 도대체 뭔가 알고 싶은 거죠. 이 세상에는 사람 말고도 온갖 생명체들이 살고 있잖아요. 이 섬만 하더라도 바다에는 온갖 물고기를 비롯하여 조개류 등이 살고 있고, 산에는 나무, 풀 등이며, 밭에는 온갖 농작물이 있죠. 그 뿐인가요? 집에는 가축들도 여러 종류죠. 이런 것들이 어떻게 생겨났고, 사람과 뭐가 다른지 알고 싶다는 거죠. 사시면서 이런 문제를 생각해 보신 적 있나요?"

"골치 아프게 뭐 그런 것을 생각해유. 먹고 살기도 버거운 세상인데…"

"그렇기는 하지만 근본은 알아야 하지 않을까요? 제가 이런 문제에 관심을 가지기 시작한 것은 월남전에서 전우들이 죽어가는 것을 곁에서 지켜보기도 하고, 저도 총상을 입어 병원생활을 했고, 제대 후에는 결핵을 앓아 1년여 정도 치료하며 많은 생각도 했지만, 근래에 어느 시인이 쓴 글을 보고나서부터였어요. 한 번 들어보시겠어요? 제목이 「삶」이라는 시인데요."

"그거 좋아유. 어디 들어나 봅시다."

"어디서 왔을까/ 어디로 가는 걸까/ 시작도 모르고 끝도 알 수 없는/ 외로운 길// 찰나의 시간 속에서/ 벗어날 수 없는 운명의 굴레 속에서/ 희로애락의 수레바퀴를 굴리다/ 홀연히/ 연기처럼 사라지겠지// 티끌만한 흔적이라도 있을까/ 그마저도 언젠가는/ 기억의 바다에서 떠밀려/ 우주의 미아가 되고 말거야// 파도처럼 밀려오는 허망함이/ 구멍 난 가슴 같다// 그럼에도/ 건망증에 걸려/ 내일을 꿈꾸며/ 또 그 길을 간다."

"아, 듣고 보니 우리네 인생살이를 멋지게 표현했네유. 서울 양반, 떠나기 전에 여기 종이에다 적어놓고 가슈. 근데 만물은 하나님이 만든 거 아녜유?"

"예전에는 부모님께서 알려주신 대로 그렇게 생각했었죠. 그런데 지금은 아니에요. 관련 서적들을 찾아서 읽다보니 그렇지 않다는 것을 깨달았죠. 이장님은 하나님을 영접해봤나요? 제가 전에 결핵으로 병원에 몇 개월간 입원했던 적이 있었는데, 그때 옆 자리에 목사님이 입원해 있었어요. 그래서 물었죠. '목사님, 정말로 하나님이 있나요? 전 요즘 매일 마음속으로 이 병을 빨리 낫게 해달라고 기도하고 있어요. 하나님께서 이 기도를 들어 주실까요?'라고. 그랬더니 '솔직히 목사로서 20여 년간 목회활동을 하고 있지만, 하나님을 영접해 본 적이 없어요.' 라고 말씀하시더라고요. 그때 생각을 했죠. 죽기 전에 언젠가는 내가 누구인지 알아보겠다고."

"듣고 보니 의문이 생기기도 하네유. 성당의 가르침대로 믿고 있었는데…."

"잊어버리세요. 그건 제 생각이니까요. 이장님이 믿고 싶은 대로 믿으면 되는 거예요. 사실 그런 걸 밝히는 게 무슨 의미가 있겠어요. 그냥 마음 가는대로 살면 되는 것이지요."

"이 양반 재밌는 분이네. 일단 술이나 한 잔 더 드슈."

"네, 그러죠. 실은 제가 이 섬에 온 것도 조용히 혼자 그런 문제를 깊이 생각하고 싶어서 온 겁니다. 석가모니께서는 인도의 카필라국 태자의 지위를 버리고 나와 보리수나무 아래서 6년의 수행 끝에 깨달음을 얻으셨다는데, 그렇게는 못할지언정 며칠쯤은 나도 할 수 있지 않을까 해서요."

"아, 그건 그렇고, 병원생활 이후에는 평탄했나유?"

"웬걸요. 산다는 것이 그렇게 간단하지 않잖아요? 뭔가 잘 될 것 같다가도 악재를 만나고, 그러다가도 어떤 때는 잘 풀리고요. 그래서 저는 산다는 것을 트래킹에 비유하곤 해요. 아름다운 비경을 찾아 산길을 가다 보면 활짝 핀 꽃길도 나오고, 숨 막힐 듯 힘겨운 오르막도 나오고, 그러다가 지치면 잠시 쉬어가기도 하고요."

"희로애락을 참 멋지게도 표현하는 재주가 있구려. 나도 젊었을 때는 한 가락 했쥬. 대학을 마치고 대기업 건설업체에 들어가 물불 안 가리고 일하면서 한참 날렸쥬. 내가 없으면 회사가 안돌아간다는 말도 들을 정도로…. 그렇게 인정을 받다 보니 먹고 살기는 편했는데, 막상 나는 노예가 되어가고 있더라고유. 그런데

다가 그걸 깨달았을 때는 이미 내 몸에 병이 들어 있었지유. 제때 못 먹고, 영업 때문에 술 퍼마시고, 쉬지도 못하다 보니까 그렇게 된 거쥬. 병원에서 위암이라는 진단을 받았는데, 너무 늦어 수술이 쉽지 않다고 하더라고유. 그때를 생각하면 지금도 눈물이 나쥬. 나뿐만이 아니라 집사람과 자식들도 마찬가지였쥬. 그 날은 눈앞이 캄캄해 하루 종일 펑펑 울었어유. 나중에는 눈물도 나오지 않더라고유. 하루가 지난 뒤 의사를 찾아가 난 죽을 수 없다며 수술해달라고 매달렸쥬. 그랬더니 수술하다가 문제가 생겨도 이의를 제기하지 않겠다는 각서를 쓰라고 하더군요. 순간 이런 생각이 들었어유. 이렇게 죽으나 저렇게 죽으나 마찬가지인데, 그냥 있다가 죽는 것보다는 1%라는 기적에 희망을 걸어보자고. 그래서 수술을 받고 1년 동안 항암치료를 했쥬. 항암이 어려워 몇 개월 동안은 차라리 죽는 게 더 낫다고 생각도 했었는데, 그때마다 집사람과 자식 얼굴이 떠오르는 거예유. 그래서 또 다시 마음을 다잡아 항암치료를 받았쥬. 8개월이 지나자 몸이 좀 가벼워지는 느낌이 들고, 살 수 있다는 희망이 생기더라고유. 그래서 집사람한테 말했어유. 있는 재산 다 정리하고, 자식에게는 전세하나 얻어주고 둘이서 고향으로 내려가자고유."

"아, 그러셨군요. 그럼 지금은 완치가 되셨나요?"

"그 뒤 항암치료를 다 받고나서 곧바로 이곳으로 내려왔쥬. 이곳은 공기가 깨끗하고 조용해서 답답한 게 없잖아유. 서울양반이 느꼈듯이 바람 소리, 파도 소리, 새 소리 등 마음을 편안하게 해주는 자연의 소리뿐이 없으니까 점점 욕심도 사라지고 현실을 받아들이자는 생각이 들어 마음 편하게 지냈어유. 그렇게 6개월인가 지나 병원에 가서 정기검진을 했는데, 의사선생께서 그 동안 뭔일이 있었냐고 묻더군유. 그래서 섬에 가서 편하게 마음먹고 지내고 있다고 했더니, 이렇게 좋아질 수가 없다며 기적이 일어나고 있다는 거예유. 그리고 3년 뒤에 완치판정을 받았쥬. 사는 게 별 거 아녜유. 권력이다, 명예다 하며 남의 눈에 노예가 되어 살 필요는 없어유. 그냥 마음 가는대로 사는 게 행복인 거죠"

"이장님께서는 문학공부를 하셨나요? 가슴을 콕 찌르는 너무 멋진 말씀을 하시네요. '남의 눈에 노예가 될 필요는 없다'는 말은 아무나 할 수 있는 표현이 아니잖아요."

"아, 그래유? 시라도 한편 써봐야겠네유. 하하하."

"그러셔도 될 것 같아요. 멋진 시를 쓰실 것 같아요."

"참. 그러고 보니 서울 양반이나 나나 몹쓸 병으로 고생을 했네유. 이곳에 그런 분이 두 분 있는데 한 번 만나 볼래유? 한 사람은 대학교수였고, 또 한 사람은 국립연구소에서 연구원으로 있던 분인데 만나 보면 후회하지 않을 거 같은데…"

"그러죠. 백수가 바쁜 것도 아니고, 새로운 사람과 만난다는 건 즐거운 일이니까요."

그렇게 나는 멋진 저녁식사를 마치고, 별채로 들어가 샤워를

한 후 자리에 누웠다. 생각할수록 이장님이 괜찮은 분이라는 생각을 하다가 깜빡 잠이 든 모양이었다. 그런데 얼굴에 뭔가 어른 거린다는 느낌이 있어 눈을 떠보니 창문으로 달빛이 쏟아져 들어 오고 있었다. 핸드폰을 들여다보니 자정이 좀 지났는데 바람을 쐬고 싶은 생각이 들어 옷을 단단히 입고 밖으로 나왔다. 쏟아 지는 달빛으로 길은 어둡지 않았다. 이렇게 달 밝은 밤이면 동네 친구들과 모여 늦게까지 놀다가 집에 들어가 혼이 난 적이 있었 는데 하고 옛 추억을 떠올리니 그 시절이 그리워지며 나도 모르 게 입 꼬리가 올라갔다.

인공적인 빛이 전혀 없는 바닷가. 달빛에 반사되어 금빛이 되 어버린 물결, 파도가 밀려들어 갯바위에 부딪혀 산산조각이 나고 다시 빠져나가며 내는 소리가 가슴 속으로 파고들었다. 평화와 침묵, 이 모습이 정녕 태초의 모습일까? 나는 해안가 갯바위에 앉아 하늘을 올려다보았다. 손에 잡힐 듯 쏟아지는 무수한 별들, 하늘 한복판을 흐르는 은하수, 언젠가 꿈속에서 보고 한 번쯤 꼭 찾아봐야겠다고 다짐했던 광경이었다. 멋진 우주 쇼에 감동해 시 간가는 줄 모르는데 별똥별 하나가 긴 꼬리를 남기며 어딘가로 사라져간다. 캄캄한 하늘에 빛나는 저 별들이 있는 곳이 우주인 지 아니면 내가 있는 이곳이 우주인지…. 내가 하늘을 보고 있는 것처럼, 저 별에서 이곳을 보면 그 또한 내가 보고 있는 광경과 같겠지. 나는 누구이고, 어디서 온 것일까? 행여 저 별에서 온 것은 아닐까? 어릴 때 밤하늘을 보며 노래를 불렀었지. '저 별은 나의 별, 저 별은 너의 별' 하면서…. 정말 인간은 우주에서 온 것일까? 그렇지는 않을 거야. 6.25 전쟁 때 제트기 조종사로 참전 했던 미국의 닐 암스트롱이 1969년 아폴로 11호 우주선을 타고 달나라에 최초로 도착해 그곳에 생명이 없다는 것을 증명했잖아. 뿐만 아니라 미국의 나사(NASA)에서 1977년에 쏘아올린 우주탐 사선 보이저(Voyager)호가 지금까지 우주공간을 비행하며 태양 계에 있는 여러 행성들의 사진을 보내주고 있는데, 생명이 있다 는 소식을 들어본 적이 없어. 그러니까 우리 조상이 별에서 왔다 는 것은 허구일거야. 온다고 해도 저 먼 곳에서 어떻게 오냐고? 저 별빛이 내 눈에 들어오기까지는 몇 광년(빛이 1년 동안 가는 거리)에서부터 몇 십억, 몇 백억 광년이 걸린다고 하는데. 아무튼 인간이 다른 별에서 왔다는 것은 허구야. 누군가 상상으로 지어 낸 일일 거야. 그럼 어디서 왔냐고? 영국의 박물학자 찰스 다윈이 1859년에 발표한 『종의 기원』과 1871년에 발표한 『인간의 유래 와 성선택』이라는 저서를 통해 모든 생명체는 자연선택과 성선 택에 의해 진화한다는 이론을 발표하면서 인간은 원숭이나 침팬 지와 유사한 생명체에서 진화했을 것이라 주장했지만, 정작 생명 체라는 것이 어떻게 생겨났는지는 언급하지 않았었잖아.

시간이 얼마나 지났는지 바람이 거세게 얼굴을 때리고, 바닷물 이 '쏴아 쏴아' 하얀 포말을 일으키며 발밑까지 밀려온다. 그제야 나는 갯바위에서 일어나 쏟아지는 달빛을 맞으며 민박집으로 들어가 잠자리에 들었다.

그런데 눈에 섬광이 번쩍이는가 싶더니 내 몸은 알 수 없는 어떤 힘에 떠밀려 캄캄한 공간으로 날아갔다. 아무리 땅으로 내려서려고 발버둥을 쳐봐도 나는 허공만 휘저을 뿐 내려올 수가 없었다. 잠시 뒤 편안함을 느끼며 눈에 반짝이는 별이 보이기 시작했는데 내가 그 별들 사이를 떠다니고 있었다. 그러다가 아랫배가 팽팽해지더니 화장실에 가고 싶어졌다. 나는 소피할 곳을 이리저리 살피다가 눈을 떴다. 허망한 꿈이었다.

화장실에 다녀온 뒤 눈을 감고 누웠지만, 좀처럼 잠은 오지 않고 꿈만 선명하게 떠올랐다. 이게 뭔 꿈이었지? 정신분석학자 프로이트(Sigmund Freud; 1856-1939)의 학설에 의하면 꿈은 깨어있을 때 인식했던 것들이 무의식의 영역으로 저장되었다가 자는 동안 어떤 자극에 의해 발현되는 것이라고 한 것 같았는데…. 그렇게 중얼거리며 꿈의 의미를 생각하는데 밖에서 부르는 소리가 들렸다.

"서울양반 일어났수? 일어났으면 나하고 그물이나 걷으러 갑시다. 이른 시간이기는 하지만!"

"네, 그러죠. 나갈게요."

나는 옷을 주워 입고 밖으로 나와 이장님과 함께 선착장으로 가서 조그만 고깃배에 올랐다. 이장님은 곧바로 시동을 걸더니 바다 가운데로 배를 몰았다. 바다에는 해무가 낮게 깔려 마치 미지의 무릉도원을 헤쳐 가는 기분이 들었다. 얼마를 갔을까? 이장님이 배를 세워 놓고 소리쳤다.

"서울양반, 보이는 부표를 앞에 있는 갈고리로 걸어 올리슈?"

나는 시키는 대로 부표에 매달린 그물을 뱃전으로 걸어 올렸다. 그러자 선장은 시동을 끄고 다가와 손으로 그물을 걷어 올리기 시작했는데 줄줄이 올라오는 그물에는 커다란 물고기들이 걸려있었다.

"와우! 물고기가 많이 걸렸네요."

"오늘은 서울 양반 때문에 운이 좋은 것 같수. 이 정도면 하루 먹을 양은 충분할 것 같어."

"누구 예약 손님이라도 있나요?"

"어제 얘기 했잖수. 가까운 곳에 두 박사양반이 요양 차 와 있다고. 그 양반들한테 가지고 갈 거유."

그물을 다 걷어 올린 이장님은 잠시 앉아서 그물에 걸린 고기를 빼내 양동이에 담은 뒤 다시 그물을 내려놓고는 선착장으로 돌아왔다.

"새벽 댓바람에 물안개를 헤치고 나가 그물을 걷어 올린 기분이 어떻수?"

"새로웠죠. 사실 어제 밤 자정이 지나 바닷가에 나가 바람을 쐬다 3시쯤 들어왔거든요. 근데 공기가 맑아서 그런지 잠을 푹 잔 것 같아요. 일찍 일어났는데도 피곤하지는 않네요."

"그럴 게유. 나도 전에 수술하고 이 섬으로 들어왔을 때 그런 느낌이 있었쥬. 그래서 몇 개월 뒤 정기 검진을 하러 병원에 갔을 때 의사선생님에게 여쭤봤어유. 섬에서 지내다 보니 기분도 좋아지고 몸도 건강해지는 느낌이 든다고 했더니, 그게 맞다고 하더라고. 왜 그러냐고 되물었는데 의사선생이 뭐라고 했는지 알아유?"

"그걸 어찌 알겠어요. 아마도 공기가 좋아서라고 했겠죠."

"그려유. 산소 농도가 높아서 치료에 도움이 된대유. 통상 서울 공기에는 평균 산소농도가 19.7% 정도인데 섬이나 깊은 산속에는 21%가 된다나. 그래서 백혈구의 활동이 더 활발하게 증가되어 면역력이 높아진 것 같댔수."

"그렇군요. 사실 지표면 가까이의 공기 속에 함유된 성분을 분석해보면 78% 가량의 질소와 21% 가량의 산소, 그 외 미량의 원소들이 들어있대요. 그리고 지역에 따라 그 분포도가 약간씩 다르다고 알고 있어요. 서울 같은 대도시에는 말씀하신 대로 산소 농도가 19.7% 정도로 적고, 깊은 산속이나 여기처럼 바다 가운데는 21%가 된대요. 그러니 아무래도 도시보다는 이런 섬이나 산속이 더 좋겠지요."

"그나저나 피곤하겠수. 도시에서는 아직 잠을 자야 할 시간인데…. 잡은 물고기로 매운탕을 준비할 테니 그 동안만이라도 잠시 눈을 붙이슈."

나는 방으로 들어와 잠시 눈을 붙였다. 얼마나 지났는지 이장님이 문을 두드리며 아침식사를 하자는 소리에 잠이 깬 나는 우물가에서 세수를 한 다음 식탁에 앉았다. 매콤하게 코를 자극하는 매운탕 내음이 진동하는 식탁에는 밭에서 갓 뜯어온 각종 야채와 쌈장, 그리고 몇 가지 마른반찬으로 가득했다.

"서울양반! 집에서 아침식사를 어떻게 하는지 모르겠지만, 우리는 이렇게 대충 먹는다우."

"이것은 간단한 게 아니네요. 저는 베이글 빵 한 쪽과 커피 한 잔으로 간단히 합니다. 이렇게 맛있고 풍성한 식사는 생각지도 못하죠. 사모님 솜씨가 대단하시네요. 시내에서 매운탕전문점을 운영하시면 손님들이 줄을 서겠어요."

"과찬이어유. 제가 솜씨가 있어서라기보다 바다에서 갓 잡아온 물고기와 밭에서 방금 뜯어온 싱싱한 야채 때문일 거예유. 그런데다가 새벽부터 바다에 나가 그물을 걷어 올리느라 시장했을 테니까 더 그럴 것이구유."

"아무튼 이렇게 풍성하고 맛있는 아침식사는 처음입니다."

"서울양반! 식사 후에 난 한잠 자고 점심 전에 교수를 만나러 갈 거니까 하고 싶은 일 하슈."

"그러시지요. 저도 잠을 좀 더 자둬야겠습니다."

아침 식사를 마치고 별채 방으로 들어온 나는 누워 다시 잠을 청했다.

나는 친구와 함께 스쿠버다이빙을 하며 여유롭게 놀고 있었다. 그런데 저만치서 물방울이 계속 올라오더니 이내 바닷물이 점점 뜨거워지는 것이 아닌가. 나는 겁에 질려 허겁지겁 그 자리를 피했지만, 미처 멀리 가기도 전에 내 몸은 갑자기 솟구쳤다가 떨어지며 허리에 통증을 느꼈고, 깜짝 놀라 잠이 깼다. 이상하게 요즘 깊은 잠을 자지 못하는 습관 때문인지 꿈자리가 사나웠다.

"서울양반! 일어났수? 일어났으면 슬슬 교수한테 가봅시다. 미리 전화를 해뒀으니 기다리고 있을 거유."

대답을 하고 시계를 보니 11시였다. 나는 옷매무새를 고치고는 문을 열었다. 이장님은 벌써 손질해 둔 물고기를 플라스틱 용기에 넣어 보자기에 싸들고 있었다. 우리는 천천히 교수 집으로 향했다. 가다 보니 교수 집은 두부치를 지나 저만치 해안산책로와 자그마한 돌섬이 내려다보이는 숲에 있었다. 집 가까이 다가가자 개가 짖어댄다.

"아니, 이 놈이 나를 잊어삐렀나? 그렇게 자주 와도 짖지 않고 꼬리만 흔들던 녀석이었는데…."

"제가 같이 와서 그런가보죠."

개 짖는 소리에 교수가 문 밖으로 나오며 인사를 한다.

"형님, 어서 오세요. 전화 받고 기다리고 있었어요."

"서울양반! 이 분이 어제 말씀드렸던 김 교수라우."

"처음 뵙겠습니다. 저는 황강이라고 합니다. 어제 이장님한테 많은 말씀 들었습니다."

"아, 예. 김성길라고 합니다. 그냥 할 일 없어 내려와 있는데, 형님께서 괜한 말씀을 하였나봅니다. 일단 저기 평상으로 앉으시죠"

"김 교수! 이거 오늘 아침에 잡아온 우럭과 광어인데, 이것으로 회를 치고, 남은 것으로 매운탕을 끓여서 먹도록 하세. 준비는 내가 할 테니까."

"매번 신세만 지니 뭐로 신세를 갚아야 할지요?"

"거, 신경 쓰지 말고 안에 남아 있는 내 소주병이나 내오게. 소주는 시원하겠지?"

이장님은 거침없이 부엌으로 들어가 음식을 준비한다. 그 사이 나는 김 교수와 소나무 그늘 아래 있는 평상에 앉았다. 소나무 사이로 내려다보이는 작은 돌섬과 바다 경치가 너무도 아름다웠다. 그런데다가 적당히 짠내음을 머금고 솔밭 사이로 불어오는 솔바람이 기분을 한껏 돋우었다.

"교수님은 이곳에 온지 오래되셨나요?"

"한 1년 좀 넘었어요. 황 선생님은 어떻게 오게 되셨나요?"

"저는 사실 회사에서 정년퇴직을 한지 얼마 되지 않았습니다. 재취업을 위해 이 회사 저 회사 기웃거리다가 받아주는 곳이 없어서 아예 포기를 하고, 적게 쓰면서 하고 싶은 일이나 하자고

결심을 했죠. 그리고 섬으로 바람이나 쐬러가야겠다 생각하고 인터넷으로 장소를 물색하던 끝에 여기가 괜찮다 싶어 오게 됐죠."

"아, 그래서 이장님 댁에 머물게 된 것이로군요."

"그렇죠. 어제 도착했는데, 이장님 하고 저녁상머리에 마주 앉아 소주 한 잔 하며 이런저런 이야기를 나누다 보니, 교수님 이야기가 나오게 됐고, 이렇게 뵙게 됐습니다."

"잘 오셨어요. 뭔 얘기를 들었는가 모르겠지만, 사실 저는 몸이 아파서 요양하러 와 있습니다. 이곳은 수 년 전에 바람 쐬러 왔었다가 이장님을 알게 되었고, 위암 수술을 하고 난 후에는 학생 가르치는 일을 그만 두고 요양할 곳을 찾다가 이곳으로 오게 됐죠. 그런데 이장님이 너무 잘 해주셔서 격의 없이 형님, 아우로 지내게 됐습니다."

"뵙기에는 건강하게 보이시는데요. 다 나으셨나봅니다."

"네, 이곳에 와서 정말 많이 좋아졌습니다. 공기가 맑아서 요양에 많이 도움이 된 것 같아요. 그런데다가 저 형님이 간간히 가져다주는 자연 먹거리가 크게 도움이 된 거죠. 실은 저 형님 소개로 이곳으로 왔지만, 정말 마음 씀씀이가 한결같은 분이에요."

"송구하지만, 교수님은 연배가 어떻게 되시나요?"

"얼마 안 돼요. 6.25때 태어났어요. 임진생(壬辰生)."

"그럼 저하고 동갑이네요. 전 3월에 생일이 지났고요…. 괜찮으시다면 친구처럼 지내도 될까요?"

"그러지요. 이렇게 만나는 것도 다 인연이고 복된 일이니까 편안하게 지냅시다."

그렇게 이야기를 주고받는 사이, 이장님이 광어와 우럭 회를 한 상 차려들고 와서 평상에 내려놓는다. 김 교수는 얼른 일어나 집안으로 들어가더니 소주병을 들고 나왔다.

"동생은 회나 많이 먹어. 소주는 우리 둘이 마실 테니까."

"형님, 오늘은 한 잔 당기는데요? 새로운 친구를 만나니까 기분이 좋네요."

"하하하. 그 사이 친구 됐수?"

"통성명을 하고 보니 동갑내기에요."

"그래, 둘이 잘 해 보슈. 난 구경이나 할 테니까."

"이장님, 그냥 웃자고 한 말씀이니 서운해 마세요."

"서울양반! 이래봬도 눈치 하나는 백 단이라우. 내가 끼지 않으면 어디 이 자리가 가당키나 하겠수?"

한바탕 웃고 소주 한 잔씩 기울이는데, 우량이가 평상 가까이 다가와 쳐다본다. 이 모습을 본 이장님이 회 두어 점을 집어서 평상 끝에 놓아주면서 '그래 너도 얼마나 먹고 싶겠니?' 하며 중얼거린다. 그 모습을 보고 김 교수가 말을 건넸다.

"형님! 저 우량이가 생각이 있겠어요? 없겠어요?"

"김 교수! 나를 시험하는 게야? 우량이도 생각이 있으니까 먹고 싶어서 다가온 것이겠지?"

"나도 생각이 있다고 느껴져. TV에서 방영되는 동물의 왕국 프로그램을 보면, 동물들이 각자의 생존을 위해 나름대로의 방식으로 살아가잖아. 그걸 보면서 모든 생명체는 생각이 있다고 느꼈거든."

"맞아. 나도 모든 생명체에는 나름 생각이 있다고 느끼고 있어. 우리 인간이 알지 못할 뿐이지만…."

"난 오늘 새벽에 이상한 꿈을 꿨다네. 어딘지는 모르겠는데 섬광이 번쩍이는가 싶더니 글쎄 내가 어떤 힘에 떠밀려 캄캄한 공간으로 날아갔어. 겁에 질려 땅으로 내려서려고 발버둥을 쳤지. 근데 아무리 발버둥을 쳐도 허공만 휘젓고 있는 거야. 그러다가 어느 순간 편안해졌는데 반짝이는 별이 보이기 시작했어. 그리고 나는 그 별들 사이를 떠다니고 있었지. 그러다가 잠을 깼다네. 그리고 새벽에 이장님과 그물을 걷으러 갔다가 와서 잠시 눈을 붙였을 때도 꿈을 꿨지. 내가 어떤 친구와 함께 스쿠버다이빙을 하고 있었어. 그런데 저만치서 수많은 물방울이 계속 올라오는 것이 보였어. 그리고는 바닷물이 점점 뜨거워지는 거야. 나는 겁에 질려서 죽어라 그 자리에서 도망치기 시작했어. 그런데 멀리 피하기도 전에 내 몸은 솟아오르는 물방울에 휩싸여 맹렬하게 솟구쳤다가 떨어졌다네. 이게 도대체 뭔 일일까? 무슨 꿈일까?"

"우주를 떠도는 꿈과 바다에서 솟구치는 꿈이라…. 그걸 내가 어찌 알겠어. 혹시 근래에 우주 천체에 대해서, 아니면 지구에 대해서 깊이 생각해 본 적이 있나?"

"지난밤 잠이 오지 않아 자정쯤 바닷가에 나가 갯바위에 앉아 하늘 복판을 흐르는 은하수와 반짝이는 별들을 보며 인간이 진정 별에서 온 것인가 하고 궁금해 했지."

"그렇군. 오스트리아의 정신분석학자 프로이트는 무의식의 발견으로 인류사의 발전에 엄청난 영향력을 끼친 사람인데, 그는 그의 저서 『꿈의 해석』이라는 책에서 이렇게 말했어. 꿈은 깨어 있을 때 인식했던 일들이 무의식 세계로 저장되어 있다가 조각조각 단편적으로 나타나는 현상이라고. 그래서 그는 정신병 환자를 치료하는데 있어서 환자들이 꾼 꿈을 통해 증상을 이해하고 치료를 해서 효과를 많이 봤다고 했지. 자네가 꾼 꿈도 아마 근래에 그런 생각을 해서 나타난 것일 게야."

"그건 이해를 하겠는데, 그 꿈을 어떻게 해석해야 하냐고?"

"출생의 비밀을 알고 싶어 그런 것이라고 해야 할 것 같아. 부모에게서 태어난 그런 사실 말고, 그보다 더 근원적인 문제, 그러니까 생명체가 나타나게 된 원인 같은 것 말이야. 혹시 그런 생각이 있었어?"

"있었지. 정년퇴직 이후 줄곧 바로 그 문제에 집착했었거든."

"그래? 모처럼 인간의 근원적인 의문에 대해서 애기하게 생겼네. 형님은 이런 애기 들으면 졸음이 올 텐데, 괜찮겠어요?"

"서울양반이 어제 술 한 잔 하면서 비슷한 문제를 꺼내기에 자네를 소개시켜줘야겠다 싶어 오늘 이 자리를 만든 거라네. 황 선생도 젊은 날에 월남전에 참전해 생사를 넘나들었고, 또 본인이 폐결핵으로 죽다 살아나기도 했고… 어려움을 겪으면서 생사가 무엇인지에 관심을 갖기 시작한 것 같았수. 사실 나도 궁금하기도 하고."

"김 박사! 사실 난 젊은 시절 소대장으로 월남전에 파병되어 안캐패스 전투에서 638고지를 공격하다가 전우를 여러 명 잃었고, 나 또한 허벅지에 총상을 입고 오랫동안 병원에 입원한 적이 있었어. 그때 그 병상에서, 그리고 전역 이후 회사에 다니다가 폐결핵에 걸려 병원에 누어 지낼 때, 삶과 죽음에 대해 나름 많은 생각을 했었다네. 그러다 보니 '태어남은 무엇이고, 죽음은 무엇인가? 그리고 나는 누구인가?'라는 의문에 대해 죽기 전에는 꼭 해답을 찾아야겠다고 생각했어. 성경 창세기편에 보면, '하나님이 만물을 창조했다'고 하는데 '그 하나님의 실체는 무엇이냐라는 의문이 생긴다'는 말이지. 그래서 혼자서 고민하며 관련 서적을 찾아 읽기 시작했다네."

"그럼 많은 공부를 했겠네. 그 문제는 아직도 논란이 많은 문제지만, 그래도 과학자들이 몇 백 년에 걸쳐 어느 정도, 아니 상당부분을 밝혀냈지."

"오늘 술맛 나는데? 진지한 얘기를 꺼내기 전에 우선 한 잔 들이키세. 이런 게 사는 재미가 아닌가?"

우리는 술 한 잔씩을 들이켜고 생선회와 팔팔 끓는 매운탕을 먹었다. 바다를 바라보며 평상에 앉아 술잔을 주거니 받거니 하니 그 맛은 가히 서울 시내의 그 어떤 명가집도 따를 수가 없었다. 이야기는 계속 되었다.

"황 선생! 생명의 기원을 깊이 있게 알려면, 우선 우리가 살고 있는 이 지구가 언제 생겨났는지부터 알아보고, 그 뒤에 생명체의 탄생에 관해 얘기하는 것이 순서일 것 같네. 그래서 말인데 근처에 윤 박사라고 지질학을 연구한 친구가 나처럼 요양하러 내려와 있으니 괜찮다면 그를 불러 설명을 들어보려 하는데 어떨까? 형님은 여러 번 봤잖아요. 그 윤 박사가 지질학을 전공한 사람이에요."

"나야 고맙지. 이런 곳에서 생물학 박사에 지질학 박사까지 만나 이야기를 들을 수 있으니 이 보다 더 좋은 기회가 어디 있겠어. 고맙네."

김 박사는 곧바로 전화를 걸었다. 그리고 10여 분 정도 지나자 몸집이 크고 구레나룻이 멋진 윤 박사가 도착했다.

"어이 윤 박사! 몸 컨디션은 괜찮지? 지금 술판이 벌어져서 불렀네. 여기 형님은 알 것이고, 여기 이 분은 황강이라는 서울사람 동갑내기야. 어제 이 섬에 와서 형님 댁에 머물고 있는데 편하게 얘기해도 되네. 난 친구로 지내기로 했으니까. 그렇지 황 선생?"

"그렇고말고. 윤 박사님이 괜찮으시다면야."

"이장님은 잘 지내셨죠? 그리고 황 선생이라고 했나? 동갑내기라니 반갑네. 나는 윤철용이라고 해."

윤 박사의 목소리는 겉모습과 같이 괄괄하고 시원시원한 데가 있었다. 이장님은 옆자리를 내주며 앉으라고 권하고는 건강상태가 어떠한지 물었다.

"요즘 몸 상태는 괜찮수?"

"네. 몸이 많이 가벼워졌습니다. 근데 대낮부터 술판이라… 서울이라면 생각지도 못할 일인데."

"괜찮으면 한 잔 해."

"그러죠"

"윤 박사, 억지로 마실 필요 없으니 자네 뜻대로 하게. 자네를 부른 것은 여기 계신 황 선생에게 좋은 얘기를 해줬으면 해서일세."

"뭔 얘기? 자네 혼자 하루 종일 얘기해도 시간이 모자랄 텐데…"

"그럴 수도 있지만, 지금은 반드시 자네의 도움이 필요하거든. 바로 지구 탄생의 비밀에 관한 얘길 듣고 싶어 하니까."

"하하하. 술상을 앞에 두고 술이나 마실 일이지. 생뚱맞게 지구 탄생의 비밀이라니…"

"그 이유는 차차 알게 될 것이니 보따리를 풀어보게."

"아니, 이건 아닌 밤중에 홍두깨잖아. 듣자하니 황 선생께서 물어본 모양인데, 왜 알고 싶은지 먼저 이유나 들어볼까?"

"실은 내가 오늘 새벽에 꾼 꿈을 얘기 하며 김 교수에게 묻다보니, 그 꿈이 자신의 탄생에 관한 비밀을 알고 싶어 그런 것 같다고 하더군. 그래서 내가 요즘 그런 생각을 하고 있었다고 했지. 그랬더니 김 교수가 윤 박사 얘기를 듣는 것이 먼저라며 부른 걸세. 이만 하면 이유가 되지 않을까?"

"그래? 지구 탄생에 관심이 있다니…. 오랜 만에 입 근육이나 풀어볼까?"

네 사람은 반주를 곁들여 점심식사를 마치고, 후식으로 시원한 차와 과일을 곁들이며 여담을 즐겼다.

지구의 탄생과 변화

　30여 분 정도 지나고, 윤 박사의 이야기가 시작되었다.

　"인간이 닿을 수 없는 하늘에 관해 궁금증을 갖기 시작한 것은 아마도 인류가 태어나면서부터일 거야. 왜냐하면 인간은 모르는 것이 있을 때 그것들을 밝히려는 욕구가 작동하거든. 그렇지만 그것은 쉽게 밝혀질 수 없는 문제였지. 하지만 그런 궁금증을 해소하려는 많은 사람들의 노력으로 태양과 달, 별에 관한 의문점은 조금씩 해소되기 시작했어.

　하늘에 떠있는 별과 별자리에 관한 최초의 기록은 기원 전 8세기경에 고대 그리스의 호메로스(Homeros; 생몰미상)라는 시인이 쓴 서사시 『일리아스와 오딧세이』에 목동자리, 하이아데스성단, 오리온자리, 큰개자리, 큰곰자리 같은 별에 관해 기록된 부분이 있었고, 이후 기원전 7세기 초, 헤시오도스(Hesiodos; 생몰미상)라는 사람이 『일과 날』이라는 시(詩)에서 목동자리에 있는 아크투루스(Arcturus)라는 빛나는 별에 대해 언급한 것이 시작이었다고 봐. 두 시인은 큰 과학적 업적을 남기지 못했지만, 지구가 바다와 강으로 둘러싸인 땅덩어리라는 기초적 우주론에 영감을 주었지.

고대 왕국이 존재했던 기원 전 7세기 이전 오리엔트 시대에는 농사나 제사 등 필요에 의해 달과 별의 움직임을 보고 그것을 그려 넣은 달력을 만들어 사용했는데, 이 모든 현상들은 전지전능하다고 하는 신(神)의 계시로 바라보는 신화적이고 주술적(呪術的)인 성격이었지. 그러다가 고대 그리스 시대, 그러니까 기원 전 6세기 이후 고대 철학자들이 우주를 이성적이고 논리적으로 고찰하려는 생각을 가지면서 플라톤(Platon; BC427-347)과 그의 제자 에우독소스(Eudoxus of Cnidus; BC400경-350경)가 태양과 달, 그리고 별의 운동에 관하여 설명하면서 최초로 체계가 세워지고, 2세기경에 이르러 클라우디오스 프톨레마이오스(Claudius Ptolemaeos; 생몰 미상)가 지구가 우주의 중심에 있고, 태양계의 천체들은 달·수성·금성·태양·화성·목성·토성의 순서로 배열되어 돌고 있다고 주장했지. 이후 이런 천동설은 15세기까지 그리스도교가 지배하는 서구사회에서 독보적인 이론으로 자리매김하였다네.

그러다가 네덜란드의 한스 리퍼세이(Hans Lippershey; 1570-1619)라는 안경점 주인이 최초로 망원경을 발명한 후부터는 상황이 급격하게 달라졌지. 특히 폴란드의 천문학자 니콜라우스 코페루스쿠니(Nicolaus Copernicus; 1473-1543)가 『천체의 회전에 관하여』라는 책을 출간하고, 이후 1611년에 이탈리아 페렌체의 천문학자 갈릴레오 갈릴레이(Galileo Galilei; 1564-1642)가 한스 리퍼세이의 안경원리를 이용해 광학망원경을 발명해 우주를 관찰한 후, 『두 개의 주된 우주 체계에 관한 대화』라는 저서를 출간해 코페루니쿠스가 주장한 지동설을 증명하게 되면서 학자들의 천체에 관한 관심은 급증하게 되었지. 그에 따라 독일의 천문학자 요하네스 케플러(Johannes Kepler; 1571-1630)는 갈릴레이 망원경의 낮은 배율과 좁은 시야의 단점을 개선한 게플러식 굴절망원경을 발명했고, 뒤이어서 스코틀랜드의 천문학자인 제임스 그레고리(James Gregory; 1638-1675)가 거울로 빛을 모아 초점을 맞추는 반사망원경을 발명했어. 이후 지속적인 망원경의 발전이 이루어져 1900년대에 들어서는 요즘 흔히 볼 수 있는 전파망원경이 나와 천문학은 비약적인 발전을 하게 되었지."

"결국 망원경의 발명이 우주의 비밀을 밝히게 된 것이었나?"

"그렇지. 망원경이 아니었으면 어림없는 일이었지. 미국의 천문학자인 에드윈 허블(Edwin Powell Hubble; 1889-1953)이 캘리포니아에 위치한 윌슨 산 천문대(Mount Wilson Observatory)에 근무하면서 당시 세계 최대의 망원경이었던 100인치 망원경을 이용해 1925년에 별의 색깔이 주기에 따라 변하는 성질을 가진 케페이드 변광성을 이용해 지구로부터 약 250만 광년*이나 떨어진 안드로메다은하까지의 거리를 밝혀냈지. 즉 외부은하의 존재를 입증한 거야. 그리고 거리가 먼 은하일수록 더욱 빨리 멀어진다는 거리와 속도 사이의 관계인 허블의 법칙을 발견해 우주가 팽창하고 있다는 결정적인 단서를 제공했어.

이 일을 계기로 과학자들은 우주 생성에 관한 이론, 즉 빅뱅이론(big bang theory. 대폭발이론)을 완성해냈지. 이 이론에 의하면, 약 137억 년 전 하나의 점과 같은 상태였던 초기 우주가 엄청나게 높은 온도와 밀도에서 대폭발이 일어나 현재와 같이 팽창된 우주가 만들어졌다는 이론이야. 이 이론에 따르면 대폭발 후 온도가 점차 낮아지면서 물질이 생성되었고, 이 물질과 에너지가 별이 되고, 별의 집합체인 은하계를 만든 것이지."

"윤 박사! 대폭발이 있었다는 것을 어떻게 증명했어?"

"대폭발설이 있었다는 증거는 세 가지야. 은하계의 후퇴, 우주배경복사, 우주의 물질 분포라는 것이지. 첫 번째 증거인 은하계의 후퇴는 좀 전에 얘기한 천문학자 허블이 안드로메다은하까지의 거리를 측정해내면서 거리가 먼 은하일수록 더 빨리 멀어진다는 것을 증명해낸 것이고, 두 번째 증거인 우주배경복사는 우주가 대폭발을 하던 초기에 우주 전체로 퍼져나간 전파를 말하는

---

* 빛은 1초에 30만㎞를 가고, 1광년이면 9조4,600억㎞를 간다.
참고로 우리 은하계에서 제일 가까운 거리의 은하계는 16만 광년 떨어진 소마젤란은하와 대마젤란은하가 있다.

데, 이 전파는 우주의 어느 방향에서나 감지할 수 있는 전파라는 거야. 그래서 과학계에서는 이 전파의 존재유무를 밝혀내는 것이 아주 중요한 문제로 등장했었지. 그런데 1940년대 들어 러시아 태생 미국인 조지 가모프(George Anthony Gamow; 1904-1968)가 우주배경복사의 존재가 있을 것이라 가정하며, 그 이유로 실제로 우주가 대폭발에 의해 생겨났다면 초기 우주는 탄생 1초 후 1백 억℃, 3분 후 10억℃ 정도로 온도가 높았을 것이고, 우주가 팽창 함에 따라 온도가 점차 내려갈 것이며, 약 150억 년이 지나면 절 대 0도에서 겨우 몇 도 정도 높은 온도로 우주배경복사가 나타날 것으로 추측했어. 그리고 이 복사열이 마이크로 복사로 감지될 수 있다고 주장한 거야. 그런데 1965년에 이 가설을 미국의 천문 학자 펜지어스(Arno Allan Penzias; 1933-)와 윌슨(Robert Wood-row Wilson; 1933-)이 연구 끝에 2.7켈빈(K)의 우주배경복사가 실제로 존재하고 있음을 밝혀냈어."

"윤 박사! 잠깐만. 켈빈이 뭐야?"

"켈빈이란 열역학적 온도측정의 기본 단위로 물질의 분자가 가장 적은 에너지 상태를 가지는 절대 0도(-273.15℃)를 나타내 는 온도계인 켈빈 온도계의 기본단위야."

"그러니까 분자 단위의 물질도 운동을 하면 운동에너지가 생 기는데, 이런 운동이 있으면 열이 있다는 것이네?"

"그렇지. 에너지를 가진 물질은 모두 열이 발생되지. 세 번째 증거는 우주의 질량에 따른 원소 분포를 살펴보면, 수소가 약 75%, 헬륨이 약 25%, 그리고 나머지 원소가 1%도 안 된다는 점을 밝힌 것이었어. 이렇게 원소의 분포를 밝힌 것은 이런 물질들이 초기 고온의 대폭발 때 만들어지기 때문에 이런 물질이 존재하고 있다는 것은 대폭발이 있었다는 것을 반증한다는 거지.

허블의 주장대로 우주가 계속 팽창해왔다면, 어제의 우주는 오늘의 우주보다 작았을 것이고, 내일의 우주는 오늘보다 커지게 될 것이므로 우주의 팽창률을 이용하여 과거로 되돌린다면, 우주가 한 점에 불과했을 것이라는 것을 계산할 수 있겠지. 이렇게 대폭발시기를 계산해보니 약 137억 년 전이었을 것으로 추정된다는 거야. 즉 우주는 137억 년 전에 대폭발로 탄생되었다고 추정한 거지."

"윤 박사, 이해하기가 쉽지는 않지만, 전체적인 맥락은 알 수 있을 것 같어. 과학자들의 능력과 집념은 참으로 대단혀. 우주탄생의 비밀을 풀었으니…. 황 선생은 알아듣겠수?"

"다 알아듣지는 못하지만 이해가 되긴 하네요. 판도라의 상자가 열리듯 귀에 쏙쏙 들어오네요. 이제부터는 지구 탄생의 비밀이 열리겠네요. 안 그래, 윤 박사?"

"그렇지. 이제 본격적으로 지구의 탄생과정을 얘기해야겠지. 지구는 빅뱅이후 생겨난 여러 별들 중에서 떨어져 나온 것으로 추정하고 있다네. 그러니까 빅뱅 당시 분출된 별의 아들 정도로 봐야겠지.

이 과정을 살펴보려면 당시 서구사회를 지배하고 있던 기독교 세계관을 말하지 않을 수 없어. 그래서 매우 조심스러워. 혹시 형님이나 황 선생, 그리고 김 박사 중에 하나님에 대한 믿음이 깊다면, 지금부터 내가 설명하는 말은 과학적인 측면에서 하는 얘기니 이해해 주기 바래요.

17세기 초 기독교 세계관은 『성경』에 있는 창조론을 그대로 따르고 있었어. 대표적인 종교학자 아일랜드의 주교 어셔(James Usshur; 1581-1656)는 잉글랜드와 스코틀랜드, 그리고 아일랜드 국왕의 지시로 번역한 『킹 제임스 성경』에서 천지창조의 첫날을 기원전 4004년 10월 23일이라고 했지. 그래서 19세기 초까지 서구인들의 시간개념을 지배하고 있었어. 그런데 스코틀랜드에 거주하는 농부출신 지질학자 제임스 허턴(James Hutton. 1726-1797)이 이를 반박하면서 창조론은 깨지기 시작했지. 그는 1788년에 에든버러 해안 시카포인트라는 곳에서 두 개의 암반층이 서로 직각을 이루고 있는 작은 바위산을 발견하고 지구탄생에 관한 비밀을 풀 수 있을 거라고 생각했어. 그는 암반층이 침전물이 쌓여 굳어진 것으로 최초에는 해저면과 수평이었는데, 거대한 지구 내부의 어떤 힘에 의해 해저면이 융기되고, 이후 수백만년 이상 침식작용으로 윗부분이 잘려나간 것이라고 생각했던 거야. 그리고 그런 자신의 생각을 증명하기 위해 여러 곳을 여행하며 단서를 찾아 모았어. 이런 허턴의 노력이 알려지면서 이후 지구탄생의 비밀을 밝히고자 하는 과학자들은 200여 년 사이 놀라운 사실을 밝혀냈다네."

"하하하, 들을수록 새롭고 긴장되는구먼. 여태껏 이런 사실을 모르고 있었으니 난 뭣하고 살았는지 모르겠수. 윤 박사! 한 술 뜨면서 얘기해. 우리도 얘기 듣느라고 술 한 잔 마시기가 어렵구먼. 자, 술 한 잔씩 비우고 회도 좀 먹어야지. 안 먹으면 우리에게 보시하는 이 물고기에게도 미안할 테니. 안 그렇수, 황 선생?"

"그렇고말고요. 그런데 얘기가 너무 진지하고 새롭다보니 새로운 세상을 보는 것 같아서 긴장을 늦출 수가 없네요. 일단 매운탕에 밥이나 한 그릇 먹고 들어야겠어요. 김 교수, 윤 박사도 한 술 뜨게."

우리 모두는 잠시 얘기를 접고, 차려놓은 점심상을 비워가며 농을 주고받았다. 그리고 식후에 김 교수가 만든 냉커피를 한 잔씩 마시고, 다시 이야기를 이어갔다.

"황 선생! 융기니 침식이니 하는 지질학 용어는 알고 있겠지?"

"그 정도는 알아듣지만 그 이상은 어렵네. 수십 년간 먹고 살기 위해 돈 버는 일에만 신경 쓰느라 그런 머리가 남아 있겠나."

"그것도 맞는 말일세. 그런 게 밥 먹여주는 것도 아닐 테니까 나 같은 사람이나 신경 쓰면 되지."

"아니야. 나도 나이가 들어서인지 요즘 들어 마음이 이상해졌어. 시도 때도 없이 내가 누구지 하는 생각이 든단 말이야. 그러니까 내가 어떻게 태어났고, 어디서 왔는지 알고 싶은 욕구가 용솟음치고 있어. 이장님은 그런 적 없었어요?"

"한 번도 없었다면 거짓말이지. 내가 아마 죽을 고비를 맞았을 때였을 게유. 살아온 날들이 아쉽고 허무하고…. 뭐랄까, 내 삶이 어디서 와서 어디로 가는지, 죽으면 어떻게 되는지 등이 궁금해지더라구."

"김 박사! 자네도 그런 생각 해 본적이 있나?"

"나야 평생 연구하고 학생들 가르친 게 생물학이고 유전학인데, 특별히 그런 생각은 안 해봤지. 그러나 형님같이 나이가 더 들면 내 삶을 되돌아보며 아쉬워 할 것 같기도 해."

"나도 그런 생각은 좀 들었었지. 몸이 엉망이 돼서 절망했을 때 그랬다네. 그건 그렇고, 아까 하던 얘기 이어가 볼까?"

"좋아. 어디까지 했더라?"

"윤 박사, 지구탄생의 비밀을 2세기 동안 과학자들이 밝혀냈다는 얘기까지 했어."

"그랬군. 허턴 이후 여러 과학자들은 지구가 무수한 운석의 충돌에 의해 탄생되었다고 밝혀냈지. 그 중에 영국의 열역학 전문가인 캘빈 경(Lord Kelvin; 1824-1907)은 빅뱅으로 인해 하나의 불덩어리로 떨어져 나온 지구는 표면 온도가 4,400℃가 넘어 암석이 녹아 깊은 바다를 이루고 있었는데, 그 위로 우주에서 다른 운석들이 폭탄처럼 쏟아져 지옥이었다고 했어. 그러면서 지구의 온도가 아주 천천히 내려가 지금과 같은 온도로 식으려면 2000만 년 정도가 걸린다고 추정했지. 그러니까 지구의 나이는 2000만 년이라고 했던 거야. 당시의 식견으로는 그 이상의 추정이 어려웠던 거야. 그런데 20세기 들어서 그런 비밀을 풀 열쇠가 발견되었지. 뭐냐면 지구가 빠르게 식지 않은 것은 방사성 물질 때문이라는 것이었어. 초창기 지구에는 우라늄, 토리움, 칼륨과 같은 방사성 물질도 많이 존재했는데, 그런 방사성 원소가 붕괴하면서 만들어내는 열 때문에 온도가 급격히 내려가지 않았다는 거였지.

"그래?"

"이런 방사성을 이용해 지구의 나이를 계산한 사람은 아서 홈즈(A. Holmes; 1890-1965)라는 학자였어. 1911년 그는 21살의 나이로 지구에서 발견되는 방사성 물질인 우라늄이 붕괴되면 납으로 변한다는 사실을 발견하고, 고대 암석에 포함된 광물 중 납과 우라늄의 함량 비율을 측정해 암석의 정확한 나이를 계산해냈어. 그는 정확한 데이터를 얻기 위해 평생을 그 일에 매달렸지. 그래서 얻어낸 데이터는 지구의 나이를 처음에는 10억 년, 그 다음에는 30억 년이라고 했다가 마지막 연구에서 45억 년이라고 밝혀냈지. 45억 년이라는 시간이 얼마나 긴 시간인지 보통 인간으로서는 상상이 되지 않는 시간이잖아. 이것을 지질학자들은 '원시간'이라고 해."

"윤 박사! 그런데 그 시간은 바뀔 수도 있지 않을까? 그보다 더 정확한 연구가 이루어진다면?"

"그렇기는 하지만 현재까지 그보다 더 좋은 계산 방법은 찾지 못했어. 그래서 45억 년이라는 지구의 나이는 지질학자들 사이에서 정설로 받아들여지고 있고, 그 원시간이라는 것을 기준으로 암석의 나이를 측정하고 있지."

"아, 그렇군. 그런데 지구가 처음부터 지금의 모습과 같이 산도 있고, 강도 있고, 바다도 있고, 각종 생명체들도 있었을까? 그렇지는 않았을 것 같은데…."

"황 선생! 그렇지는 않았지. 45억 년 전에 지구가 생겨난 이후, 지구는 점차 식어가면서 지표면은 응고되어 화산암층으로 바뀌어갔지. 그때 지표면이 식으면서는 어마어마한 양의 이산화탄소(CO_2)가 발생해 하늘은 붉은색을 띠고 있었고, 그 중 일부가 우주에 떠다니는 수소와 결합하면서 수증기가 되었으며, 이러한 수증기는 한데 뭉치면서 비가 되어 내렸지. 자그마치 그 기간은 무려 수백만 년이나…. 그래서 최초의 바다가 생겨났다고 해. 그때의 바다는 황록색이었는데 그 이유는 철 성분이 많아서였고, 이후 바다가 파랗게 보이기까지는 또 다시 엄청난 시간이 걸렸다고 해. 그 문제는 차츰 알아보기로 하고…. 먼저 원시바다가 생긴 이후 지구의 변화에 대해 얘기하지.

최초의 원시바다는 지표면을 90% 이상 뒤덮고 있었으며 하늘엔 독가스로 가득 차 있었지. 무려 5억 년 동안이나. 그러면서도 지구는 계속 변화되어갔어. 지하의 용암이 화산활동을 하면서 물 속에 잠겼던 지각은 물 위로 솟아오르며 여러 개의 조각으로 쪼개지고, 그때 솟아오른 현무암 성질의 용암은 물과 섞이면서 새로운 화강암 대륙을 만들어냈지. 그리고 물 위로 솟아오른 대륙 가까이는 얕은 바다도 생겨나고…. 그렇게 지구가 30억 년 정도 변화를 겪었지만, 지금과 같은 지구가 되기까지는 더 엄청난 변화를 겪었어. 30억 년이 지나는 동안 대륙은 지구전체의 약 1/4크기만큼 커졌고, 지구 내부에서는 계속 많은 변화가 일어나고 있었지. 그러니까 지표면은 마그마로 이루어져 있는 맨틀의 상부를 떠다니며 이리저리 움직이는 거였어.

나는 이러한 사실을 눈으로 확인하기 위해 몇 년 전에 세계 3대 활화산 중의 하나라고 불리는 남태평양 바누아트공화국에 있는 야수르화산을 답사한 적이 있었지. 하루가 넘는 시간동안 비행 끝에 공항에 내려 가이드를 대동하고 타나섬 야수르화산에 오르는 입구 마을로 갔어. 그리고 화산을 지키는 원주민 추장에게 승낙을 받은 후 가이드를 따라 화산석과 화산재로 뒤덮인 능선을 힘들게 올라 정상에 도착했지. 유황가스와 수증기가 뒤덮여 앞이 보이지 않는 가운데 우레와 같은 소리는 공포로 온몸에 소름을 돋게 하더군. 한참을 기다렸더니 바람의 방향이 바뀌면서 매캐한 유황연기와 수증기가 날아가고 먼발치 절벽 아래로 시뻘

건 입을 벌리고 있는 분화구가 보이는데 그곳에서 펄펄 끓는 용암이 우리가 서 있는 높이까지 분출했어. 순간 두려움이 엄습하는 가운데 자연의 장엄함과 경이로움에 나도 모르게 나 자신이 보잘 것 없음을 느끼게 되더군. 그리고 태초의 지구 모습이 연상되며 우리가 살아가고 있는 지표면이 지구 내부의 맨틀 위에 떠다니고 있다는 확신이 들더라고.

어쨌든 이런 사실을 처음 발견한 사람은 지표면이 여러 조각으로 구성되어 있다고 주장한 미국의 판구조론(板構造論) 전문가이자 고생물학자인 마크 맥메나민(Mark McMenamin; 1957-)이라는 사람이었지. 그는 화석을 연구하던 중 북미지역 동부에서 발견된 민물생물 파라독시데스(삼엽충)가 대서양 건너에 있는 영국에서도 발견되는 것을 보고 과거에 대륙이 붙어 있다가 갈라져 떨어진 것이라 주장을 하며, 그 동안 지질학계에서 인식하고 있던 이론, 즉 대륙은 한 곳에 고정돼 있다고 본 기존의 이론을 잘못된 것이라고 반박했어.

그런 가운데 1912년 1월, 독일의 프랑크푸르트에서 열린 지질학회 모임에서 독일의 기상학자 알프레드 베게너(Alfred Lothar Wegener; 1880-1930)가 '모든 대륙은 약 2억 5000만 년 전 후기 고생대 때에 한 덩어리로 붙어 있었다가 분리된 것'이라고 새로운 이론인 대륙표이설(大陸漂移說)을 주장했지. 모임에 참석한 과학자들은 말도 안 되는 이론이라고 성토하며, 기상학자인 그가 극지방 그린란드의 빙산이 깨진 것을 보고 흔히 말하는 외삽법 (extrapolation.)*을 이용해 대륙도 그렇게 분리되었을 것이라고 주장한다며 무시했어. 그렇지만 베게너는 자신의 이론을 더 확실하게 증명하기 위한 증거를 찾아 그린란드를 세 차례 탐험했고, 1930년 마지막 탐험에서 그는 안타깝게도 눈보라 속에서 길을 잃고 사망했지.

그래서 그의 주장은 일단 수면 아래로 가라앉았다가 이 분야에 깊은 관심을 가지고 있는 학자들의 연구가 계속된 끝에 그의 주장이 부활되었는데, 언제냐 하면 제 2차 세계대전 당시였어. 그러니까 미군이 연합군으로 참전을 하면서 군함의 진로를 탐색하려고 전문가에게 의뢰한 세계해양지도가 완성되면서부터였지. 이 지도에서 학자들은 해저산맥의 열곡**과 협곡이 연결되지 못하고 단절된 부분을 발견했는데, 그 동안 과학계에서 우연의 일치라고 했던 남아메리카 동부 연안과 아프리카의 서부 연안이 딱 들어맞는다는 것이 거의 확실시 된 거야. 즉 최초에 한 덩어리로 되어 있던 땅덩어리가 폭발식 분화 없이 지면의 균열을 통해 용암만 흘러나오는 화산현상, 즉 열극현상(fissure vent)으로 인해 여러 개의 판으로 나뉘어졌으며, 그것이 지구 내부 맨틀의 움직임에 따라 오랜 세월동안 조금씩 이동되어 지금과 같은 땅덩어리

---

* 외삽법(extrapolation) : 이전의 실험으로부터 얻은 데이터들에 비추어 아직 경험하거나 실험하지 못한 경우를 예측해보는 기법.
** 열곡 : 정단층들 사이에 있는 지각의 일부가 함몰되어 형성된 긴 계곡.

가 되었다는 것이었지.

근래에 이런 문제를 증명한 학자가 바로 아이슬란드 대학 지질학 교수 폴 아이나슨이라는 사람인데, 그는 북아메리카대륙판과 유럽대륙판이 지나는 아이슬란드의 땅덩어리에서 열극현상이 빈번함을 인식하고 그로 인해 생긴 얕은 협곡의 변화를 연구한 끝에 협곡이 1년에 2.5㎝씩 넓어지고 있다는 것을 알아냈지. 그의 계산대로라면 대륙은 100년 동안 2.5m 정도밖에 벌어지지 않지만, 100만 년을 이동한다면 두 대륙판은 250㎞ 멀어지고, 1000만 년 동안 이동한다면 2,500㎞가 떨어지는 것이야. 이로써 대륙이 이동하고 있다는 사실은 현실로 받아들여지게 됐지.

또 다른 각도에서 증명한 사람도 있어. 에드리안 파프너라는 사람인데 그는 알프스 산맥의 생성과정을 연구하다가 그곳이 아프리카대륙판과 유럽대륙판이 부딪히며 그 압력에 못 이겨 지각이 솟아오른 것이라는 근거를 암반에서 찾아냈지. 바로 납작해진 석영결정체였는데, 그 석영결정체는 두 대륙이 충돌하면서 생긴 엄청난 압력에 의해 늘어나고 납작해진 것이라고 했어. 그러면서 알프스 산맥에서 가장 유명한 마터호른의 지각은 두 대륙판이 충돌했다는 것을 보여주는 대표적인 본보기라 했지. 마터호른의 봉우리는 아프리카대륙판이고, 바로 그 아래 부분은 유럽대륙판으로 마치 한자(漢子)의 들 입(入)자처럼 유럽대륙판이 아프리카대륙판을 받치고 있는 형상이니까.

나도 10여 년 전에 대륙이동설을 눈으로 확인하기 위해서 아이슬란드 싱크베틀리르국립공원을 찾아간 적이 있었지. 이곳은 유라시아판과 북아메리카판이 만나는 곳으로 나는 그곳에 있는 호수에 슈트를 입고 물속으로 들어가 두 지각판의 갈라진 틈을 관찰하였었지. 무척 감동적이었어."

　"윤 박사! 나도 몇 년 전에 미국 서부에 있는 그랜드캐년을 다녀온 적이 있었는데, 그때 육상과 공중에서 그 대협곡을 내려다보면서 입이 다물어지지 않았어. 가이드의 설명에 의하면 그곳은 태평양대륙판이 북아메리카대륙판을 밀고 들어오면서 생긴 주름으로 해발 2,400m까지 융기했고, 이후 비바람과 콜로라도 강물에 의해 600만 년 동안 침식된 것이라고 하더군. 생각해보면 볼수록 세상은 참 신기해. 보통 사람들은 지구라는 이 땅덩어리가 항상 같은 줄 알고 있는데, 지금 이 순간에도 계속 변화하고 있잖아. 아무리 생각해봐도 무지의 바다에서 헤매고 있는 나 자신이 한심하게 생각돼."

　"무지라고까지 할 필요가 있나? 그저 그 동안 관심이 없었을 뿐이지. 변화가 워낙 천천히 진행되기 때문에 보통 사람들은 알 수가 없고…. 앞서도 말했지만 아이슬란드의 열곡이 1년에 2.5㎝씩 벌어진다거나 전 세계의 산맥이 상반되는 두 개의 힘, 융기와 침식작용에 의해 매년 2.5㎝가 높아지거나 낮아진다는 사실을 어찌 느낄 수가 있겠어."

이장님이 한 마디 던졌다.

"놀랄 일이유. 그렇게 미세한 변화를 알아내다니 과학자들은 참으로 대단혀. 안 그래유, 황 선생?"

"그렇죠. 사람들은 본인이 즐겨하거나, 이것이 내 평생 짊어진 업(業)이다 생각하면 물불 안 가리고 매달리게 되어 있죠. 좀 전에 윤 박사가 말했듯이 베게너란 학자는 자기가 주장한 이론을 증명할 자료를 확인하러 죽음을 무릅쓰고 그린란드에 세 번씩이나 갔다가 죽었다잖아요. 이게 아무나 할 수 있는 일이겠어요?"

"그러니까 말이여. 남이 하지 못하는 것을 하니까 존경받는 것이겠쥬. 황 선생은 호구지책으로 일한 것 말고, 평생 무엇에 매달렸었수?"

"이장님도 참. 그래서 저는 이제부터라도 존경받을 일은 아니지만, 죽기 전에 나 자신의 근본이 어디에 있는지 알아보려고 하고 있는 것 아니겠어요? 그러는 이장님은 평생 무엇에 매달리셨어요?

"하하하. 매달리긴 뭘 매달려유. 보다시피 이 섬에서 이장이나 하고, 어부 노릇이나 하면서 되는대로 사는 거쥬."

"이장님! 괜한 농은 그만 하시고, 윤 박사 얘기나 계속 들어보시죠."

"그려. 괜한 말로 분위기 망친 것은 아닌지 모르겠네."

"아녜요. 그 덕분에 물도 한 모금 마셨잖아요. 그럼 계속해 보겠습니다. 이후 지질학계에서는 지구가 몇 개의 판으로 구성되어 있으며, 이동하고 있다는 이론을 좀 더 구체적이고 체계적으로 시간의 순서에 따라 구축하는 작업이 시작되었지. 여러 지질학자들은 대륙의 해안 주변에서 나오는 화석을 찾아 비교분석하거나 암반의 독특한 형태를 찾아 맞추어 10억 년간 대륙이 이동한 경로를 추적해 실제로 대륙은 최초에 하나의 커다란 땅덩어리였다는 것을 밝혀냈지.

최초 판구조론을 주장한 마크 맥메나민의 학설을 증명한 거야. 지질학자들은 이런 최초 하나의 땅덩어리를 초대륙 로디니아 (Rodinia)라고 이름 붙였어. 그런데 7억 년 전 이 초대륙 로디니아에 엄청난 추위가 몰아치며 빙하기가 찾아 온 거야. 화산폭발 등 지각운동으로 적도에서 극지방으로 흐르는 난류성 해류가 차단되면서 극지방은 얼어붙기 시작했고, 그 결과로 생긴 빙하는 지표면 온도를 섭씨 영하 40°C까지 떨어뜨리며 땅덩어리 전체를 뒤덮어버렸지. 자그마치 지표면에는 약 1.6㎞에 이르는 두꺼운 얼음장으로 뒤덮였고, 생명체란 생명체는 멸종했거나 얼음장 속에 갇혀버리고….

그런 사이에도 지구 내부에서는 용암이 꿈틀거렸지. 그리고 약 6억 5000만 년 전부터 다시 거대한 화산폭발이 빈번하게 일어나 대기는 또 이산화탄소로 뒤덮였으며, 온실효과까지 더해지면서 빙하는 깨지고 녹아내렸어. 그렇게 시간이 흘러가는 가운데에서도 지각은 융기(隆起)되거나 완만히 구부러지는 downwarp, 하향요곡(下向搖曲)*작용으로 북아메리카, 유럽, 아시아 등에서는 커다란 산맥과 지향사(地向斜)가 형성되었지."

"윤 박사. 잠깐만. 지향사는 무엇이고, 어떻게 그런 환경이 조성되었다고 알 수 있지?"

"지향사는 막대한 양의 퇴적물이 쌓이는 지표면이 대규모로 가라앉은 침강지대(沈降地帶)를 가리키는 것인데, 이런 곳에서는 양쪽에서 미는 힘에 의해 지층이 구부러지는 습곡이나 붕괴, 단층이 생겨나게 되지. 그 규모는 다양한데 대규모 습곡의 경우는 수 천㎞에서 수 만㎞에 이르러 산맥을 만들기도 해. 이런 지각의 현상들은 당시의 지층이나 단층에서 발견되는 화석으로 추론을 하는 것인데, 세계적으로 유명한 곳은 캐나다의 로키산맥이야. 그 산맥은 처음 바다였던 곳이 융기되어 생성된 산맥인데, 그 산맥의 버제스라는 산에서 침식작용으로 깎여나간 자리에 땅덩어리의 역사가 그대로 기록된 지층이 고스란히 드러나 있어. 나도 한 번 가봤지만….

이곳에서 화석연구에 매달렸던 미국의 스스미소니언연구소 소장이며, 고생물학자인 찰스 둘리틀 왈콧(Charles Doolittle Walcott; 1850-1927)이 1909년 그 산길을 지나가다 산에서 굴러 내려

---

* 하향요곡: 지표면이 광범위하고 완만하게 아래쪽으로의 휨.

와 길을 막고 있는 바위에서 화석을 발견하고 바위가 떨어져 나온 곳을 찾아 올라가 그곳이 5억 년 전 고생대에 형성된 이판암(泥板巖)층*이라는 것을 알아냈어. 그리고 이후 그는 1924년까지 그곳에서 6만 5000점에 이르는 다양한 화석을 채취하면서 고생대에 살았던 생물이 다양했다는 것을 밝혀냈지.

이후 4억 년 전쯤에는 하나의 땅덩어리였던 로디니아가 화산폭발 및 지진으로 갈라지기 시작했고, 그 틈으로는 물이 들어와 바다와 호수도 생겨나고 3억 7500만 년 전쯤에는 육상동물도 생겨났지. 그리고 3억 년 전쯤에는 지구의 환경이 식물들이 자라기에 알맞은 고온다습한 상태가 되어 높이가 15-20m에 이르는 거대한 식물들이 지표면을 뒤덮었으며, 2억 5000만 년 전쯤에는 지금의 시베리아지역에서 화산활동이 100만 년이 넘도록 극렬하게 일어나 지각을 녹여버리고 파열시켰지. 그러니 어떻게 되었겠어. 지각이 변하고 분출된 가스가 하늘을 뒤덮으면서 태양빛을 차단해버렸지. 그로 인해 생명체들은 95% 정도가 멸종되고, 갈라졌던 땅덩어리는 다시 하나로 뭉쳐 판게아(Pangaea)라 부르는 새로운 초대륙이 형성되었어. 그러다가 6500만 년 전쯤, 하나로 뭉쳐진 땅덩어리 판게아에 에베레스트 산만큼이나 큰 어마어마한 운석이 지구에 충돌했고, 그 충격으로 지구는 크게 요동쳤지. 지각이 흔들리고, 융기하고, 화산이 곳곳에서 분출하는 등 엄청난 재

---

* 이판암 : 작은 모래나 점토 크기의 입자로 구성된 층상 구조의 퇴적암.

앙이 몰려와 지금의 모습처럼 땅이 분리되기 시작했고, 먼지는 대기권을 뒤덮어 햇빛이 차단되며 기온은 또 걷잡을 수 없이 떨어져 공룡을 비롯한 동식물들의 75%가 죽고 말았어.

그것을 어떻게 밝혀냈느냐 하면, 미국의 댄 더다(Dan Durda)라는 학자가 콜로라도에서 공룡이 사라진 원인을 밝힐 화석을 채취하면서 그 실마리를 찾아냈지. 6500만 년 전에 생성된 암반에서 운석의 충돌을 증명하는 물질, 이리듐(Iridium; 백금속의 원소)과 공룡화석 등 당시의 동식물에 관한 화석을 발견했고, 인도에서는 운석이 충돌할 당시 분출된 화산으로 흘러나온 고대 용암층이 발견되는 등 증거가 나와 밝혀진 것이야.

이제까지 대략적으로 최초의 불덩어리 지구가 현재와 같은 모습으로 변하기까지 과정을 얘기했는데, 어느 정도 이해가 되었는지 모르겠네."

"윤 박사, 이해하고말고 완전히 이해한 것은 아니지만, 대략적으로 지구가 어떻게 생겨났는지, 어떻게 변화되어 왔는지 알 수 있는 유익한 시간이었네."

이장님이 오랜 시간 이야기를 듣다 보니 지루했는지 다시 끼어들었다.

"두 박사님들, 오늘은 이만 하세. 윤 박사가 몸도 힘든데다가 목도 아플 테니…. 그리고 황 선생, 우리는 이만 집으로 가세. 나도 좀 할 일이 있으니까."

"그러죠. 내일 다시 오죠?"

"서울에는 안 갈 거유?"

"가긴요. 두 박사님들한테 꼭 들어야 할 얘기가 남아있는 걸요. 두 박사님들! 내일도 부탁하네."

"그래. 내일 보세."

인류의 조상 박테리아

　그날 밤 나는 낮에 들은 얘기가 떠올라 잠을 이루지 못했다.
그 동안 막연히 생각했던 의문들이 실타래처럼 풀리는 것 같아
가슴이 설렜기 때문이다. 나는 어젯밤처럼 바닷가로 나갔다. 달
빛이 부서지는 바닷가는 태고의 고요함속에 파도의 낮은 운율만
드리우고 있었다. 평편한 갯바위에 자리를 잡고 앉으니 부스럭
소리에 놀랐는지 바위 밑에서 잠을 자던 자그마한 게가 도망치듯
달아난다. 그래, 너는 내가 무섭겠지. 잡히면 죽을까 하는 생각
에… 어차피 이 세상은 생존투쟁의 현장이니까. 무심코 하늘을
쳐다보니 어젯밤처럼 하늘 한복판을 흐르는 은하수와 헤일 수
없이 수많은 별들이 눈부시게 반짝이고 있었다. 정겨웠던 지난날
들이 스쳐가는 가운데 불현 듯 윤 박사의 얘기가 떠올랐다. 난
지금 어디에 앉아 있는 것일까? 저 은하의 한 모퉁이에 앉아있는

것은 아닐까? 태어남은 무엇이고, 죽음은 또 무엇일까?

얼토당토않은 생각이 스쳐가는 가운데 엊그제 꿈이 생각났다. '나는 왜 사막에 서있었던 것일까? 혹시 그 사막이 무수한 별들이 빛나는 저 하늘이었을까? 저 별들의 세계에서 갈 곳 몰라 헤매느라 난감해서 눈물을 흘렸던 것은 아닐까?' 거기까지 생각이 미치자 어제 새벽에 꾸었던 꿈도 생각났다. 캄캄한 공간으로 날아가 별들 사이를 떠다니며 무서워서 땅으로 내려서려 발버둥을 쳤던 일. 꿈은 대부분 잠을 깨는 순간 잊어버리고 마는데, 왜 이틀간 꾸었던 꿈은 잊히지 않는 것일까?

프로이트의 저서 『꿈의 해석』에 보면, 꿈은 무의식의 활동으로 의식세계에서 인식했거나 스쳐지나간 일들이 모두 일정시간이 지난 뒤에 무의식의 세계로 저장되어 있다가 조각조각 나타나는 것이며, 과거에 인식했던 사실과 같게 나타나기도 하고, 왜곡되어 나타난다고도 했는데…. 그리고 그런 꿈의 목적은 소망 충족에 있다고 했는데…. 내가 꾼 꿈도 언젠가 내가 인식을 했든 인식하지 못하고 지나갔든, DNA에 저장되어 있던 그런 내용들이 나타난 것은 아닐까? 이런저런 생각에 시간 가는 줄 모르고 있던 나는 몸이 으스스함을 느끼고서야 행여 감기라도 걸릴까 걱정이 돼서 방으로 돌아와 잠을 청했다.

끝없이 펼쳐진 들판에 풀이 돋아나더니 숲이 생기고, 어디선가 큰 공룡들이 나타나고, 하늘에는 익룡들이 날아다니고 있었다.

나는 잡혀 먹히지 않으려고 오들오들 떨면서 나무 아래에 숨어있는데, 어디선가 아름다운 음악소리가 들렸다. 눈을 떠보니 핸드폰 알람소리였다. 밖에서 두런두런 얘기하는 소리가 들려 귀를 기울여보니 이장님이 바다에 나가 그물을 걷어가지고 온 모양이었다.

"서울양반! 일어났으면 나와서 조반이나 같이 드슈."

나는 더 이상 누워 있을 수가 없었다. 마지못해 그러겠노라 대답을 하고 세수를 하러 우물가로 가니 언제 그물을 걷어왔는지 이장님은 고기를 손질하고 있었다.

"벌써 그물을 걷어왔네요? 왜 안 깨우셨어요?"

"왜 아니래. 같이 가자고 두어 번 불렀었는데 대답이 없길래 밤늦게 밖에 나갔다 왔나보다 하고 혼자 갔수."

"어젯밤처럼 자정 넘어서까지 잠이 오지 않아 잠깐 바닷가에 나갔어요. 죄송하게 됐네요."

"그래, 잠은 좀 잤수? 쉬러 온 양반이 잠을 못자면 어떻게 해. 하기야 나이가 들면 잠이 줄어들긴 하지만."

"새벽녘에 들어오긴 했지만, 공기가 좋아서 그런지 깊은 잠에 빠졌었나 봐요."

"잠시만 기다리슈. 금방 찌개를 끓일 테니까."

나는 잠을 쫓을 겸 동네를 한 바퀴 돌고 돌아왔다. 그 사이에 아침상이 차려져 있었는데, 어제와 마찬가지로 싱싱한 회와 매운탕에 갓 뜯어온 야채까지 곁들여있었다.

"서울양반! 우리는 매일 이렇게 똑같은 것만 먹고 있수. 어제하고 같은 반찬이라 어쩌지?"

"같다니요? 매일 이렇게 신선한 재료로 만든 음식을 드시니 얼마나 좋으세요? 아침상을 마주한다는 것은 큰 행복이지요. 정말 두 분이 부럽네요."

"하하. 그렇게 보이슈? 하기야 사는 게 뭐 별 거 있수? 소소하게 지내면서 하루하루 즐거우면 그만이지."

그렇게 웃으며 아침식사를 마친 나는 방으로 들어와 깜박 잠이 들었다. 시간이 얼마나 흘렀는지 또 이장님 목소리가 들렸다.

"서울양반! 정말 오늘 안 갈 거유? 안 갈려면 어제 약속한대로 김 박사 집으로 가서 백숙이나 끓여먹읍시다."

시간을 보니 벌써 11시였다. 나는 곧바로 정신을 차린 후 거울을 한번 보고 밖으로 나와 이장님과 함께 김 박사네 집으로 갔다. 언제부터인지 모르지만 김 박사는 벌써 윤 박사와 함께 평상에서 차를 마시고 있었다.

"여보게들, 나 빼고 둘이서 마시니까 맛이 좋은가?"

"그럴 리가요. 윤 박사가 보이차를 끓여왔어요. 혈액순환에 좋다고. 어서 이리로 앉으세요. 황 선생도."

이장님은 윤 박사가 따라주는 차를 한 모금씩 한 모금씩 마시고는 너스레를 떨었다.

"여기 오지 않았다면, 이 귀한 차 맛을 볼 수가 없었겠군. 어제는 많은 얘기 하느라 많이 피곤했을 텐데 몸은 괜찮수?"

"모처럼 이야기를 나누어서인지 기분이 좋았어요. 잠도 잘 자고요."

"아, 그래유? 오늘은 닭백숙을 끓여 몸보신이나 하세. 아침 일찍 일어나 실한 놈으로 두 마리 잡았다네."

"아니, 형수님한테 혼나려고요?"

"닭 값은 서울 양반한테 받으면 되쥬."

"그러세요. 이장님 내외분께도 고맙고, 어제 여기 두 박사님들한테 귀한 얘기를 들었으니 당연히 그래야 하겠죠."

"서울양반! 그냥 즐겁자고 하는 얘기유. 난 말이유. 이렇게 찾아오는 사람 잘 대접해 보내는 것이 즐거움이라우. 하하하. 나는 백숙이나 솥에 앉혀놓고 올 테니 얘기들 나누슈."

"황 선생, 저 형님이 그래. 처음에 여기 왔을 때, 너무 잘 해줘서 부담스러웠는데 지내면서 겪어보니 천성이 저래. 남 퍼주기 좋아하는 성격이야. 그래서 하루는 내가 물었지. 왜 나에게 잘 해주냐고. 그랬더니 그러더군. 자기가 병에 걸려 앞날을 예측할 수가 없었을 때 간절하게 기도를 했대. 병을 낫게만 해준다면, 앞으로 받은 은혜를 다른 사람에게 돌려주며 살겠다고. 그런데 기적적으로 병이 완치된 거야. 그 이후로 형님은 형편 닿는 대로 남에게 베풀기 시작했대. 그런데 시간이 지나고 보니까 남에게 베푸는 것이 손해나는 것이 아니라, 자신이 더 행복해지더라는 거야."

"스스로 행복해지는 방법을 터득한 거네. 쉽지 않은 일인데…"

"저 형님 표정을 봐. 어수룩해 보이는 것 같으면서도 구김살 없이 밝고 행복해 보이잖아. 내가 이 섬에 들어와 유일하게 의지하고 지내는 분일세. 저 형님한테 좋은 기를 많이 받아."

이장님은 닭백숙을 준비해 놓고 다시 평상으로 돌아와 앉았다.

"음식이 다 될 때까지 잠시 얘기나 하세. 김 박사! 어제 하다가 그만 둔 얘길 이어보게."

"그럴까요? 어제는 윤 박사가 지구의 탄생과정을 얘기 했으니 오늘은 제가 생명체가 어떻게 생겨났고, 인간으로 진화했는지 얘기해야겠네요. 아마도 얘길 듣고 나면 세상이 달리 보일 수도 있을 거예요."

"그려. 오늘은 또 어떤 세상을 보게 되려나."

"어제 윤 박사가 얘기 했듯이 지구는 45억 전에 생겨났고, 처음에는 지구표면의 온도가 수천 도에 이르렀어요. 그러다가 점차 식어가면서 지표면은 응고되어 현무암층으로 바뀌어갔고, 그때 어마어마한 양의 이산화탄소 등 여러 가스가 발생해 하늘은 황색으로 뒤덮였지만, 이산화탄소가 수소와 결합하면서 수증기를 만들고, 그것들이 한데 뭉쳐 수백만 년 동안이나 비가 되어 내렸지요. 그래서 가스로 뒤덮였던 하늘은 좀 맑아졌고, 내린 비로 인해 최초의 바다가 생겨나며 지구 전체의 90% 정도를 뒤덮었다고 해요. 그러나 그 비로 지구에 바닷물이 생길 정도는 아니었을 것이라는 학자들도 있어요. 그들은 외부의 행성에서 떨어져 나온 운석에 포함되어 있던 수분이 그 원인이었을 것이라고 주장하기도 하죠. 그렇게 바다가 생긴 원인은 아직도 불분명해요. 원인이야 어찌되었든 그때의 바다는 철분 성분이 많아 황록색이었어요. 그러나 그 뒤 10억여 년이 지나는 동안 바다는 산소가 증가하면서 해수 중에 용해되어 있던 철분이 산화되어 침전되며 지금과 같이 깨끗하게 변했지요. 그러한 변화가 일어나는 가운데 지하의 용암이 심하게 요동쳐 화산 폭발과 지진이 일어나며 물속에 잠겼던 지각은 여러 개의 조각으로 갈라져 물 위로 솟아올라 육지가 되었고, 갈라진 틈으로는 바닷물이 들어와 새로운 호수와 바다를 만들었지요. 그리고 육지와 바다의 경계면 얕은 바다에서는 원시 가스 혼합체가 햇빛을 받아 유기분자스프를 만들어 생명체의 기초성분인 아미노산이 만들어졌고, 최초의 생명체라 불리는 시아노박테리아(cyanobacterium)가 생겨난 거예요. 원핵세포로 이루어진 원시 조류(藻類)의 일종이지요. 이 단세포생물은 햇빛을 먹고 살며 대기로 산소를 뿜어내는 생물인데, 이것이 쌓여 스트로마톨라이트(stromatolite)라 불리는 둥근 바위처럼 생긴 침전물이 되었죠. 지금도 호주의 샤크만(Shark Bay)을 비롯해 세계 여러 곳에서 여전히 발견되고 있어요."

"김 박사! 시아노박테리아라고 하니까 몇 년 전에 다녀온 미국

서부 와이오밍 주에 있는 옐로우스톤이 생각나네. 우리나라 경기도 넓이만한 그 공원 중에 그랜드 프리즈매틱이라는 온천수가 솟아나는 곳에 갔었거든. 높은 전망대에서 보니까 마치 태양 주위에 화염이 일어나고 있는 모습이었어. 프리즘을 통해 보는 것 같은 오묘한 색깔을 가지고 있는 온천인데, 지름이 100m쯤 된다고 하더군. 온천의 중심부는 온도가 아주 높아 짙은 푸른색이고, 온도가 점차 낮아지는 가장자리로 갈수록 푸른색이 옅어지며, 점차 노란색, 주황색을 띠고 있어 정말 인상적인 곳이었지. 가이드 설명에 의하면 그렇게 예쁜 색깔을 띠고 있는 것은 지구 최초의 생명체라 불리는 시아노박테리아라고 하더라고. 그때는 관람하느라 흘려들었었는데 김 박사 애길 들으니 불현 듯 생각이 나네."

"나는 시아노박테리아의 생성과정을 찾아보기 위해 그곳에 갔었지. 가이드 설명이 맞아. 그곳은 지구 최초의 생명체가 생겨나는 과정을 잘 보여주고 있는 장소지. 온천 바닥에 여러 색깔로 보이는 암석층이 스트로마톨라이트야. 이러한 스트로마톨라이트의 생성과정을 최초로 알아낸 사람은 클립 클레이포드라는 호주의 지질학자인데, 그는 스트로마톨라이트의 표면을 얇은 막처럼 둘러싸고 있는 희귀한 박테리아성 녹색조류에 관심을 갖고 관찰하다가 이 미생물이 오랜 기간에 걸쳐 태양빛에서 양분을 얻은 후 배설물을 토해내고 그 배설물이 침전되어 굳어진 것이라는 것을 알아냈어. 연구 결과에 따르면 35억 년 전 최초의 생명체인 시아노박테리아가 생겨난 이후 10억 년이 지나는 동안 해변 곳곳에는 시아노박테리아가 뒤덮고 있었고, 그들은 광합성 작용을 해서 엄청난 양의 산소를 만들어냈다고 해. 그리고 그 산소는 대기 중으로 퍼져 이산화탄소와 결합해 비가 되어 내리며 대기를 깨끗하게 만들어 푸른 하늘이 생겨났다고 하지."

"지구상의 여러 혼합가스가 태양빛을 받아 원시스프를 만들고 최초의 생명체 시아노박테리아가 생겨났다고 했는데, 그 과정을 증명한 사실이 있나?"

"사실 황 선생이 알고자 하는 문제는 화학적 작용에 관한 문제라서 보통 사람들로서는 이해하기가 어려운 문제인데, 그래도 알고 싶어 하니 설명은 해야겠구먼. 황 선생이 생명의 기원에 대해 궁금해 하듯이 앞서서 이 세상을 살았던 수많은 사람들도 그 문제에 대해 궁금해 하고 그것을 밝히려고 노력했었지만 쉽게 밝혀낼 수가 없었어. 그렇게 시간이 흘러가는 가운데 1832년 독일의 화학자 프리드리히 뵐러(Frierich Wohler; 1800~1882)가 아주 중요한 실험을 하나 했지. 무기화합물인 시안산암모늄(NH_4OCN)을 가열할 때 유기화합물 요소가 생성됨을 알아낸 거야. 쉽게 말하면 질소, 수소, 산소, 탄소의 화합물인 시안산암모늄을 가열해서 요소(尿素, H_2NCONH_2)를 생산해낸 것이지.

무슨 의미냐 하면, 원시 지구상에서도 여러 물질들이 합성되었을 가능성이 있다는 것이 확인된 거야. 이는 전생물적(前生物的)

화학실험이라는 방법으로 원시지구상에서 일어났던 반응들을 살피기 위해 하는 실험이지. 뵐러의 실험이후 화학자들은 전생물적 화학실험을 많이 했어. 그런 가운데 1953년 미국의 시카고 대학에서 원시지구를 모방한 아주 중요한 실험이 있었지. 1934년 노벨화학상을 수상한 해럴드 클레이턴 유리(Harold Clayton Urey; 1893-1981) 교수의 권유로 대학원생이었던 스탠리 로이드 밀러(Stanley Lloyd Miller; 1930-2007)가 진행한 실험이었어. 그는 밀폐된 플라스크와 유리관을 연결한 장치를 준비하고, 플라스크 안에 물을 부어 0.1-0.2기압의 저압 상태로 비등시켜 수증기가 생기게 하고, 유리관을 통해 유리 장치 안에서 계속 순환시켰지. 그리고 그 유리장치에 메탄, 암모니아, 수소 가스를 주입시킨 뒤 그 안에서 6만 볼트(V)의 고주파 전기불꽃이 일어나게 했어. 원시지구상에서 일어나는 현상과 유사한 조건을 마련한 것이었지. 실험 장치를 설명하자면, 플라스크 안의 물은 원시바다이고, 발생된 수증기와 메탄, 암모니아 및 수소가스는 원시대기를 모방한 것이야. 그리고 고주파 스파크, 전기불꽃은 천둥과 번개를 모방한 것이지. 이러한 조건에서 어떤 일이 벌어졌을까? 1주일이 지나 전기불꽃을 끄고 식힌 후 플라스크 속의 물을 분석해 보니, 놀랍게도 그 물에는 단백질을 만드는 아미노산과 당을 만드는 포름산이 생성된 것이었어. 이와 같은 물질들은 생명체의 세포를 구성하는 핵산(核酸)이라는 중합체인데, 이곳에서 원시세포가 태어난 것이지."

"핵산은 어떤 물질이야?"

"핵산은 모든 생명체의 세포 안에 들어 있는 본질적인 성분이며, 유전 정보를 암호화한 물질로 단백질 합성을 조종하고 세포 활동을 조절하는 유전 형질의 전달체지. 탄소, 수소, 산소, 질소, 인으로 구성되어 있으며 당과 인산, 염기가 결합된 뉴클레오티드가 기본 단위야. 그리고 결합된 당의 종류에 따라 DNA*라 불리는 디옥시리보핵산과 RNA**로 불리는 리보핵산으로 나누어지지. 간단히 말하면 DNA는 유전자의 본체를 이루는 물질이고, RNA는 유전암호의 운반체야."

"그럼 염기는 뭐야?"

"황 선생! 점점 더 전문가가 되려 하는구먼. 염기(鹽基)는 쓴맛이 나고 미끈거리며, 수용액이 붉은색 리트머스 종이를 푸르게 변화시키고, 페놀프탈레인(phenolphthalein, 산-염기 지시약과 하제로 널리 사용되는 유기화합물) 용액을 붉게 변화시키며, 전류를 흐

---

* DNA(deoxyribonucleic acid) : 핵산의 한 종류로 히스톤 단백질과 함께 염색체를 형성하며 유전자의 본체를 이루는 물질.

** RNA(Ribonucleic acid) : 유전암호의 운반체. 리보오스 뉴클레오티드로 구성되어 있으며, 그 모양은 나선 형태에서 풀린 구조까지 다양함. 전령 RNA와 운반 RNA, 리보솜RNA의 세 가지 형태로 존재. 단백질 합성과 정에서 mRNA(운반RNA)는 핵의 DNA로부터 암호화된 유전정보를 세포질내의 단백질 합성 장소인 리보솜으로 운반. rRNA(리보솜RNA)는 mRNA에 의해 운반된 유전정보를 읽음. mRNA 내의 질소 염기 3개가 1개의 아미노산을 만들며, tRNA(전령RNA)가 이 아미노산을 리보솜으로 운반 하여 차례로 아미노산들이 결합함으로써 단백질이 합성됨.

르게 하는 공통적인 성질을 지니고 있는 것을 말해. 이러한 염기는 뉴클레오티드의 구성 성분으로 아데닌(A), 티민(T), 구아닌(G), 사이토신(C), 유라실(U)의 5가지야. 이 염기들은 유전 암호의 기본 단위로 작용하며, 아데닌(A), 구아닌(G), 사이토신(C), 티민(T)은 DNA에서, 아데닌(A), 구아닌(G), 사이토신(C), 유라실(U)은 RNA에서 작용해. 알기 쉽게 말하면 한글이 24개의 자음과 모음으로 이루어져 있듯이 세포가 가지고 있는 단백질 유전암호야. 잠시 깊이 있는 얘기가 오갔는데, 본래대로 되돌아가자고.

35억 년 전 그런 자연환경에서 원시세포의 생성물질이 만들어져 원시형태의 세포라 불리는 최초의 생명체 원핵세포가 탄생되면서 원핵생물인 시아노박테리아(cyanobacteria)가 나타난 것이지. 그리고 이후 5억여 년이 지나면서 원핵세포는 진핵세포로 진화하여 요즘 생태계를 장악하고 있는 진핵생물, 즉 동식물들이 생겨났지."

"김 박사! 원핵세포*는 이해를 했는데, 진핵세포**는 또 어떻게 생겨난 거야?"

"그것은 아직도 확실하게 증명된 것이 없어. 단지 아주 중요한 가설 중에 세포공생설이란 것이 있지. 그 가설에 의하면, 큰 원핵세포가 작은 원핵세포를 먹어 그 속에서 또 하나의 세포가 살고

---

* 원핵세포의 구성요소 : 리보솜, 세포막, 세포질. 박테리아.
** 진핵세포 : 핵이 있는 세포 핵막, 골지체, 소포체, 인, 미토콘드리아, 히스톤. 곰팡이, 효모 등으로 이루어져 있는 고등생물의 세포

있다는 것이지. 왜냐하면 먹힌 세포가 먹은 세포에게 생존에 필요한 영양분을 주었기 때문인데, 이것이 세포 속의 소기관인 미토콘드리아*나 엽록체로 진화되어 세포 속에서 자신만의 막을 형성하고 독자적으로 생존할 수 있게 된 것으로 보고 있어."

이장님이 물었다.

"김 박사! 화학작용에 관한 얘기를 들으니 뭔 소리인지 도무지 알아들을 수가 없네. 그러니까 내가 듣기에는 대기 중에 있는 보이지 않는 물질이 바다 속에 녹아들어 생명체에 필요한 물질을 만들어냈고, 그 물질이 결합하여 DNA, RNA, 단백질 등을 생성했다는 거쥬. 그리고 그것이 원핵세포를 생성해냈고, 그 원핵세포가 시아노박테리아를 만들어낸 것이며, 그 뒤 5억여 년이 흐르면서 원핵세포는 진화를 거듭해 진핵세포가 만들어져 다양한 생명체가 나왔다는 거잖수?"

"그렇죠. 그 정도만 이해해도 대단한 것이에요."

"이제 알겠수. 왜 바다가 푸르고 하늘이 푸른지. 그리고 생명체는 어떻게 생겨난 것인지… 오늘이 내 생에 최고의 날일세. 이제까지 살아오면서 웬만한 세상이치는 모르는 것이 없다고 생각했는데, 얘기를 들으니 한심하다는 생각밖에 들지 않는구먼. 안 그래, 황 선생?"

---

* 미토콘드리아(mitochondria) : 세포 활동에 필요한 에너지를 생산하는 세포소기관.

"이장님, 저는 어느 정도는 알고 있었어요."

"허허. 미안허이. 나만 모르고 있는 겐가? 아무튼 너무나 새로운 것들을 들으니, 이제까지 산 보람이 있는 것 같어. 김 박사! 그래서 그 다음에는 어떻게 됐수?"

"그 뒤 지구는 계속적으로 변화했죠. 화산활동으로 인해 육지는 지구 전체의 1/4정도까지 커졌고, 7억 년 전쯤에는 엄청난 추위가 몰아닥쳤어요. 빙하기가 찾아온 거지요. 어제 윤 박사가 얘기했듯이 지표면 온도는 섭씨 영하 40℃까지 떨어지고, 약 1.6km에 이르는 얼음장으로 뒤덮여 생명체란 생명체는 거의 멸종했거나 얼음장 속에 갇혀버렸지요. 그렇지만 지구 내부에서는 계속 용암이 꿈틀거렸고, 6억 5000만 년 전부터 다시 거대한 화산 폭발이 일어났어요. 그래서 빙하는 녹아내렸고, 얼음 속에 갇혀있던 단세포생명인 시아노박테리아도 다시 번성하기 시작해 대기는 산소수치가 최고치로 올라가면서 단세포 생물도 다양한 다세포 생물로 진화해 생태환경이 복잡해졌죠. 자그마치 1억년 정도나… 그리고 이어서 5억 4200만 년 전쯤부터 바다 속 생명체들이 가장 살기 좋은 환경이 도래하여 엄청나게 번성했죠. 고생대 캄브리아기라고 부르는 시대인데, 이 좋은 환경도 4억 4000만 년 전쯤에 이르러 해양생물의 약 50%가 사라지는 제1차 대멸종 사태를 맞이했죠. 아직은 그 이유가 정확히 밝혀지지는 않았지만."

"김 박사! 너무 충격적인 얘기를 들으니까 머리가 무거워. 백숙이 다되었을 테니까 몸보신이나 하고 하세. 백숙 끓는 냄새가 창자를 요동치게 하네."

우리는 잠시 닭백숙을 한 그릇씩 들면서 여담을 즐겼다. 이장님이 확산되고 있는 코로나에 관해 질문을 던졌다.

"요즘 코로나19로 인해 온 세상 사람들이 아우성인데, 이거 잡을 수 있겠수?"

"이장님! 여러 나라에서 백신개발에 몰두하고 있으니까 곧 나오겠죠. 김 박사, 안 그래?"

"쉽지는 않을 거야. 임상시험까지 모두 마쳐서 안전성이 검증되어야 하는데, 전문가들의 말에 의하면 쉽지 않을 거라던데? 설령 개발된다고 하더라도 확실하게 안전성을 보장하려면 시간이 걸릴 수밖에 없겠지. 뿐만 아니라 코로나19 바이러스도 나름대로 살기 위해 변화를 계속해 변종도 생길 테니까."

"그럼 사람들이 먹고사는 문제가 심각할 텐데…."

"그것도 큰 문제지만, 앞으로는 세균과의 전쟁이 빈번할 것으로 봐. 지난 역사를 돌이켜 보면, 14세기 중반 5년간 유럽을 초토화시키고 아메리카 정복을 위해 건너간 유럽인들로 인해 그곳 원주민들까지 죽음으로 내몬 흑사병(페스트), 16세기에서 17세기 말까지 200여 년간 전 세계를 휩쓴 천연두, 19세기에 대유행을 한 결핵과 콜레라, 20세기에 출현한 에볼라, 스페인 독감, 에이즈 그리고 현 세기에 들어 20여 년 사이에 나타난 사스, 신종플루,

메르스, 이번 코로나19까지 인간과 세균과의 싸움은 점점 더 빈번하게 발생하고 있지. 이로 보아 인류는 무력전쟁으로 망하는 것이 아니라, 세균과의 싸움으로 망할 것 같아."

"김 박사! 현대의학이 얼마나 발달되었는데… 그걸 잡지 못 하겠어?"

"과거에 비해 발전한 것은 맞지만, 세균도 살아남기 위해 나름의 변화를 거쳐 변종으로 진화해가니 정복하기가 쉽지 않지. 의학계에서는 증상이 나타나고 난 다음에야 그에 대한 연구가 이루어지고 백신이나 치료제를 개발하게 되잖아. 항상 뒷북을 칠 수밖에."

"그렇기는 하지. 근데 김 박사, 그러한 질병이 자주 나타나는 이유는 뭘까?"

"의학전문가는 아니지만, 내가 보기에는 아무래도 지구환경의 변화라고 보이거든. 무분별한 화석연료의 과다사용으로 자연이 파괴되고, 그곳에 사는 동식물들을 숙주로 살던 세균들이 숙주가 없어지면서 인류를 숙주로 삼아 옮겨 붙는 것 같아. 지금 지구환경의 변화는 정말 심각하다고 해. 화석연료의 과다한 사용으로 대기 중에 이산화탄소는 증가하고, 이 이산화탄소가 지구의 온도를 높여 극지방의 빙하를 녹이며, 드러난 땅덩어리에서 엄청난 메탄가스가 발생해 지구를 더 뜨겁게 만들어 생태계를 교란하고 있는 것이거든. 비관적인 기후학자들은 지금과 같은 상태가 지속된다면, 향후 30년 내에 지구는 상상치도 못할 엄청난 변화에 직면할 것이라고도 해. 현재 세계 인구는 약 78억 명 정도인데, 30년 뒤에는 100억 명이 넘을 거란 전망이고, 생존을 위해 식량증산이 지속적으로 이루어지면서 자연은 더 많이 파괴될 것이며, 그 때문에 온난화는 더 가속되고, 또 식량은 더 부족해져 악순환이 계속될 것으로 전망하고 있어. 그러면 무슨 일이 벌어질까? 전쟁이 일어날 확률이 높겠지. 식량 확보를 위한 전쟁… 지금 우리나라의 곡물 자급률은 2019년 기준으로 약 21%정도라고 보고 있는데, 30년 뒤를 생각해보면 끔찍한 일들이 일어날 것으로 보여.

현실적으로 벌어지고 있는 사례를 들어보면, 기아선상에 있는 아프리카의 국가들은 차치하더라도 내전으로 난민이 발생되고 있는 중동의 시리아를 들 수 있어. 그 나라는 내전으로 발생한 난민을 500만 정도로 보고 있는데, 그들은 목숨을 부지하기 위해 육로 또는 해상으로 유럽의 여러 나라로 탈출하기 위해 갖가지 방법을 동원하고 있잖아. 그런데 유럽 각국에서는 어떻게 하고 있지? 이들을 수용하지 못하겠다고 아우성이야. 왜냐하면 그들을 받아들였을 경우, 각국마다 많은 사회문제가 발생될 수 있으니까. 지금도 그런 현상이 발생하는데 향후 더 엄청난 수의 난민이 발생한다면 어떻게 되겠어? 전 세계적으로 어려운 문제가 되겠지. 그런데 이런 난민이 발생된 근본적인 문제는 내전이 아니라, 국토의 사막화로 인한 식량문제가 크다는 것이야. 그 뿐만이 아니야. 유엔의 보고에 의하면 온난화가 계속되어 지구의 평균온도가 지금보다 3-4℃ 정도만 더 올라가도 남북극의 빙원이 급속히 녹아 해수면의 높이가 최악의 경우 40m 정도 더 높아진다는 것이야. 그럼 현존하는 전 세계 도시의 반 정도가 물속으로 사라지고, 수많은 농경지도 사라져 식량부족현상은 더욱 심각해진다는 것이지."

"김 박사! 갈수록 앞날을 예측하기가 어렵겠네. 그리고 보면 지금 우리가 현 시대에 살고 있는 것은 그야말로 행운이고 행복이로구먼."

그렇게 여담을 곁들여 식사를 마친 우리는 운동 삼아 10분 여 정도 주변의 소나무밭을 거닐다가 돌아와 이장님이 만들어준 냉커피를 마시며 김 박사의 이야기를 들었다.

"4억 년 전 하나의 땅덩어리 로디니아는 화산폭발과 지진으로 또 다시 갈라지고 흩어지기 시작해 새로운 육지와 바다, 호수가 생겨났죠. 그리고 대기 중에 산소수치가 다시 올라 대기도 맑아지고, 대기의 상층부에 오존층이 생겨 자외선을 막아주면서 바다에서만 살던 생물들이 최초로 육지의 담수호로 올라와 살기 시작했어요. 그 뿐만이 아니라 고온다습한 환경이 계속되면서 생물들은 엄청난 번식과 진화를 거듭했는데 살아남기 위해 나름의 무기를 지니는 쪽으로 진화했지요. 예를 들면 딱딱한 껍데기가 생기고 골격이 완성되었으며, 눈과 이가 생기는 등 구조도 복잡해졌죠. 새우라고 알려진 해양생물의 최고 포식자 아노말로카로스 (anomalocaris)라는 생물처럼 몸길이가 1m가 넘는 놈들도 있었고…. 식물들은 하늘을 뒤덮을 정도로 자라 거대한 수목을 형성했지요."

"어떻게 그런 생물들이 있었다고 볼 수 있지?"

"형님, 그것은 윤 박사 같은 지질학자들이나 박물학자들이 지층에서 당시의 화석을 발견해냈기 때문이죠. 3억 년 전쯤을 지질학계에서 고생대 석탄기라고 부르는데, 그 지층에서 화석이 많이 나타나죠. 그 이유는 당시 기후변화로 1000여 년에 걸쳐 대멸종이 있었다는 것을 나타내는 것으로 3억 7000만 년 전에 있었던 제2의 대멸종 때문인 것이죠. 생명체의 약 70%가 사라졌으니까. 요즘 많이 사용하는 화석연료, 즉 석탄, 석유, 천연가스 등이 나오는데, 이것은 당시 번성했던 동식물들이 환경의 변화로 죽어 땅속에 묻혀 있다가 높은 열과 압력에 의해 탄화(炭化)되어 만들어진 것이에요. 탄화란 탄소, 수소, 산소 등으로 이루어진 물질(유기물)이 열과 압력의 영향으로 수소와 산소 성분은 기체로 빠져나가고 탄소 성분만 주로 남는 변화를 말하는데, 동식물을 이루는 유기물의 주성분은 탄소, 수소, 산소, 황, 인 등이니까 화석연료의 주성분 또한 이러한 성분임이 확인된 것이고, 그 성분들 중에는 탄소의 함량이 가장 높다고 확인되었죠. 대체적으로 나무는 석탄이 되고, 동물들은 액체상태로 유지되는 석유가 되었다고 보면 돼요.

이후 지구환경은 1억 2000만년 동안 안정화되면서 살아남은 생명체들을 비롯해 새로 생겨나는 생명체들은 번성하기 시작했죠. 육지에는 곤충이 나타났고, 그 다음은 양서류가, 그 다음에는 초창기 파충류가 나타났죠. 그러나 모든 생명체가 번성한 것은 아니었고 서로 생존투쟁을 벌이면서 멸종하는 종도 많이 생겨났지요. 지금 인간을 비롯해서 이 지구상에 살아남은 생명체, 즉 동물이든 식물이든 모든 종(種)은 생존투쟁이라는 엄정한 환경에서 살아남은 운 좋은 생명체들이죠."

"그렇겠지. 여기 보이는 숲만 봐도 소나무 밑에서는 풀들이 잘 자라지 못하잖아. 동물들도 마찬가지겠지만 먹이사슬을 보면, 삶이 곧 생존투쟁이라는 말을 실감할 수 있지. 근데 당시의 생물들이 계속 살지는 못했던 것으로 알고 있는데…. 안 그런가?"

"맞아. 지구에는 또 커다란 변화가 일어났지. 2억 5200만 년 전, 지금의 시베리아지역에서 화산활동이 극렬하게 일어나며 지각을 파열시켰고, 갈라졌던 땅덩어리는 다시 하나로 뭉쳐 '판게아'라 부르는 초대륙을 형성했지. 그것도 1000만 년이 넘도록… 그때 분출된 가스가 또 다시 하늘을 뒤덮으면서 태양빛을 가려 생명체들은 약 95%가 사라지는 제3의 대멸종 사태가 일어났어. 그런 악조건 속에서도 일부의 생물들은 살아남았고, 기후가 안정화되면서 다양한 생명체들로 진화하게 되었는데 그때 자그마한 크기의 악어, 공룡 등이 생겨나서 점차 몸집이 큰 동물로 진화하며 지구를 지배하기 시작했어. 그렇게 공룡시대를 구가하던 지구는 2억 500만 년 전쯤에 이르러 800만 년에 걸쳐 소행성의 충돌과 크고 작은 화산폭발, 그리고 이산화탄소 증가로 온난화가 가속되어 제4의 멸종사태를 맞이해 육지생물 80%, 해양생물 20%정도가 멸종하고 말았지. 그리고 초대륙 판게아는 서서히 분리되기 시작했어. 그리고 6500만 년 전, 우주에서 어마어마한 운석들이 또 지구에 떨어졌고, 그 충격으로 지각은 심하게 흔들리며 화산이 곳곳에서 분출하는 바람에 또 엄청난 재앙이 몰려왔지. 먼지는 대기권을 뒤덮었고 햇빛은 차단되어 기온은 걷잡을 수 없이 떨어지고 암흑으로 변해버리는 바람에 먹이사슬이 무너져 살아남아 번성했던 공룡을 비롯한 동식물들의 75%가 사라지는 제5의 대멸종이 일어났지. 왜 SF영화 '쥬라기공원'이라고 있었잖아. 스티븐 스필버그(Steven Spielberg; 1946-)가 감독한 영화. 그게 바로 이 시기를 모델로 한 영화지. 원작소설을 지은 사람은 마이클 크라이튼(Michael Crichton; 1942-2008). 황 선생, 이 영화 봤지?"

"엄청 흥행에 성공한 영화였잖아. 내 기억에는 중남미 섬나라 코스타리카를 배경으로 한 영화였어. 그 영화 때문에 어린아이들한테는 공룡 캐릭터 바람이 불었지. 그런데 김 박사, 운석이 떨어졌다는 것을 무엇으로 증명했지?"

"그것을 어떻게 밝혀냈느냐 하면, 미국의 댄더다(Dan Durda)라는 학자가 콜로라도에서 6500만 년 전에 생성된 암반에서 운석의 충돌을 증명하는 물질, 즉 운석에 많이 포함되어 있는 이리듐(백금과 유사한 물질)과 공룡 등 당시의 동식물에 관한 화석을 찾아낸 거야. 이제까지 운석이 떨어졌다고 확인된 곳은 여러 곳이 있는데, 그 중에 가장 유명한 곳은 멕시코 유카탄 반도에 있는 칙술룹(Chicxulub)으로 지름이 180㎞에 이른다고 해."

"운석이 떨어진 다음에 지구는 어떻게 되었어?"

"오랜 시간이 흐르면서 지구환경은 다시 산소농도가 올라가고, 대기도 정화되어 생물체가 서서히 회복되기 시작했지. 그리고 생명체의 75%가 멸종하는 속에서도 살아남은 생명체에서 최초로 포유류(哺乳類)가 생겨났어."

"그럼 인간들 입장에서는 운석이 떨어진 것이 행운이었네. 그게 아니었으면 공룡의 세상은 계속 지속되었을 것이고, 인간은 생겨날 수 없었을 테니까."

"어떻게 보면 그렇다고 봐야겠지. 그 이후에 포유류가 나타난 것으로 보고 있으니까. 어쨌든 그런 엄청난 재앙 속에서 살아남은 생물 종(種) 중에 숲에서만 사는 '푸르가토리우스'라는 포유류가 생겨났어. 몸길이 15㎝, 몸무게 37g정도의 잡식성 동물로 초기 소형 영장류(靈長類)라고 불리는 놈이지. 이 놈이 어떻게 진화했느냐 하면, 열매를 따먹기 쉽게 물건을 손으로 잡을 수 있는 '카르

폴레스테스'로 변했고. 또 '카르폴레스테스'는 열매를 따먹기 위해 이 나무 저 나무로 옮겨 다니기 쉽게 정확한 이동거리 측정에 필요한 입체시각을 가진 '쇼쇼니우스'로 진화 되었어. 설치류(齧齒類; 쥐목에 속하는 동물들의 총칭)처럼 안면이 앞으로 튀어나오고 눈이 옆면에 붙어 뒤쪽까지 감시할 수 있는 모습에서 안면은 거의 평면에 가깝도록 들어가고, 눈도 정면을 바라볼 수 있도록 앞쪽에 두게 되는 등 시야는 좁아졌지만, 거리와 입체 감각이 두드러진 '입체시'를 가지게 되었지.

그리고 4700만 년 전쯤에는 다시 인류의 조상이 될 원숭이과 영장류 '이다(다비니우스마실레)'로 진화하였고…. 이후 약 3300만 년 전. 이다(다비니우스마실레)는 대륙이동의 영향으로 기후가 변화하며 숲이 사반화해가자 다른 동물들과 먹이 경쟁에서 살아남기 위해 더 선명한 시력을 가진 '카토피테쿠스'로 진화했어. 카토피테쿠스는 먹이 선점을 위한 방편으로 선명한 시력에 필요한 중심화와 안구를 고정시키는 안와공벽(흔들리기 쉬운 안구를 확실히 지탱할 수 있는 장치)을 두개골에 갖추게 되고, 섬유질과 독성이 적은 붉은색 연한 잎을 먹기 위해 붉은 색을 식별할 수 있는 3색형 색각을 가지게 되었지. 뿐만 아니라 적으로부터 자신들을 보호하기 위해 동족간 유대를 표현하고 의사전달 수단의 하나로 얼굴표정을 사용하기 시작했으며, 안면근육은 다양하고 정확한 발음을 하는데 도움이 되는 방향으로 진화하여 언어(voice)의 발달로 이어지게 되었지.

이렇게 발달한 카토피테쿠스는 2500만 년 전쯤에 또 다시 몸을 지면에 평행으로 하여 걸을 수 있고, 등은 길고 굽힐 수 있도록 유연해졌으며, 굽은 손바닥뼈 등이 발달해 나무 위에 살 수 있도록 진화한 '프로콘술'이 되었지. 그리고 2000만 년 전 무렵에는 침팬지, 오랑우탕, 고릴라, 긴팔원숭이와 같은 유인원(類人猿)으로 분기 진화한 것으로 보고 있어. 이후 또 다시 시간이 흘러 1800만 년 전 침팬지는 꼬리가 퇴화하고 어금니 구조가 현생인류와 같아졌으며, 직립보행을 위한 골격과 근육이 발달하기 시작했지. 그리고 700만 년 전쯤에는 두 발로 걸을 수 있는 직립원인(直立猿人)*이 탄생했으며, 300만 년 전에는 몸에 털이 점차 사라지고 현대 인류의 조상이 된 거지.

직립원인은 3만 년 전까지 호모하빌리스(Homo Habilis),** 호모에렉투스(Homo erectus)*** 등 20여 종의 원시 인류로 분기되었으

---

* 직립원인 : 2002년 중앙아프리카 챠드의 700만 년 전 지층에서 발견된 원인화석으로 현재까지 가장 오래된 직립원인의 화석 '투마이' 발견.

** 호모하빌리스(Homo Habilis) : 200만 년 전 사하라사막 이남에서 50만 년 정도 살다가 멸종된 인류로 1960년 탄자니아에서 화석으로 발견됨. 호모하빌리스라고 명명된 이유는 이 화석인들의 뇌용적이 더욱 늘어났고, 작은 어금니와 큰 어금니가 상대적으로 작으며, 손을 자유롭게 움직일 수 있다는 사실에 근거를 둠.

*** 호모에렉투스(Homo erectus) : 호모하빌리스에서 진화한 것으로 알려져 있으며, 최초의 인류로 간주됨. 다른 인류에 비해 뇌용적이 작으며, 얼굴뼈는 무겁고 아랫부분이 튀어나와 있고, 치아는 대체로 호모사피엔스의 것보다 큰 편임. 대퇴골의 구조가 현대인의 것과 매우 비슷해 신체적 능력이

나 호모사피엔스(Homo sapiens)*를 제외한 모든 종은 멸종한 것으로 보고 있지. 왜냐하면 7만 5000년 전, 인류 역사상 가장 강력한 수마트라 섬 토바화산이 폭발하면서 10년 동안 화산재가 하늘을 뒤덮어 기온이 평균 5℃나 떨어져 빙하기가 시작되는 바람에 모든 식물이 말라버려 수많은 생명체들이 멸종하는 가운데 인류도 이를 극복하지 못하고 대부분 멸종했기 때문이야.

진핵세포의 분기진화 시점을 예측해주는 유전자 분석기술인 분자(진화)시계에 의하면, 약 50만 년 전 아프리카에 남아있던 호모에렉투스가 분기하여 일부는 중동, 유럽으로 건너가 네안데르탈인이나 크로마뇽인이 되고, 일부는 아프리카에 계속 남아 호모사피엔스의 조상이 되었다고 해."

"김 박사, 그럼 우리와 같은 사람들은 최초 침팬지나 오랑우탄과 유사한 포유류가 진화하여 꼬리가 사라지고, 두 발로 걸을 수 있는 직립원인 호모하빌리스가 되었으며, 그 후에 더욱 진화하여 호모에렉투스–호모사피엔스로 진화하여 우리와 같은 현대인류가 된 것이라고 해야겠네."

"개괄적인 인류 진화의 흐름으로 보면 그렇다고 해야겠지. 그러나 그런 연구결과도 언제 어떻게 변할지는 장담할 수가 없어.

좋고, 도구 사용면에서 우수했을 것으로 보임. 1890년 자바에서 화석이 발견된 이후 베이징, 유럽, 아프리카에서도 발견됨.

* 호모사피엔스(Homo sapiens) : 호모에렉투스에서 진화한 인류로 현생 인류와 동류. 1921년 잠비아에서 화석이 발견된 이후, 세계 여러 곳에서 발견되었으며, 약 20만 년 전~1만 5000년 전에 살았던 것으로 추정.

왜냐하면 그것은 현대 과학자들이 오래된 지층에서 화석을 찾아내 분석을 거쳐 밝혀내는 것인데, 지금까지 나온 화석보다 더 확실한 증거가 또 언제 발견될지 모르니까."

"그래서 말인데 내가 알고 있는 바로는 네안데르탈인, 크로마뇽인 외에도 북경원인, 자바원인이라는 화석도 있다고 들었거든…. 그건 어떤 화석들이야. 이런저런 직립원인의 화석이 있다 보니 머리가 복잡하고 정리가 잘 안 되네."

"그렇지. 다시 정리해 보면, 좀 전에 얘기한 대로 최초 인류는 침팬지나 오랑우탄과 유사한 동물에서 진화하였는데, 당시에는 호모에렉투스 등 약 20여 종의 원시인류가 태어났다가 환경에 적응하지 못했거나 생존투쟁에 밀려 다 멸종되고, 호모에렉투스만 존재했던 거야. 오랫동안 아프리카 밀림에 살던 호모에렉투스는 먹을 것을 찾아다니다가 지금의 중동을 거쳐 아시아 대륙과 일부 유럽 대륙으로 진출하였지. 그렇게 진출했다는 근거는 1856년 독일 네안더 계곡의 한 동굴에서 발견된 화석 '네안데르탈인'과 1868년 남부 프랑스 크로마뇽 동굴에서 발견된 화석 때문이었는데, 네안데르탈인이나 크로마뇽인이라 이름을 붙인 것은 그 계곡이나 동굴 이름을 따서 붙였기 때문이야.

마찬가지로 1890년 자바에서 최초로 발견된 호모에렉투스의 화석은 '자바원인(Java原人; Java man)'이라고 명명했고, 1927년 중국의 베이징 근처 저우커우뎬 동굴에서 발견된 화석은 '베이징

원인(北京原人; Peking man)'이라고 명명했는데, 이 화석들은 모두 호모에렉투스에서 분기한 것으로 보고 있어."

"그럼, 호모사피엔스는 어디서 분기한 거야?"

"앞서 잠깐 얘기했듯이 호모사피엔스는 아프리카에 계속 살고 있었던 호모에렉투스에서 진화한 것으로 판단하고 있지. 앞서 말했듯이 아프리카 지역을 제외한 네안데르탈인, 크로마뇽인, 자바원인, 베이징원인 등은 기원 전 7만 5000년 전, 인류 역사상 가장 강력한 수마트라 섬 토바화산 폭발로 찾아온 빙하기를 견디지 못하고 수많은 생명체들과 같이 멸종한 것으로 보고 있지. 과학자들의 추정이지만, 아프리카 지역에서 가까스로 살아남은 호모사피엔스도 극심한 식량난에 부딪혀 2-3,000명 정도만 남을 정도로 거의 멸종에 이르렀는데, 그들이 살아남을 수 있었던 것은 잡식성인 데다가 양손을 자유롭게 사용할 줄 알고, 사냥에 필요한 무기를 개발하였으며, 언어가 발달하여 상호간 의사소통이 원활했고, 불을 사용할 줄 아는 등 생존에 필요한 두뇌가 발달했기 때문이라고 판단하고 있어. 아무튼 이런 과정을 거쳐 현대 인류가 탄생된 것이지."

"김 박사! 그러니까 나도 침팬지나 오랑우탄, 원숭이 등과 유사한 동물의 자손인 것만은 확실한 것이네?"

"그렇지. 그런데 그런 동물들이 우리의 조상이었다는 것에 대해서 조금도 이상하게 생각할 것 없어. 왜냐하면 원핵세포로 시작된 최초의 생명체 시아노박테리아가 진화하여 동·식물 등 여러 생명체가 태어났고, 그 중에 포유류가 진화하여 우리의 조상이라 불리는 침팬지나 오랑우탄 등이 태어나고, 유인원을 거쳐 현대 인류가 나왔으니까. 뿐만 아니라 우리도 평소에 느끼고 있지는 못하지만 환경에 적응하면서 계속 변하고 있는 것 또한 확실하니까."

"뭔 소리야? 변하고 있다니. 어떻게 또 변하냐고?"

"황 선생! 생명체가 진화해온 역사를 보면, 그 진행속도가 상상을 초월할 정도로 엄청나게 느리고 우연적이기 때문에 느끼지 못할 따름이라는 거야. 윤 박사가 아이슬란드의 열곡에 관해 말했듯이 지구의 지각이 이동하는 속도도 연간 2.5cm 정도이고, 최초 생명체 시아노박테리아가 생겨난 이후 현생인류가 나오기까지 35억 년이 걸렸으니 짧은 삶을 살아가는 우리가 그것을 느낄 수 없는 건 당연하지."

"자네 덕분에 그 동안 의문을 가지고 있었으면서도 풀지 못했던 궁금증은 어느 정도 해소가 되었네."

"다행이구면."

"김 박사! 그런데 나도 궁금한 게 있다네."

"형님이 궁금한 것은 무엇인데요?"

"맘모스라는 동물이 빙하기에 접어들면서 사라졌다고 들었는데, 그럼 마지막 빙하기는 언제쯤 있었던 거유?"

"그러니까 지금으로부터 가장 최근에 있었던 빙하기는 플라이스토세(pleistocene)라고 부르는데, 약 200만 년 전부터 시작되었다고 보죠. 그때의 지구는 지금의 파나마 지역에서 화산활동이 계속되면서 지각이 솟아올라 서로 독립적으로 떨어져 있던 아메리카 땅덩어리가 연결됨으로써 적도지역에서 극지방으로 흐르던 난류의 방향이 바뀌어 극지방부터 냉각되기 시작한 것으로 보는데, 그 결과로 지구는 급속하게 빙하기로 접어들고 말았지요. 이 빙하시대의 존재를 알아낸 사람은 미국의 지질학자이며 하버드대학교의 교수인 루이 아가지즈(Jean Louis Rodolphe Agassiz; 1807-1873)였는데, 그가 밝힌 바에 의하면 얼음의 두께는 자그마치 700m가 넘었었다고 해요. 그랬던 지구가 얼음덩어리에서 벗어날 수 있었던 것은 10-20만 년 주기로 가끔 기온이 치솟는 간빙기(빙기에 비해 상대적으로 온도가 높은 시기) 때문이라고 해요. 그래서 과학자들은 지금의 지구가 마지막 빙하기 내에 간빙기를 거치고 있다고 판단하고 있는데, 이 간빙기가 약 1만2500년 전에 시작되었으니까 앞으로 특별한 환경의 변화가 없는 한 약 몇 천 년으로부터 1-2만년 정도는 현재와 같은 기후가 지속될 것으로 예측할 수가 있겠죠. 맘모스는 약 400만 년 전에 나타나 번성했으나 200만 년 전부터 시작된 빙하기가 닥치면서 적응하지 못하고 약 1만 년 전에 사라졌다고 봐요."

"김 박사! 좀 전에 토바산의 폭발로 시작된 빙하기는 200년 전에 시작된 빙하기 중에 간빙기를 거치고 또 다시 시작된 빙하기의 시작이라는 거유?"

"그렇지요."

"허허, 지금이 빙하기 내에 간빙기라고? 그럼 현재 살고 있는 생명체들은 엄청나게 운이 좋은 거네. 안 그래유, 황 선생?"

"그러네요, 이렇게 앉아서 이야기를 주고받는 것은 그야말로 엄청난 행운이네요. 살아있음에 감사해야겠어요."

"그러나 이런 감사함을 언제까지 가지고 있어야 할런지…. 언제 또 지구 내부가 요동칠지 모르니, 삶이란 내 의지대로 되는 것이 아니고 환경에 지배를 받을 수밖에 없는 보잘 것 없는 것이라고 느껴지네유."

"여보게, 김 박사! 난 궁금한 게 또 있어. 이제까지 들은 바에 의하면, 인간은 하나의 조상에서 나온 것인데, 왜 백인종이 있고, 흑인종이 있고, 황인종이 있을까?"

"황 선생! 정말 좋은 질문이야. 이 문제는 아직도 논란이 많은 문제야. 현재까지 가장 확실한 학설은 미국의 펜실베니아대학교 교수이자 인류학자인 니나 자블론스키(Nina Jablonski)가 주장하는 학설이지.

그는 『Skin, A Natural History; 스킨, 피부색에 감춰진 비밀』이라는 저서에서 사람의 피부색은 멜라닌 색소가 좌우하는 것으로 짙은 갈색에서 창백한 상아색까지 매우 다양한데, 이것이 자외선과 관련이 있다고 봤어. 그리고 그 관계를 알아내기 위해 인공위성에서 촬영한 지구의 자외선 분포 영상을 분석하여 적도에서 극지방으로 갈수록 자외선 양이 적어지는데 따라 그곳에 살고 있는 인간의 피부색도 달라져 있다는 것을 발견해냈지. 또 멜라닌 색소는 DNA가 손상되는 것을 막고 남자의 정자 생산과 여성의 태아 형성에 필수적인 엽산이 파괴되지 않도록 필요량만큼 자외선을 흡수하도록 진화하였기 때문이라며 극지방으로 갈수록 피부색이 옅어지는 것은 자외선에 너무 적게 노출되면 비타민 D 생산량이 줄어들기 때문이라고 했어. 결론적으로 피부색은 인종 문제가 아니라 다양한 환경에서 살아남기 위한 인류의 자연선택이었다는 것이야."

"그런데 이상하게도 대부분의 백인들은 왜 흑인을 비롯한 유색인종에 대해 멸시하는 태도를 가지는 것일까?"

"안타까운 일이지. 특히 흑인을 비롯해 유색인종을 바라보는 백인들의 시각은 많이 달라졌다고는 하나 대체적으로 부정적인 것이 현실이지. 왜 그렇겠어? 그것은 성경 창세기에 나와 있는 노아의 방주로부터 시작되었다고 봐야할 거야. 그 내용을 보면, 인류가 타락하여 하나님이 전 인류를 홍수로 심판하는데, 그 중에 노아와 그의 아들 셈과 함, 그리고 야벳은 긍휼함을 입어 구원의 방주에 들어가 생명을 부지하게 되고, 홍수가 끝나 방주에서 내린 그들은 포도나무 농사를 짓는 장면이 묘사되어 있어. 9장

21-29절에 보면, 노아가 포도주를 마시고 취하여 장막 안에서 벌거벗은 채 누워있는 장면이 묘사되는데, 그 장면에서 '가나안의 아비 함이 노아의 벌거벗은 하체를 보고 샘과 야벳에게 고하여 두 아들이 옷을 가지고 뒷걸음으로 들어가 아비 노아를 덮어주지. 그런데 노아가 술이 깨어 아들이 행한 일을 알고 가로되 가나안은 저주를 받아 그 형제의 종들의 종이 되길 원하노라, 또 샘의 하나님 여호와를 찬송하리로다. 가나안은 샘의 종이 되고, 하나님이 야벳을 창대케 하사 샘의 장막에 거하게 하시고 가나안은 그의 종이 되게 하시기를 원하노라 하였더라.'는 저주의 내용이 기록되어 있지.

유대인과 서양인들은 이 내용을 근거로 '함'의 후손인 아프리카인은 노예로 살 수밖에 없다는 논리를 내세워 노예 거래를 정당화하였고, 제국주의 시대가 열리면서 노예 거래는 더 확대되었어. 유럽인들은 먹거리 확보와 부의 창출을 위해 유럽 이외의 땅인 아프리카, 아메리카로 진출하게 되었는데, 그곳에서 피부가 검은 원주민들을 보고 깜짝 놀랐지. 자신들과 피부색이 같은 사람들이 있을 것으로 생각했는데, 그게 아니었던 거야.

그래서 흰 피부를 가진 유럽인들은 그들과의 차별성을 강조하기 위해 성경 해석에 손을 대 '신은 아담 이외의 다른 인간을 창조한 적이 있으며, 그들이 아프리카나 아메리카, 아시아에 살고 있는 인종'이라고 '다중기원설'을 내세웠지. 그러면서 단일기원설을 바탕으로 한 다윈의 진화론을 변질시켜 그들이 유전적으로 열등하다는 논리를 전개했어. 그렇게 잘못된 다중기원설은 유럽 전역으로 퍼져나갔고, 유럽인들은 그런 사상을 자연스럽게 믿게 되었으며, 과학이 발달된 현대에서도 많은 사람들이 그런 생각을 가지고 있게 됐지.

하지만 현대에 들어서는 대체적으로 니나 자블론스키의 학설을 믿게 되었지. 일부에서는 아직도 그에 반론을 제기하는 사람들도 다수라 논란의 여지는 아직도 남아 있지만….”

“김 박사! 그럼 미국 사람이나 호주 사람들은 왜 백인이 많지? 원주민이라 불리는 사람들은 유색인종이었는데?”

“그건 1492년 콜럼버스가 최초로 아메리카 대륙에 도착한 이후 영국의 청교도를 비롯해 유럽 각국에서 배를 타고 건너간 사람들이 백인이었기 때문이지. 호주도 마찬가지로 제국주의시대에 영국의 해군장교이자 탐험가이며 항해사·지도제작자인 제임스 쿡(James Cook; 1728-1779)이 1770년 뉴질랜드와 오스트레일리아를 발견한 이후 영국이 백인들을 이주시키면서 백인들이 지배하게 되었지.”

“소수의 백인이 들어가서 대륙을 점령했다고는 하지만, 어떻게 그 많은 원주민들이 적어질 수가 있었지? 몰살 정책을 썼던 것은 아닐까?”

“아, 그것은 이미 많이 알려진 것인데, 유럽인들이 이주했을 당시에는 무기라든지, 사회제도라든지 하는 것들이 원주민들보다 우위에 있기 때문이기도 하지만, 그보다 더 지배적인 원인은 유럽인들이 가지고 있는 세균, 즉 유럽인들에게는 면역력이 있는 세균이 면역력이 없는 원주민들에게 전파되면서 엄청나게 죽은 것이지. 어떤 연구결과에 의하면, 유럽인들이 아메리카를 점령할 당시 죽었던 원주민들의 90% 이상이 싸움에 져서 죽은 것이 아니라, 세균 때문에 병들어 죽었다는 통계가 있어. 그래서 백인들의 사회가 되었다고 하지."

"그래도 궁금증은 또 있어. 어제와 오늘에 걸쳐 장시간 지구의 탄생과 생명체가 생겨나게 되는 과정, 그리고 영장류가 나와 현생 인류로 진화하기까지의 과정은 이해를 했지만, 정작 생명체가 작동하고 있는 근본은 무엇인지 궁금하단 말이야. 그러니까 생명의 불꽃은 무엇이냐는 거지."

"황 선생! 그런 호기심 정도면 많은 공부를 했을 텐데…. 그렇지 않나?"

"공부를 했다기보다 관련 서적들을 이것저것 마구잡이로 읽었지. 그러나 이해하지 못할 내용들이 너무 많았어."

"구체적으로 어떤 내용이 제일 궁금했는데?"

"그러니까 생물학적으로 보았을 때, 인체를 구성하고 있는 물질과 그 물질들의 상호작용 같은 것. 그리고 영혼 또는 정신이라는 부분에 있어서 그 영혼이 어떻게 생겨나는 것인지 등에 관한 것들…."

"이거 완전히 전문적인 분야인데? 조금 전에 최초의 생명이 태어나는 과정에 대해 잠깐 언급했었는데, 그것 가지고는 성이 차지 않는 모양이네. 그 이상의 깊이 있는 내용을 알고자 하는 것은 전문적인 연구를 필요로 하는 분야야. 이참에 아예 연구의 길로 들어서는 것이 어떨까?"

"이 나이에 무슨 연구야. 난 그저 나라는 실체를 바로 알고 싶은 것뿐이야."

"그래? 그렇지만 지금 황 선생이 알고 싶어 하는 것은 화학적 작용을 알지 못하면 이해하기 어려운 부분이거든."

"그래도 내가 이해할 수 있는 정도로만 부탁을 함세."

얘기가 너무 길어진다고 느꼈는지 이장이 끼어들었다.

"황 선생! 두 박사님들은 요양하러 온 사람들이유? 많이 피곤할 텐데 오늘은 이만하는 게 어떻수? 나도 날이 저물기 전에 할 일이 좀 있거든…."

"그래요? 제게는 너무 중요한 얘기라 제 생각만 하고, 두 박사님들 생각은 못했네요. 오늘은 이만하죠."

그렇게 나는 이장님과 함께 집으로 돌아왔다.

생명의 비밀 열쇠(key)

다음날 나는 이른 시각에 그물을 걷으러가는 이장님을 돕기 위해 따라 나섰다. 낮게 깔린 안개를 헤치고 배를 몰아가는 이장의 모습은 마치 로마의 신화에 등장하는 아케론(Acheron) 강의 뱃사공 카론같이 조심스럽기 그지없다. 그렇게 바다 한가운데에 도착한 이장은 시동을 끄고 그물을 걷어 올리기 시작했다. 나는 어떤 물고기가 올라올까 잔뜩 기대를 하며 그물 걷는 작업을 거들었는데 계속해서 빈 그물만 올라왔다.

"이장님, 어찌 오늘은 허탕인가 봐요?"

"그러게 말이유. 오늘은 용왕님의 기분이 좋지 않은 것 같수. 그렇지만 괜찮수. 오늘 못 잡으면 내일 또 잡으면 되고…. 세상살이가 다 오르막이 있으면 내리막이 있게 마련이잖수. 계속 평탄하기만 하면 그게 무슨 재미가 있겠수. 안 그래유?"

"그렇죠. 때로는 굴곡이 있어야 살맛이 나죠."

"서울양반! 나는 말이유. 이제까지 살아오면서 크게 느낀 게 한 가지 있수. 행복해지려면 과도한 욕심을 버려야한다는 거유. 이 섬에 들어와서 도시에 살던 때를 돌이켜보니까, 난 가족들을 먹여살려야한다는 책임감 때문에 일에 매달려 내 몸이 망가지는 줄 모르고 헤맸더라구. 하하하. 바보 같은 짓이었지. 조금씩이라도 내 몸 돌보며 살았어야 하는 건데…."

"그래도 다행이잖아요. 이곳에 돌아와 건강해졌으니까요."

"그래서 항상 감사하고 있고, 욕심도 부리지 않는다우. 황 선생은 오늘 빈 그물만 올라오니까 실망스러웠겠지만 난 그렇지가 않수. 내일이 있으니까. 저기를 좀 보슈. 안개를 걷어내며 서서히 위로 솟아오르는 태양. 저 모습이 흡사 내 인생 같거든."

"삶을 즐기시는 것 같네요."

"즐기지 않을 이유가 없지 않수. 인생이란 것이 태어나서 죽을 때까지 신께서 내어준 한정된 시간만 사는 게 아니유? 그래서 나는 100년도 못 사는 시간을 보내면서 영겁을 살 것처럼 행동하는 것은 바보라고 생각한다우. 그냥 오늘 살아있는 자체를 즐기면 된다고 생각하거든. 그래서 김 박사나 윤 박사, 황 선생을 만나 이야기를 나누는 것도 큰 즐거움이라우. 내가 즐거운데 무엇을 더 바라겠수."

우리는 그렇게 배에서 얘기를 나누며 그물을 다시 내리고는 돌아오는 길에 가두리에 있던 물고기를 몇 마리 건져가지고 왔다. 그리고 그것으로 요리한 음식으로 아침식사를 하고 방으로 들어와 누웠다. 그런데 배에서 들었던 이장님의 한 마디가 귓전을 맴돈다. '안개를 걷어내며 서서히 위로 솟아오르는 태양. 저 모습이 자기 인생 같다'는 희망적이고 긍정적인 메시지. 난 그 얘기를 곰곰이 생각하다 그만 깜빡 잠이 들었다.

"황 선생! 일어났수? 김 박사한테서 전화가 왔는데, 오늘은 할 일이 좀 있다고 점심 후에 보자는군."

"그러죠. 저 때문에 시간을 많이 빼앗겼나 보네요."

"그럼 쉬슈. 나도 할 일이 있으니까."

난 방에만 있기에는 무료할 것 같아 가까운 해수욕장으로 나갔다. 아직은 피서철이 아닌데다가 평일이라 바닷가는 조용했다. 하얀 모래밭을 가로 질러 바다 쪽으로 가니 단단한 모래밭에 손톱만큼 작은 게들이 나와 노닐고 있었다. 그 모습이 하도 귀여워 한 마리 잡아보려고 했지만 게들은 발소리에 놀랐는지 잽싸게 구멍 속으로 들어가 버렸다. 내 입장에서는 잡아보고 싶은 욕망이 일어난 것이지만, 게의 입장에서는 얼마나 두려웠겠는가. 그 순간 먹고 먹히는 생존투쟁의 현실이 이런 것이구나 하는 생각이 스쳤다. 이 지구상에서 먹이사슬의 최상위에 있는 인간의 입장에서는 두려울 것이 별로 없지만, 하위계층에서는 잡혀 먹히지 않기 위해 얼마나 많은 노력을 하겠는가. 나는 이 세상에서 인간들이 두려워하는 것은 무엇일지 자문해보았다. 『레미제라블』의 저자인 프랑스의 문호 빅토르 위고(Victor Hugo; 1802-1885)의 말이 떠올랐다. '인간들은 살아가면서 세 가지와 싸우다 죽음을 맞이한다. 인간과 자연과의 싸움, 인간과 인간과의 싸움, 자기 자신과의 싸움'이라는 그 말. 인간은 놀라운 두뇌를 이용해서 위대한 문명을 만들어 갈 수 있지만 결국 죽음이라는 자연을 넘을 수 없고, 인간과의 싸움에서는 경쟁이란 굴레에 갇혀 개인과 개인, 집단과 집단 간에 치열한 전쟁을 맞이하고 그 속에서 누군가는 파멸한다. 그리고 자신과의 싸움에서는 자신의 내면에 있는 선과 악이 싸움을 하는데, 어느 쪽이 이기느냐에 따라 자기의 가치가 달라진다고 했다.

그 중에서 나는 자신과의 싸움이 제일 중요하다고 생각했다. 그래서 젊어서부터 나름 내 자신은 어느 한계까지 극복할 능력이 있는지를 시험하며 지내왔고, 그 과정에서 본의 아니게 죽음과 마주한 적이 세 번 있었다.

첫 번째는 빅토르 위고의 말을 채 알지 못했던 고등학교 시절 여름날 수인선 통학 중에 발생한 사건이었다. 수인선은 열차 칸끼리 통행할 수 없게 막힌 열차인데다가 하루에 네 번 밖에 운행하는 않는데, 그날따라 승객이 너무 많아 열차 칸에 탑승하지 못하고 칸과 칸 사이 연결부위에 탔다가 지붕에 타고 있던 불량배들이 다짜고짜 몽둥이를 휘둘러 달리는 열차에서 떨어져 죽을 뻔한 일이었다. 불량배들이 휘두르는 몽둥이에 맞아 죽을 수도 있다는 생각에 이판사판 심정으로 열차 모퉁이를 더듬어 한 손으로 창틀을 잡고 마치 007영화의 한 장면처럼 허공에 몸을 날려 출입구로 이동해 겨우 목숨을 건졌던 일이었다.

두 번째 죽음과 맞이했던 때는 군에서 낙하훈련 중에 낙하산을 메고 비행기에서 뛰어내린 직후였다. 낙하산 줄이 배배꼬여 반쯤 펴진 낙하산에 매달려 급속히 떨어지다가 온갖 몸부림 끝에 지상 50여 m 상공에서 풀려 겨우 목숨을 구했다. 2-3초만 늦었어도 나는 불귀의 객이 되고 말았을 것이다. 그런데 아주 짧은 순간에서도 지나온 과거가 생생하게 떠올랐고, 살아야한다는 의지가 강하게 작용했었다.

그리고 세 번째는 앞서 언급했듯이 월남전에 참전해 소대장으로 안캐패스작전에 투입되어 빗발치는 총탄을 뚫고 고지를 향해 공격을 하다 총상을 입었을 때였다.

그렇게 생사의 갈림길에 서있었던 순간을 떠올리며 걷고 있는데 핸드폰이 울렸다. 그 소리에 기억의 늪에서 빠져나온 나는 폰을 열어 이장님께서 보낸 메시지를 읽고 발길을 돌려 점심식사를 한 다음 김 박사 집으로 향했다. 도착해 보니 김 박사와 윤 박사는 평상을 치워놓고 냉커피를 준비하고 있었다. 이를 보고 이장님이 한 마디 던졌다.

"어이, 김 박사! 커피 준비하고 있는 게야?"

"이틀 동안 좋은 음식을 주셨으니 오늘은 간단하게 과일과 냉커피라도 대접해 드려야지요."

"아니야. 이틀 동안 무식한 내게 가르침을 준 것만도 고마운 일인데, 이렇게까지 하면 어떻게 하라구?"

"형님이 베풀어 주신 게 얼마인데요. 제가 이 섬에서 잘 지내고 있는 것도, 이렇게 건강해진 것도 다 형님 덕분이잖아요."

"내가 김 박사나 윤 박사한테 고마워할 일이지. 두 사람 덕분에 나도 사는 보람이 생겼거든."

"이장님, 그리고 두 박사님들! 내일은 제가 이 섬에서 제일 맛있는 걸로 한 턱 낼게요. 이틀 동안 너무너무 고마워서 그냥 돌아가기에는 맘이 편치 않을 것 같네요."

우리는 그렇게 냉커피를 마시며 여담을 즐긴 뒤, 김 박사가 어제 못한 얘기를 꺼냈다.

"황 선생! 어제 인체를 구성하고 있는 물질과 그 물질들의 상호작용, 그리고 영혼 또는 정신이 어떻게 생겨나는 것인지 등에 관해 알고 싶다고 했지? 혹시 미국의 철학자 커트 스테이저(Curt Stager; 1956-)라는 사람이 쓴 책을 본 적이 있는가? 『YOUR ATOMIC SELF』라는 책인데, 일반인들이 어느 정도 이해할 수 있도록 써놓은 책이거든. 아마 우리나라에 번역된 책이 있을 거야. 『원자, 인간을 완성하다』란 제목으로."

"뭔 내용인데?"

"하하하. 자네, 내 밥벌이를 빼앗으려고 작정했나?"

"미안하이. 집으로 돌아가면 곧바로 읽어보겠네. 하지만 직접 설명을 듣는 것보다는 이해가 어렵겠지. 부탁하네. 어제도 말했듯이 이 문제는 내가 평생 동안 알아보고 싶은 과제였거든. 버킷리스트 같은 것 말이야."

"그 정도야? 하기야 이런 기회를 갖는 것도 무의미하지는 않지. 커트 스테이저는 책에서 인체를 구성하고 있는 물질이 산소 56.1%, 수소 9.3%, 탄소 28%, 질소 2%, 칼슘 1.5%, 염소 1%, 인 1%, 기타 1.1% 등이라 했어."

"기가 막힐 일이네… 그럼 뭐야. 특별한 존재라고 알아왔던 인간이 아무 것도 아닌 물질에 불과하다는 거잖아?"

"형님이 충격을 받으신 것 같네요. 사실 인간이라고 그리 특별할 것도 없어요. 단지 다른 생물들보다 좀 더 생각하고 판단하는 능력, 즉 이성이 더 발달되었다는 것 빼고는요. 그래서 세상의 만물은 생김새만 다를 뿐 다 똑같은 거죠. 삶의 욕구를 채우기 위해 나름 열심히 살아가는 것은 정말 똑같아요. 생명이란 존재 자체가 살기 위한 욕망으로 이루어졌으니까요."

"김 박사! 그럼, 하나님이 창조했다는 것은 뭔 뜻이유?"

"글쎄요. 무신론자인 저로서는 형님 같이 교회에 나가시는 분들에게는 늘 조심스러워요. 그래서 항상 얘기를 시작하기 전에 종교적 관점이 아니라 과학적 관점에서 이야기 한다고 하죠. 지금도 마찬가지지만 믿음이 잘못되었다고 어떻게 말하겠어요. 그건 믿는 사람의 의지이고 자유인 걸요. 그리고 현재까지 과학으로 밝혀진 내용도 앞으로 또 새로운 것이 밝혀져 어떻게 변할지도 모르는 것이고요.

그러나 이제까지 과학자들이 밝혀낸 바에 의하면, 현생인류가 태어난 이후 처음에는 생존과 번식을 위한 활동 이외에 별로 아는 것이 없었지요. 낮에는 먹이사냥을 하고, 밤이 되면 자고, 섹스를 하고…. 그러면서 삶과 관련된 문제와 부딪힐 때마다 궁금증을 체험을 통해 풀어나갔지요. 예를 들면, 어떤 열매를 먹으면 죽고, 어떤 열매는 맛이 있고, 또 어떤 동물은 더 위협적이고, 어떤 동물은 덜 위협적이거나 친밀하고 등등. 그러나 살아가면서 궁금증은 계속 늘어갔고, 궁금증을 모두 풀어낼 길이 없었지요. 그때 누군가가 생각해낸 것이 모든 문제를 해결해 줄 수 있는 전지전능한 위력자, 신(God)이라는 존재였어요. 그리고 그 신은 밤과 낮을 관장하는 태양이나 별에 살고 있다고 생각했지요. 그래서 동서양을 막론하고 자연숭배사상(토템신앙)이 생겨났고, 그 대상은 태양, 달, 별, 바위, 나무, 동물 등이었어요.

우리나라의 경우를 보면, 마을을 지켜준다는 당수나무라든지, 자식을 잘 낳게 해준다는 특이한 바위라든지 자연물을 숭배하며 간절하게 소원을 비는 행태가 아직도 존재하고 있잖아요.

영국의 세계적인 사회·박물학자인 조셉 니덤(Joseph Needham;

1900~1995)이라는 사람은 신앙과 관련된 천문학에 대해 이렇게 말했죠. '서양의 천문학은 태양에 관계되었으며, 동양의 천문학은 북두칠성을 비롯한 별들의 관측에 의존했다'고요. 그래서인지 하늘과 가까이 하려는 인간의 마음을 드러낸 신앙의 흔적은 여기저기 발견되고 있죠. 고대 이집트의 태양신을 모셨던 신전과 오벨리스크(방첨탑), 고대 로마의 아우렐리아누스 황제 때, '무적의 태양신(Sol Invictus)'을 숭배하기 위해 지은 신전과 태양신의 탄신일을 동지가 지나 해가 길어지는 12월 25일로 국가 차원에서 정한 일, 멕시코의 태양신을 모시기 위해 만든 피라미드 등이 대표적인 흔적들이죠. 동양에서는 중국 주나라 초기 경전에 '천(天)은 모든 백성을 낳고, 천명(天命)을 내려 정권의 흥망을 결정하고, 죄악을 징벌하는 인격신'이라고 기록되어 있는 것이라든지, 하늘이 인간의 길흉화복을 주관하는 유일신이라고 여긴 것 등이에요. 우리나라도 예외가 아니어서 일월성신(日月星辰), 즉 해와 달과 별을 신으로 모시는 토속신앙이 있었잖아요. 일부 사람들은 아직도 그를 믿고 있고요.

이런 신앙은 하늘과 소통하는 사람들을 만들어냈고, 그 자리를 황제라든가 왕이라든가 주술사, 신녀 등이 차지하며 절대적 권력을 갖게 됐죠. 현대인들의 시각으로 보면 통치를 위한 하나의 정보수집수단이며 정보독점이라 볼 수 있지만….

어찌되었든 이런 자연신 숭배는 기원 전 15세기에 생겨난 힌두

교와 기원 전 10세기경에 생겨났다는 유대교, 그리고 기원 전 5세기 전후에 생겨난 불교, 유교를 비롯하여 기원 후 그리스도교, 이슬람교 등이 출현하면서 좀 더 체계화된 종교로 대체되기 시작했죠. 특히 로마에서는 그리스도교의 출현과 함께 그를 믿는 신도들이 점차 늘어나게 됐고, 다신을 숭배했던 로마시민들은 많이 흔들렸죠. 그런데다가 광대한 영토를 지키기가 어렵게 되자 콘스탄티누스 황제는 정권유지의 한 방편으로 313년에 '로마의 모든 시민은 종교의 자유를 누린다'라는 밀라노 칙령을 공포하여 그동안 금기시 해왔던 그리스도교를 인정하고 국가를 안정시키려 했지요. 그로 인해 그리스도교는 유럽을 지배하고 있던 로마사회 전체로 퍼져 다신(多神)을 믿던 로마사회는 유일신체제로 대체되고, 교회의 권력은 엄청나게 비대해져갔죠. 교황이 황제보다 우위에 설 정도로요. 그래서 그리스도교 교리인 성경의 창조론이 당시 사회를 지배하게 된 것이죠. 지금도 전 세계 인구의 약 33% 정도가 그리스도교를 믿는 사람들이라 아직도 창조론에 대한 논란은 계속되고 있지만….

그러나 이후 교회가 지배하던 서구사회도 과학이라는 사조에 도전을 받으며 상처를 많이 받게 되었어요. 제일 먼저 교회의 주장에 반기를 든 대표적인 사람은 폴란드의 신부였던 니콜라우스 코페르니쿠스(Nicolaus Copernicus; 1473-1543)였어요. 그는 이탈리아에 유학하면서 천문학에 관해 공부를 하고 고국으로 돌아가

지속적인 연구를 한 끝에 1543년 교회가 신봉하는 창조론에 반하는 『천체의 회전에 관하여』란 책자를 완성하고 출간을 계획하다가 교회의 반발을 우려한 나머지 친구 오지안다에게 출간을 부탁하였죠. 하지만 그도 창조론을 고수하고 있는 교회가 두려워 코페르니쿠스가 확정적으로 주장한 '지구가 태양 주위를 돌고 있다'라는 내용의 원고를 '그럴 수도 있다'라는 식으로 수정하여 출간했어요. 그러나 안타깝게도 코페르니쿠스는 출간된 책을 읽어 보지도 못한 채 세상을 떠났고, 그 책은 그가 죽은 후 40년이 지나도록 교회에서는 알지 못했었죠.

그러다가 이탈리아 나폴리 태생 지오르다노 브루노(Giordano Bruno; 1548-1600)가 1583년 영국의 옥스퍼드대학에서 코페르니쿠스의 참뜻을 강의하면서 비로소 교회에서도 이를 알게 되었고, 그는 교황청으로부터 그의 세계관이 하나님의 뜻과 섭리를 배반하는 것이라고 철회할 것을 강요받았죠. 그러나 자신의 주장을 굽히지 않아 결국 종교재판에 회부되어 반성할 줄 모르는 사람으로 몰려 화형을 당하고 말았죠.

하지만 1632년에 피렌체의 과학자 갈릴레오 갈릴레이(Galileo Galilei; 1564-1642)가 망원경을 발명하고 그것을 통해 천체의 움직임을 관측해서 쓴 『두 개의 주된 우주 체계에 관한 대화(Dialogo Sopra i due massini sistemi del monclo)』라는 책을 출판하게 되었는데, 그 책에서 코페르니쿠스의 지동설이 옳다는 것을 주장했지요. 그러자 교황청에서는 또 이 책 또한 지동설을 지지하고 있다 하여 갈릴레이를 종교재판에 넘겨 이단자로 처벌하고, 지동설의 지지를 철회하라고 강요했어요. 사실 저도 마찬가지겠지만 과학자로서 자신의 주장을 철회한다는 것은 죽음보다도 싫은 치욕이죠. 그러나 갈릴레이는 압박에 못 이겨 자신의 연구결과를 철회하고, 가택연금이라는 처벌을 받았죠. 그렇지만 그는 '그래도 지구는 돈다'라고 말하면서 지동설에 대한 자신의 신념을 굽히지 않았어요. 그래서 결국 그는 가택연금 상태로 지내다가 병을 얻어 사망하고 말았지요.

그 후 200여 년이 지난 뒤, 교회에 대항한 사람은 영국의 생물학자이자 박물학자인 찰스 다윈(Charles Darwin; 1809-1882)이었지요. 찰스 다윈은 1859년에 발표한 『자연선택에 의한 종의 기원에 관하여(On the Origin of Species by Means of Natural Selection)』와 1871년에 발표한 『인간의 유래 및 성에 관한 선택(The Descent of Man, and Selection in Relation to Sex)』에서 인간도 침팬지와 같은 종에서 진화되어 탄생한 것이라고 주장했어요. 이 주장 또한 하나님이 우주만물을 창조했다는 창조론을 반박한 것이어서 교회의 심기를 건드린 것은 당연한 것이었죠. 그래서 1860년 영국과학진흥협회 옥스퍼드학술대회에서 진화론에 관한 논쟁이 벌어졌지요. 이 학술대회에서 옥스퍼드 주교 새무얼 윌버포스(Slmuel Wilberforce)는 집요하게 '인간이 원숭이에서 태어난 것이냐며 다윈의 진화론을 공격했으나 다윈이 건강상태가 좋지 않아 다윈 대신 참석한 친구 토마스 헉슬리(Thomas Henly Huxley; 1825-1895)라는 학자가 다윈의 연구결과를 토대로 논리적으로 대응해 진화론을 지켜냈고, 반대로 주교 새무얼 윌버포스는 무식하고 오만한 성직자로 지탄을 받게 되었지요. 어찌되었든 그렇게 핍박을 받았던 다윈은 죽은 후 왕이나 과학자, 음악가, 문학가 등 영국을 빛낸 인사들만이 잠드는 웨스트민스터 사원에 안장되었어요.

이 외에도 네덜란드의 철학자 바뤼흐 스피노자(Baruch Spinoza; 1632-1677), 독일의 실존철학자 프리드리히 빌헬름 니체(Friedrich Wilhelm Nietzsche; 1844-1900) 등도 교회의 허구성에 반기를 들며 평생 핍박을 받다가 죽어갔죠. '내일 지구의 종말이 올지라도 나는 한 그루의 사과나무를 심겠다.'라는 스피노자의 말이나 '신은 죽었다'라는 니체의 말은 지금도 많이 회자되고 있지요.

그들이 교회로부터 핍박을 받았다는 것은 교회가 주장하는 유일신 하나님이 과학에 의해 허구라는 것이 밝혀졌다는 증거이기도 하죠. 어쨌든 서구사회가 다신을 믿는 사회에서 유일신의 시대로, 다시 유일신의 시대는 과학의 시대로 전환되어 지금에 이르게 된 것이죠."

"김 박사! 그러니까 지구에 인간이 최초로 태어난 이후 사람들은 살아가면서 생겨나는 의문점들을 해소하기 위해 전지전능한 신이라는 존재를 창조해냈고, 그 신이 태양이나 달, 별과 같은 하늘에 산다고 믿었다는 거잖아. 그래서 사람들은 그 신의 계시를 받기 위해 신전이나 특정 대상물을 만들어내고 그를 참배하는 원시종교가 생겨났는데, 많은 시간이 흐르면서 그 신앙은 우여곡절을 거쳐 하나님이라는 유일신으로 대체되었고, 교회에서 주장하는 유일신 하나님은 과학에 의해 허구라는 것이 밝혀지기 시작했다는 것이지?"

"그래, 황 선생. 이제까지 여러 과정을 장황하게 설명했는데, 간단하게 말하면 그렇지."

"내가 모르고 있던 세상의 신비가 조금씩 벗겨지는 느낌이네. 그런데 김 박사! 다른 궁금증을 말해 볼까?"

"뭘 궁금증?"

"인간을 비롯한 생명체가 계속 태어나는 것은 어떤 이유일까?"

"자연발생적인 현상이라고 봐야지."

"그러니까 한 마디로 말하면 자연발생적이라고 할 수 있지만, 내가 궁금해 하는 것은 어떻게 그런 현상들이 발생하느냐 말이야?"

"황 선생! 그 정도의 내용을 설명하려면 원자의 세계를 이해해야 해. 이집트의 포스트모더니즘 학자인 이합 핫산(Ihab Hassan)은 이런 얘기를 했어. '무심코 우리는 바람에 실려 온 별들의 먼지를 일구고, 빗물 한 잔에 든 우주를 마신다'라고. 보통 사람들이 이 말을 이해하려면 우주와 지구의 탄생과정, 그리고 원자의 세계를 알아야만 이해할 수가 있지. 이틀간 관련된 얘기를 대략 했지만 아직 원자의 세계에 관해서는 얘기한 적이 없기 때문에 이 말을 이해하기에는 좀 어려움이 있을 거야. 형님은 무슨 뜻인지 이해했어요?"

"김 박사! 뭐라고? 무심코 우리는 바람에 실려 온 별들의 먼지를 일구고 빗물 한 잔에 든 우주를 마신다고? 도깨비 같은 얘기 아녀?"

"지금은 그렇게 들리는 것이 정상이지만, 원자의 세계에 대해 설명을 듣고 나면 조금은 이해할 수 있을 거예요. 옛날 중·고등학교 시절 배웠던 것을 상기시키면서 들어보세요. 이 세상에 모든 만물은 원자로 이루어져 있지요? 그러니까 가장 흔한 흙, 바위, 물, 나무, 각종 동식물… 등이 모두 원자로 이루어져 있죠. 저 앞에 서있는 소나무를 잘라서 쪼개고 쪼개 현미경으로 들여다보면 분자라는 것이 나오고, 이것을 더 쪼개보면 더 이상 쪼갤 수 없는 원자라는 물질이 나온다는 것쯤은 아실 거예요. 그러니까 원자는 모든 물질을 이루는 가장 작은 알맹이죠. 이런 알맹이들은 우주가 생성되면서 만들어졌고, 눈에 보이지는 않지만 다른 별에서 지구로 왔다고 밝혀졌어요."

"그러니까 바람에 실려 온 별들의 먼지를 일군다는 말이 우주에서 날아온 그런 원자들이 물질을 만들었으니까 그걸 일군다는 말이유?"

"그렇죠. 바로 그거죠."

"그럼 빗물 한 잔에 든 우주를 마신다는 말은?"

"그건 이렇죠. 지금까지 인류가 밝혀낸 원자는 118개가 있어요. 산소, 수소, 질소, 탄소, 철, 인… 등. 이런 원자들 중에 수소원자 2개와 산소원자 1개가 결합된 것이 물이에요. 그러니까 우주에서 날아온 수소원자와 산소원자가 만든 물을 마시는 것이니까 우주를 마신다는 것이죠. 이제 이해가 되죠?"

"그려. 이제 알아듣겠구먼. 따지고 보면, 나 같은 인간도 우주에서 날아온 먼지로 만들어졌다는 것이구먼."

"그렇게 봐도 틀린 말은 아니죠."

"그럼 나 같은 인간은 무슨 원자로 만들어졌는데?"

"앞서 얘기했듯이 커트 스테이저에 의하면 인체를 구성하고 있는 원자는 산소 56.1%, 수소 9.3%, 탄소 28%, 질소 2%, 칼슘 1.5%, 염소 1%, 인 1%, 기타 1.1% 등이며, 그런 원자들이 화학적 결합을 통해서 인간의 육체를 구성하고 있는 것이지."

"김 박사! 갈수록 복잡해지고 어려워지네. 쉽게 알 수 있는 방법이 없을까?"

"이거 제대로 걸렸는데? 안 그래, 윤 박사?"

"그런 것 같네. 화학적 결합의 문제는 쉽게 이해할 수 있는 분야가 아닌데…"

"김 박사! 그러니까 문외한이 이해할 수 있는 수준으로 설명해 주면 안 되겠어? 난 지금 궁금해 미칠 지경이거든."

"하하. 그럼 잘 들어보게나. 얼마 전까지만 해도 과학은 지금처럼 발전하지 못했지. 19세기 이전의 생물학은 찰스 다윈이 주장한 자연선택설과 성선택설, 그러니까 간단하게 말하면, 모든 생물은 자연에 적응하기 위해 점차 진화하고, 암컷이 수컷을 선택하게 된다는 이론으로 종합되었다가 20세기 들어 더 많은 과학자들의 연구로 많은 비밀들이 풀렸어. 미국의 분자생물학자 제임스 듀이 왓슨(James Dewey Watson. 1928-)과 영국의 생물학자인 프랜시스 크릭(Francis Harry Compton Crick; 1916-2004)이 인간 유전자의 본체를 이루는 물질인 DNA구조를 제안한 후, 세포 및 분자 생물학이 급속도로 발전했지. 그래서 밝혀진 바에 따르면, 유전물질인 DNA와 RNA를 생성해내는 물질이 뉴클레오티드(nucleotide)라는 단백질이며, 이 물질은 수소, 질소, 산소, 인이 결합된 중합체 유기화합물이라고 밝혀졌지. 그러니까 인간도 다른 생명체나 마찬가지로 몇몇 원자로 구성된 혼합물이라고….

어찌되었든 과학계에서는 이런 성과를 토대로 인간의 유전물질이 어떻게 이루어졌는가를 밝히는 프로젝트에 착수했어. 소위 인간 게놈 프로젝트(Human Genome Project, HGP)라 불리는 작업이었지. 그때가 1990년. 미국, 영국, 일본, 독일, 프랑스, 중국 등

6개국이 주축이 되어 인간 유전체(게놈)에 있는 30억 개가 넘는 뉴클레오티드 염기쌍의 서열을 밝히는 작업에 착수해 13년이라는 긴 시간이 지난 뒤 모든 유전정보가 밝혀졌지. 인류사에 빛나는 엄청난 쾌거야. 그래서 많은 학자들은 향후 유전자 조작을 통해 질병 진단, 난치병 예방, 신약 개발, 개인별 맞춤형 치료 등에 큰 발전이 있을 것은 물론이고, 영생을 바라는 인간의 수명을 대폭 연장시킬 것으로 기대하게 되었지."

"듣고 보니 이해하기가 쉽지 않네. 고등학교 다닐 때 원소기호만 외우고 몇몇 물질의 구성에 대해 분자식 정도 배운 것 가지고는 어림도 없네그려. 그런데 왜 나는 이렇게 궁금증이 생겨나는 것일까?"

"무슨 궁금증?"

"김 박사! 자네 말대로 인체가 여러 원자로 이루어져 있다는 것은 이해를 하겠는데, 과연 그 원자들이 어떻게 유전물질을 만들어낸 걸까?"

"그럼 원소가 어떻게 생겨났는지부터 얘기해 봄세. 앞에서 잠깐 언급했지만 이제까지 이 세상에 밝혀진 원자는 118개인데 그중에 가장 나이가 많은 원자는 수소일세. 빅뱅이후 3분 이내에 조 단위의 온도에 이르는 상태에서 업쿼크, 다운쿼크, 렙톤(전자)와 같은 기본 입자들이 대량으로 만들어졌으며, 이어 그 쿼크들이 결합하여 원자를 이루고 있는 중성자와 양성자를 만들었지.

이때 양전하를 띤 양성자가 원자핵이 되고, 음전하를 띤 전자와 결합하면서 수소라는 물질이 만들어졌어. 그러니까 가장 먼저 만들어진 원자는 수소야. 그리고 그 수소가 뭉쳐 헬륨을 만들었고…. 그 이후에는 온도가 계속 내려가면서 우주 탄생 30만 년이 지난 뒤, 그러니까 우주의 온도가 3,000℃로 내려갔을 때 격렬하게 운동하던 전자의 운동이 느려져 처음 3분 동안에 만들어진 수소와 헬륨 원자핵에 결합하면서 중성자가 만들어져 이후 다른 원자들이 탄생했다고 알려져 있어. 산소는 수백만 년이 지난 후에 생겼고…."

"잠깐만, 최초에 만들어진 것이 업쿼크, 다운쿼크라고 했는데, 그게 뭐를 뜻하지?"

"1800년대 초반 영국의 화학자 존 돌턴(John Dalton; 1766-1844)이 말하기를 '이 세상에 물질을 이루는 가장 작은 단위는 원자'라고 했지. 그런데 이후 뉴질랜드 학자 어니스트 러더포드(Ernest Rutherford; 1871-1937)를 비롯한 다른 과학자들에 의해 전자와 양성자, 중성자가 발견되어 원자보다 더 작은 물질이 있다는 것을 확인하였지. 그리고 1960년대 중반, 미국의 물리학자 머리 겔 만(Murray Gell-Mann; 1929-2019)이 원자핵과 관련된 여러 실험을 하면서 양성자와 중성자를 이루는 더 미세한 물질을 발견하였는데, 이를 쿼크라고 명명한 거야. 그러니까 중성자와 양성자를 이루는 기본물질이 쿼크지. 이 쿼크는 현재까지 up, down, top, bottom, strange, charm 등 6가지가 확인되었는데, 그 중에 업쿼크와 다운쿼크는 양성자와 중성자를 이루며, 나머지 쿼크는 1초도 안 되는 짧은 시간 동안에 붕괴되어 버리는 불안정한 입자에서만 존재하는 것으로 확인되어 크게 주목을 받지는 못하였지. 그래서 크게 주목을 받고 있는 쿼크는 업쿼크와 다운쿼크인데, 양성자는 업쿼크 2개와 다운쿼크 1개로 이루어지며, 중성자는 업쿼크 1개와 다운쿼크 2개로 이루어진 것이야."

"아, 뭔 말인지 하나도 모르겠네. 어쨌든 빅뱅 이후 최초로 나타난 기본물질은 쿼크이고, 이것들이 양성자, 중성자를 만들었으며, 이들의 결합이 맨 처음 수소를 만들었고, 그 다음에 헬륨이 만들어졌다는 것이지?"

"황 선생은 정말 이 분야에 관심이 많군. 그 정도만 이해해도 대단한 거야. 그럼, 최초의 물질이 만들어지는 과정은 이해했을 것이고, 우리 인체에 대해 얘기를 해보세.

좀 전에 말했듯이 우리 몸은 산소 56.1%, 수소 9.3%, 탄소 28%, 질소 2%, 칼슘 1.5%, 염소 1%, 인 1%, 기타 1.1%로 이루어졌다고 했어. 이렇게 이루어진 우리의 신체는 물이 대략 65% 정도를 차지하고 있는데, 이 물을 만드는 원료가 산소와 수소라는 것은 알고 있잖아. 물은 화학기호로 표기하면 H_2O지. 즉 수소 2개에 산소 1개가 결합된 화합물이지. 그럼, 먼저 물을 구성하고 있는 산소가 우리 몸에서 어떤 역할을 하는지 간단히 얘기해 볼까?

사람이 죽었다는 것을 순수한 우리말로 표현하면 뭐라고 하지? 목숨이 끊어졌다고 하잖아. 왜 그런 말이 생겼을까? 우리 몸은 숨을 쉬지 않으면 곧바로 죽게 되어 있어. 산소가 우리 몸을 지탱하는 생명의 불꽃이기 때문이지. 목숨이란 말은 숨을 목으로 넘기기 때문에 생겨난 말인데, 숨을 쉰다는 것은 우리 몸이 필요로 하는 산소분자(O_2)를 흡입하는 행위야. 우리가 코 또는 입으로 숨을 들이 마시면 흡입된 공기는 폐(肺)로 들어가는데, 그 과정은 기관과 기관지를 통과한 후, 기관지에 연결된 지름 1㎜ 이하의 얇은 모양으로 생긴 약 300만 개의 세기관지(細氣管支)를 통해 그 끝에 거품처럼 매달린 3억 개에 이르는 폐포(肺胞; alveoli)로 흡수가 되지. 이 폐포를 펼치면 성인의 경우 테니스코트의 1/3에 해당되는 약 70㎡정도 넓이가 되는데, 이곳에 있는 모세혈관의 적혈구세포들이 눈 깜짝할 사이에 폐포를 통과하면서 공기를 포집(捕執)하지."

 "잠깐만, 숨을 쉬면 산소만 흡입되는 게 아니지 않나? 공기 중에는 여러 성분들이 있을 텐데…"

 "그렇지. 지구를 둘러싸고 있는 공기 중에는 질소가 78%, 산소가 21%, 기타 이산화탄소, 아르곤, 헬륨, 기타로 구성되어 있어. 그러니까 숨을 쉬면 이런 물질들이 같이 폐로 들어오게 되는데, 이 중에 질소는 폐를 부풀리는 역할만 하고 나머지는 폐포에 흡수되지만, 막상 모세혈관의 적혈구세포(헤모글로빈)가 포집하는 것은 산소뿐이고, 나머지는 날숨을 통해서 몸 밖으로 배출해내지. 그럼 그때부터 적혈구는 어떤 활동을 할까? 산소를 흡수한 적혈구는 동맥혈관을 타고 말초동맥까지 이동하며 각 기관의 세포가 필요로 하는 산소를 나눠주지. 그리고 정맥을 통해 돌아오는 길에 각 기관이 폐기하는 이산화탄소를 붙잡아 폐포로 가져다주고, 이산화탄소는 날숨으로 몸 밖으로 내보내지게 되는 거야. 이게 바로 우리가 숨을 쉬는 과정이지. 다시 말해서 숨을 쉰다는 것은 몸 밖에 있는 대기 중의 산소를 붙잡아 적혈구를 통해 몸을 구성하고 있는 각 세포기관에 전해주고, 사용하고 남은 산소나 폐기되는 이산화탄소를 붙잡아 몸 밖으로 내보내는 과정이지. 혈액 약 0.5L는 대략적으로 0.1L의 산소를 운반하는데, 이 정도면 우리 인간이 편안히 숨을 쉬면서 1분 정도 생명을 유지할 수 있는 정도야."

"아니 숨을 한 번 쉬는데 몇 초 밖에 걸리지 않는데, 그 사이에 산소를 가지고 있는 적혈구가 몸 한 바퀴나 돌고 나온다고?"

"그렇지. 사실 원자 하나는 보통 인간의 몸 전체보다는 100억 배쯤 작기 때문에 그런 산소원자가 혈관을 타고 심장에서 손가락이나 발가락 끝까지 한 바퀴 돌아 나오려면 엄청나게 멀겠지."

"혹시 혈관 길이를 조사한 사람이 있나?"

"있고말고. 우리의 혈관 길이는 모세혈관의 굵기로 가정했을 때 약 10만㎞ 정도라고 해. 그리고 혈액이 심장에서 동맥을 타고 몸 전체를 돌아 정맥을 타고 다시 심장으로 돌아오기까지는 약 25초가 걸리는데, 혈관의 굵기에 따라 속도의 차이가 있지. 대동 맥의 경우는 대략 초당 50㎝, 대정맥의 경우는 초당 약 15-25㎝정 도, 그리고 온몸에 그물처럼 퍼져있는 모세혈관에서는 약 0.5㎜로 측정되고 있어. 모세혈관의 혈류속도가 늦은 것은 혈관의 지름이 7-10㎛정도로 좁기도 하지만 혈액과 조직사이에서 영양소, 산소, 노폐물, 이산화탄소 등의 교환이 이루어지기 때문이지.

그럼 지금부터는 우리 몸의 내부를 탐험해 볼 텐데 탐험하기 전에 우선 세포가 어떻게 구성되어 있는지 알아보세. 세포의 구성은 세포를 둘러 싼 세포막이 있고, 그 안에 DNA가 들어있는 핵, 세포가 활동할 수 있도록 에너지를 생산하는 미토콘드리아, 단백질 합성을 하는 조면소포체와 리보솜, 세포 안의 이물이나 불필요한 물질을 처리하는 리소좀, 단백질 가공이나 리소좀을 생산하는 골지장치, 당이나 지방의 대사나 호르몬을 합성하는 활면소포체, 세포분열 시 중요 기능을 하는 중심소체, 그리고 세포질로 구성되어 있어."

"아니 세포가 얼마나 작은데 그 속에 그런 것들이 다 있다고?"

"그렇다니까. 이런 것들이 밝혀진 것은 모두 나노미터, 즉 10억분의 1m까지 볼 수 있는 원자현미경 덕분이지. 그럼 눈을 감고 자신이 산소원자라고 생각하고 생명의 본질을 찾아 탐험해 보자고. 자, 이제부터 같이 출발해 볼까? 호흡을 통해 폐로 들어간 우리는 모세혈관을 뚫고 세포 내부로 들어갔어. 걸쭉하고 끈적끈적한 젤리 모양의 물질이 가득하지. 그게 세포질이야. 기분은 좀 찝찝하지만 그래도 참아가면서 주위를 살펴보자고. 굵은 케이블들이 여기저기 뻗어있는 것이 보이지? 그건 단백질 케이블들인데 중심소체, 골지장치, 활면소포체, 조면소포체, 리소좀, 리보솜 등이야. 그리고 저만치 여기저기 보이는 커다란 완두콩 모양의 거품도 보이지. 그게 미토콘드리아라는 것인데, 저 놈이 입과 위, 소장을 통해 흡수한 영양소를 연료로 이용해서 생명이 유지될 수 있도록 에너지를 생산해내는 발전소지. 이런 발전소는 수백 개에서 수천 개는 될 거야. 인간의 몸을 구성하고 있는 약 37조 개의 각 세포마다 수백 개에서 많게는 수천 개씩이나 있으니까 엄청나게 많겠지? 저 발전소가 산소를 붙잡아 음식 분자들을 공격하게 해서 전자와 수소이온 그리고 이산화탄소가 풍부한 엑기스를 만들어 내는데, 그렇게 만들어진 전자들은 저 놈의 중앙을 감싸고 있는 매끄러운 막에 고정된 일련의 단백질들에게 빨려 들어가 구부러지고 돌돌 말리지. 저 미토콘드리아는 이온화된 화학에너지를 저장하기도 하는데, 그 에너지가 바로 근육을 움직이고 대사활동을 가능케 하는 동력인 거야.

그렇게 음식물을 분해해서 동력을 만들게 되면 그런 활동을 하던 전자들이 탈진하게 되고, 새로운 전자들이 활동할 수 있게 스스로 퇴진을 하지. 그러면 그것을 남아 있는 우리(산소)가 그

전자를 이용해 음식물 분자들로부터 수소이온을 낚아채 물을 만들어 호흡이나 땀, 대소변으로 내보내는 것이지. 이제 눈을 떠. 좀 이해가 돼?"

"중앙의 막에 싸여 있다는 것이 세포핵인가? 그러니까 유전물질이 들어있다는 DNA(deoxyribonucleic acid) 말이야?"

"맞아. 그게 유전 물질을 가지고 있는 세포핵이지."

"근데 이상한 게 있어. 미토콘드리아도 단백질이라 했는데. 핵 속에도 단백질이라니, 그게 다른 것인가?"

"다르지. 미토콘드리아에 있는 것은 히스톤(Histone)단백질* 이라는 것이고, DNA 내부에 있는 단백질은 뉴클레오티드(nucleotide)나 폴리뉴클레오티드(polynucleotide)**라는 것이지."

"더 복잡하네그려. 그냥 간단하게 미토콘드리아는 생명의 발전소라는 정도로만 알아두어야겠네."

"좋은 생각이야. 더 깊이 파고들면 들수록 복잡해지지. 황 선생이 생명공학자가 되려는 것은 아니잖아. 그러니까 그 정도만 알아두어도 인간의 본질을 이해하는데 도움이 되지. 뭐 하나 물어볼까? 대기 중에는 질소가 78%, 산소가 21%가 존재한다고 했는데, 지구 어디서나 마찬가지일까?"

---

* 히스톤(Histone)단백질 : 염색질을 구성하는 중심 단백질. DNA가 감기는 축으로 작용하여 DNA의 응축(1/50만)을 돕고, 유전자발현 조절에 중요한 역할을 함.
** 폴리뉴클레오티드(polynucleotide) : 뉴클레오티드가 여러 개 중합된 긴 사슬 모양의 분자.

"글쎄, 다를 것 같은데? 몸이 아픈 사람들이 치료 목적으로 산속이나 섬에서 요양을 많이 하잖아. 여기만 해도 서울보다는 숨을 쉬기가 훨씬 편한 것 같은데…. 그런 걸 생각해 보면 차이가 있을 것 같아. 안 그런가?"

"맞아. 지역마다 다르다네. 미국의 캘리포니아 어느 대학연구소에서 이 문제를 확인해보려고 20여 년간 세계 각지에서 대기를 채취해 분석을 해봤어. 지금도 계속 진행되고 있겠지만…. 그 결과 지역마다 다르다는 것을 확인했지. 몇 해 전 우리나라에서도 미국의 대기측정 항공기가 와서 중국으로부터 날아오는 미세먼지 양을 측정을 한 적이 있었지. 우리나라도 기상대에서 측정을 하겠지만. 어찌되었든 서울 같은 대도시에서는 평균 산소 농도가 19.7%정도로 나타났고, 이곳처럼 바다 한가운데 섬이나 깊은 산속에서는 21.0-21.5%가 나왔다고 해. 그러니까 황 선생이 좀 전에 얘기했던 그 말이 맞는 거야."

"그렇지만 대류현상이 있잖아. 그러니까 지구 어디서나 거의 같은 수준으로 나타나야 하는 것이 맞지 않을까?"

"황 선생! 지구의 대기는 낮에 태양빛을 받으면 공기가 데워지지. 그러면 데워진 공기는 위로 올라가고 그 사이를 찬 공기가 비집고 들어오는데 이게 바람이야. 예를 들면 낮에는 바다에서 육지로 바람이 불어오는데, 그 이유는 태양빛으로 인해 낮에는 육지가 빨리 데워져 공기가 위로 올라가고, 바다는 상대적으로 늦게 데워지기 때문에 바다 위에 있는 찬 공기가 육지의 더운 공기를 비집고 들어오기 때문이야. 반대로 밤에는 육지에서 바다로 바람이 부는데, 그 이유 또한 마찬가지로 태양빛이 없을 때는 바다의 온도는 천천히 내려가고 육지의 온도는 빨리 내려가기 때문에 생기는 현상이지. 이런 이유들로 인해 지구의 대기는 순환하게 되는 것이지만 지역에 따라 차이가 있지."

"그렇다고는 하지만, 그걸 어떻게 증명해?"

"그걸 연구한 사람은 미국의 천문학자 새플리(Harlow Shapley; 1885-1972)라는 사람인데, 대기 중에 아주 희소하게 분포되어 있는 '아르곤원자'를 이용해 대기의 순환을 연구했지. 그는 사람이 내쉬는 한 호흡에 아르곤 원자가 15개쯤 있다는 것을 가지고 원자 추적실험을 한 후, 그 결과를 〈미래와 과거를 호흡하다〉라는 논문으로 발표했어. 그 논문에 이런 내용이 들어 있지. '한 번 내쉰 숨을 호흡 X라고 해보자고. X는 순식간에 대기 속으로 퍼지겠지. 오늘 아침에 내쉰 X속에 있는 아르곤 원자들은 해질녘이 되면 인근 마을 전체로 퍼져나가고, 1주일쯤 되면 나라 구석구석으로, 한 달쯤 후에는 바람이 닿는 모든 곳으로 확산되며, 1년이 지날 무렵이면 지구 곳곳의 대기 속에 고르게 분포된다'고."

"과학자는 참 대단한 사람들이야. 인간이 상상하는 내용들을 증명해내니…"

"그렇다고 봐야지. 지금까지 원인이 밝혀진 세상 현상들은 오랜 시간에 걸친 수많은 과학자들의 끈질긴 노력 덕분이지. 이 정도면 산소에 대해 궁금한 것이 해소되었나?"

"그래, 김 박사. 근데 미토콘드리아는 인간에게만 있는가?"

"아니야. 진핵세포로 이루어진 동식물에는 다 있고, 원핵세포로 이루어진 박테리아 같은 것에는 없어. 그래서 원핵세포에서는 미토콘드리아가 하는 역할을 세포막이 담당하지."

"주제와는 좀 빗나가는 질문인데…. 음, 그러니까 동물과 식물의 차이점이 뭐지? 뻔하게 눈에 보이는 것 말고, 세포에 차이가 있어서 그렇게 모습이 달라진 것이야?"

"동물과 식물은 같은 진핵세포로 이루어져 있지만 진화과정에서 달라졌지. 식물에는 동물이 가지고 있지 않은 세 가지 소기관이 더 있어. 세포벽과 액포, 그리고 엽록체야. 좀 더 자세히 말하면 앞서 잠깐 언급했지만, 동식물이 공통으로 가지고 있는 세포의 소기관은 세포핵, 미토콘드리아, 소포체, 리보솜, 골지체, 리소좀*이고, 식물은 공통 소기관에 더해 엽록체와 세포벽, 액포**가

---

* · 세포핵 : 세포의 생명활동을 조절하는 중심 역할을 하고, 유전정보를 간직한 염색체가 들어 있어 생물체의 특성을 다음 세대에 물려주는데 중요한 역할을 하는 것.
· 미토콘드리아 : 산소를 이용해 영양소를 분해하고, 그 과정에서 발생하는 열을 이용하여 ATP를 생산해내고 저장하는 생명의 발전소
· 소포체 : 세포내 물질의 이동통로 역할을 하는 물질.
· 리보솜 : 유전정보에 따라 특정 단백질을 만들어내는 물질.
· 골지체 : 세포내에서 합성한 물질을 외부로 내보내는 역할.

더 있지. 이렇게 동물이나 식물이 생명 유지를 위해 가지고 있는 세포소기관과 활동은 거의 흡사하지만 다른 점도 있어. 바로 동물은 식물과 달리 내장기관과 뇌가 있다는 거야. 식물은 영양소를 만들기 위해 뿌리로 물을 흡수하고 잎으로 이산화탄소를 흡수하여 엽록체에서 영양소를 만드는 단순한 구조를 가졌지만, 동물은 물도 섭취하고 고체의 식물과 육류 등 다양한 종류의 음식을 섭취하므로 이를 소화시키기 위해 복잡한 소화기관이 있잖아.

그리고 식물은 물을 뿌리에서 잎까지 올리는데 증산작용*과 수분 퍼텐셜(water potential)**, 뿌리압***, 모세관 현상 등을 이용하는데, 그에 반해 동물은 그런 작용을 위해 심장과 혈관을 가지게 되었지. 또한 뇌는 동물이 가지고 있는 특성인데, 동물 중에도 해파리, 조개, 불가사리 등은 뇌가 없어. 그런 동물들은 뇌의 기능이 근육과 장기 사이사이에 거미줄처럼 퍼져 있는 신경계가 대신하고 있어. 그와 마찬가지로 뇌가 없는 식물들도 생존에 필요한 의사결정을 하는 뇌의 기능이 뿌리나 잎 등에 분산되어 있

· 리소좀 : 세포내에서 소화를 담당하는 곳.
** · 엽록체 : 광합성 작용을 통해 포도당을 만들어내는 물질.
· 세포벽 : 세포를 보호하는 막.
· 액포 : 세포 활동으로 나오는 노폐물을 분해 처리하고 저장하는 물질.
* 증산작용(蒸散作用) : 식물체 안에 있는 물이 잎의 표면에 있는 기공을 통해 수증기 형태로 배출되는 현상.
** 수분퍼텐셜(water potential) : 물의 위치나 조건에 따라 생기는 잠재에너지로 수분 함량이 높은 곳에서 낮은 곳으로 이동하는 현상.
*** 뿌리압 : 뿌리가 토양의 물을 흡수하여 생기는 근압.

다는 학설이 요즘 들어 제기되고 있지.

어쨌든 동물은 뇌를 가지고 있다 하여 고등생물로 부르고 있어. 그런데 여기서 잠깐 재미있는 얘기 하나 하자면, 동물은 스스로 영양소를 만들어내지 못하지만, 뇌가 없는 식물은 햇빛 에너지를 이용하여 스스로 유기물을 만들어내는 광합성 능력을 가지고 있고, 그를 통해서 산소도 생산해내지. 그리고 동물은 그 산소를 가지고 생명을 유지하고 있으니 동물이 식물에 종속되어 있다고 해도 틀린 말은 아니야. 아이러니하지? 그 뿐만이 아니라 동물은 기초대사에 많은 에너지를 소모하지만, 식물은 적게 사용해. 에너지 사용 효율측면에서 식물이 더 효과적이라는 사실이야.

한 예로 사계절이 있는 온대지방에서는 나무가 에너지 사용을 적게 하기 위해 광합성을 할 수 없는 가을이나 겨울에는 미리 에너지를 저장한 다음, 스스로 잎을 떨어뜨려 에너지 사용을 최소화하고 있지. 또 다른 측면에서 동물의 경우는 중상을 입으면 대부분 죽게 되지만, 식물의 경우는 대개 줄기를 베어내고 뿌리만 남아도 새 가지와 잎을 만들어내니 식물이 동물보다 훨씬 강한 생명력을 지니고 있다고 봐야하겠지?"

"그러네. 동물이 식물보다 반드시 낫다고 할 수 없네. 한 번 뿐인 삶을 사는 인간보다 길게는 몇 천 년 동안 계속해서 살아남을 수 있는 식물이 더 나은 것 같기도 하네. 근래 들어 '왜 인간의 생명은 한 번 뿐일까? 또 한 번의 기회가 더 있다면 보다 멋진 인생을 살아볼 텐데'라는 생각을 해본 적이 있는데, 들어보니 식물이 인간보다 못할 이유가 하나도 없는 것 같네."

"이쯤에서 산소에 관한 얘기는 그만 하고, 인체의 9.3%를 차지하고 있는 수소에 관해 얘기해 볼까?"

"그래, 또 신기한 얘기가 어떻게 펼쳐질지 궁금하네. 자, 여기물 한 잔 마시고 하게."

물을 한 잔 들이켜고 난 김 박사는 잠시 심호흡을 하고는 다시 이야기를 이어갔다.

"황 선생! 앞서서 수소는 우주가 태어나면서 제일 먼저 생겨난 원자라고 했잖아. 그러니까 모든 원자의 조상이라 해도 과언이 아니야. 이런 수소는 우리 몸을 구성하는 가장 기본 중에 기본이 되는 원소로 수소가 없다면 우리 몸의 65% 정도를 차지하는 물도 있을 수 없고, 근육이나 뼈도 존재할 수가 없으며, 일체의 장기도 존재할 수가 없어. 우리가 숨을 쉬고 살아갈 수 있는 것은 이런 원자들의 부단한 운동 때문이니까.

원자들이 무슨 운동을 하냐고? 현미경이 나오기 전까지는 이런 원자의 운동을 알 수가 없었지. 2000년 전, 고대 로마의 시인이며 철학자인 루크레티우스(Lucretius)가 『사물의 본성에 관하여』라는 장편 시에서 원자론에 입각한 공기 중에서 먼지들이 벌이는 광란의 춤에 대해 언급했던 적은 있었지만. 그러나 1590년 네덜란드의 자카리아스 얀센(Zacharias Jassen; 1580-1638)이라는 사람이 최초로 현미경을 발명한 이후, 17세기 후반에 안토니 반 레벤후크(Antoni van Leeuwenhoek; 1632-1723)가 사물을 270배까지 확대할 수 있는, 당시에는 놀랄만한 배율의 렌즈를 개발하면서 육안으로 볼 수 없는 부분을 세밀하게 관찰할 수 있는 새로운 세상을 만들었지. 지금은 나노(10억 분의 1) 크기를 볼 수 있는 원자현미경이 나왔지만. 어찌되었든 현미경에 의해 지금은 원자보다도 더 작은 물질들을 관측할 수 있는 세상이 되었지.

최초로 분자의 운동을 발견해낸 사람은 영국의 식물학자 로버트 브라운(Robert Brown; 1773-1858)이었어. 1827년에 그는 '클린키아 풀켈라'라는 꽃의 중심부에서 꽃가루를 긁어내 그 위에 물한 방울을 떨어뜨려 놓고 현미경으로 들여다보다 꽃가루의 미세한 입자가 물 위에서 오돌오돌 떨고 있는 현상을 발견하고, 그것이 입자들 자체가 움직이는 것이라 추론하며 그것을 증명하기 위해 여러 실험을 한 끝에 움직이는 작은 입자를 계속 확인하고 '분자'라 명명했지. 그러나 훗날 과학자들은 그가 관찰하는데 사용했던 현미경보다 배율이 더 큰 현미경으로 들여다보고 그 작은 입자의 움직임은 자체가 움직이는 것이 아니었고, 물 분자들에게 공격받는 것으로 결론 내렸지. 어찌되었든 그런 움직임을 세밀하게 관찰한 결과 물 분자들은 실온에서 초당 10억 번 넘게 자기들끼리 충돌하고 있음을 밝혀냈어. 그리고 이러한 분자들의 움직임을 최초로 발견한 브라운의 이름을 따서 '브라운 운동(Brownian motion)'이라고 명명했지. 이렇게 장황하게 분자들의 움직임을 설명하는 것은 이 운동이 우리를 살아있게 만들어주는 생명의 힘이기 때문이야. 이런 브라운 운동은 모든 원자와 분자들 사이에도 일어나며, 그 과정에서 열을 발생시키지. 우리가 체온을 유지하는 것도 몸을 구성하고 있는 원자들의 브라운 운동 때문이고, 눈에 보이는 저 햇살이 반짝이는 것도 허공에 떠 있는 먼지 입자들이 부딪쳐 튕겨 나온 섬광과 먼지 입자들이 서로 부딪쳐 나타나는 빛의 얼룩이야."

"들을수록 신기해. 별천지 세상을 보는 느낌이야."

"브라운운동이 생명의 힘이라고 했는데, 그 이유는 숨 쉬는 것자체가 그 운동 때문이지. 우리가 숨을 들이마시면 공기가 폐의폐포에 저장되고 그곳에서 산소만 혈액으로 확산되는데, 그것도원자의 브라운운동(열운동) 때문이고, 신체에서 일어나는 모든현상도 모두 분자의 운동 때문이지."

"김 박사! 분자나 원자들의 열운동은 이제 이해할 수 있어. 그런데 우리 몸에서 수소가 하는 역할은 무엇이지?"

"황 선생! 지금부터 그것을 설명하려던 참이었어. 우리 몸은물이 65%를 차지한다고 했잖아. 그러니까 물이 없다면 우리는존재할 수가 없겠지. 그런 물이 수소와 산소의 결합으로 된 것이니 수소의 중요성을 더 설명할 필요가 없겠지. 뿐만 아니라 우리몸에 수소가 없다면 근육도 풀어지고, 뼈는 가루가 될 것이며,

세포는 세포막을 잃고 용해될 것이야.

물은 원자기호로 표시하면 H_2O. 즉 수소 2개와 산소 1개의 결합이지. 이것을 그림으로 그린다면 미키마우스처럼 생겼는데, 산소는 얼굴에 해당되고 수소는 귀처럼 양쪽에 하나씩 붙어있는 형태야. 이렇게 붙어있는 것은 수소는 약한 양전하를 띠고, 산소는 약한 음전하를 띠기 때문에 서로 끌리는 힘에 의해 결합을 이룬 것인데, 이런 수소의 결합이 우리 몸에서 어떤 역할을 하는지 예를 들어볼까?

우리가 더우면 땀을 흘리지? 땀의 증발은 피부조직에서 발생한 열이 물 분자들을 더욱 맹렬하게 춤추도록 하여 물 분자들을 가벼운 기체상태의 알갱이로 변신시키는 현상이야. 우리 몸이 더워지면 발생한 열로 인해 산소와 수소의 결합이 끊어지게 되면서 분자들은 수증기 형태로 마음대로 도망치는데, 이때 그냥 도망치는 게 아니라 열을 끌고 도망쳐. 그래서 우리가 시원함을 피부로 느끼게 되는 것이지.

또 다른 예로 소름 돋을 정도로 추운 겨울 아침이면 입에서 하얀 입김이 만들어지잖아. 그 하얀 입김은 냉기로 인해 물 분자들의 열운동 속도가 느려지면서 수소결합 끌림에 더 충실해지기 때문이야. 수소결합 끌림이 커지면 물 분자들의 결합이 눈에 보일정도로 커지고 허공에 뜰 수 있을 정도의 작은 물방울을 형성하게 되는데 이것이 바로 입김인거지.

이쯤에서 우리가 예상치 못하는 얘기 하나 덧붙여 볼까?

우리 몸은 필요로 하는 물을 어떻게 얻느냐 하면, 잘 알다시피 입으로 마시는 물이나 음식을 통해서 얻어진다고만 알고 있지. 그런데 사실 피부나 호흡을 통해서도 얻어. 대기에 퍼져있는 수증기가 피부나 호흡을 통해 들어오는 것이지. 그 양이 워낙 미미해서 그렇지만⋯. 어쨌든 우리 몸은 물 분자를 통해 대기와 연속적이고 긴밀하게 연결되어 있다고 해야 돼."

"그렇군. 우리가 공기와 물이 없다면 어찌 살아남을 수가 있겠어. 워낙 흔한 공기이고 물이다 보니 당연히 그러려니 하고 살아서 그렇지. 새삼스레 물과 공기의 고마움을 느끼게 되는 시간이구먼."

"맞아. 고맙게 생각해야 해. 그런데 이 세상에 있는 물은 다 같은 물일까?"

묵묵히 듣고만 있던 이장이 거들고 나섰다.

"그야 다 같은 물이겠지. 김 박사가 설명한 것처럼 H_2O가 다 같겠지 다르겠수?"

"이장님, 어째 질문 자체가 다를 것 같은 냄새가 나는데요? 김 박사! 그래?"

"형님! 황 선생 말이 맞아요. 물도 다 같은 물이 아니에요. 동위원소라는 놈이 있어요. '두테륨'이라고 부르는 중수소란 놈이죠. 동위원소란 같은 원소이지만 질량(무게)이 다른 원소를 말하는데, 두테륨이란 놈이 바로 그런 놈이죠. 이 두테륨은 최초 빅뱅이후 수소가 만들어지는 과정에서 소량으로 만들어진 것으로 원자핵 안에 있는 양성자 옆에 중성자가 하나 더 있는 점이 달라요. 이런 두테륨을 가지고 있는 물은 맛에는 변화가 없지만, 증발을할 때는 다른 수소보다 무겁기 때문에 공중으로 날아가기가 어려워 잔류를 하는 편이죠. 그래서 이 두테륨 원자 지문을 가지고생태분석을 하는 학자들이 생겨났어요.

2008년에 미국 유타대학교의 생태학자 엘러링거(James R Eh-leringer)는 동료들과 함께 미국 전역의 여러 미용실에서 머리카락을 채집하여 두테륨의 양을 분석한 논문을 발표한 적이 있었어요. 먼저 미국 전역에 분포되어 있는 지하수 샘플을 채집 후 그것을 분석하여 두테륨의 분포지도를 만들고, 분포지역에 있는 사람들의 머리카락을 채집하여 분석 비교해보니, 두테륨의 양이 지하수에 함유된 두테륨의 양과 같더라는 것이에요. 좀 더 이해하기쉬운 예를 들어볼게요.

엘러링거 연구팀이 중국 북경에서 미국 유타주로 1개월 전에이주한 한 남성의 모발 한 가닥을 채집해 분석했더니 모발에는그가 어디서 살았는지가 그대로 드러났어요. 북경에서 두테륨이 섞인 무거운 물을 마시며 살 때에 자랐던 머리카락, 그러니까머리카락 끝부분이 되겠지요. 그 부분에서는 북경의 지하수에서나온 두테륨의 양과 같은 수치가 나왔고, 이후 유타주에 와서 1개월 동안 가벼운 물을 마시며 살 때 자란 머리카락, 그러니까 머리카락의 밑동에서는 두테륨 원자지문이 발견되지 않은 거예요.

이런 결과를 접한 일부 고고학자들이 수세기 전 미라의 모발한 가닥에서 두테륨 원자지문을 추적해 그 결과를 고고학 저널에 논문으로 발표한 적이 있었는데, 그 내용을 보면 그 미라는 잉카족의 어린아이였고, 그가 죽은 곳은 해발고도가 매우 높고 몹시 추운 안데스 산의 정상부였으나 죽기 전 마지막 1년은 해발고도 1.5㎞지대에서 따뜻한 물을 마시며 보냈음을 추적해냈다는 것이었어요. 놀랄만한 일이잖아요?"

"듣고 보니 물이라고 다 같은 물은 아니군. 그래서 사람들이 이 물이 좋다 저 물이 좋다 하는 게일까?"

"그것은 편견이에요. 사실 두테륨이 많이 섞였다고 해서 맛이나 효능이 달라지진 않아요. 체내에 들어가면 모두가 분해되어서 분자나 원자형태로 바뀌어 화학에너지로 변환되는 것이니까요. 그럼 지금부터 우리가 마신 한 모금의 물이 체내에서 어떻게 이동되고 변화되는가를 얘기해 보죠.

입으로 마신 물은 두 가지의 운반장치에 의해 이동이 되죠. 먼저 내장기관을 통해 세포기관까지 신속하게 이동하고, 그곳에서부터 세포 내부기관까지는 브라운운동으로 이동을 하게 되죠. 다시 말하면 마신 물이 식도를 거쳐 위, 십이지장, 소장, 대장 등 내장기관을 통해 이리 부딪히고 저리 부딪히며 신속하게 이동할 수 있는 것은 내장기관의 근육수축운동 때문이죠. 이러한 수축운동으로 물이 세포기관에 도착하면 이제부터는 삼투와 확산이라는 브라운운동(운동단백질 키네신에 의해 일어남)으로 산소와 수소는 모세혈관을 통해 세포조직으로 들어가게 되지요. 그리고 생명의 발전소 미토콘드리아로 들어가 소화효소와 함께 영양소를 분해하여 화학에너지로 바꾸어 주고, 세포막의 미세한 구멍으로 빠져나와 정맥을 따라 심장과 폐를 거쳐 밖으로 나오는 거죠. 몸에서 빠져나온 물 분자들은 대기 속을 떠다니다가 다시 비가 되어지상으로 내려오고, 또 다시 인간이나 다른 생명체에게 유입이되겠죠. 이게 바로 인간과 물 분자간의 순환관계인데, 따지고 보면 인간은 원자들의 일시적인 서식지에 불과한 거죠.

자, 그런 것은 차치하고, 입과 내장기관을 통해 세포기관에 도착한 물 분자의 이동이 얼마나 빠르냐 하면, 모세혈관을 통해 적혈구세포의 중심까지 이동하는데 걸리는 시간은 불과 1,000분의몇 초 밖에 걸리지 않고, 신호분자의 경우는 하나의 신경세포에서 다른 신경세포로 이동하는데 100만 분의 3초 정도면 충분하다고 해요. 그래서 이 속도 덕분에 우리 몸은 신속히 대처할 수가있지요. 가령 부엌에서 물을 끓이다가 잘못해서 손으로 뜨거운냄비를 잡았다고 가정해 보죠. 순간 우리는 '앗 뜨거'하며 손을움츠릴 거예요. 그렇게 빨리 손을 움츠릴 수 있는 것이 바로 찰나와 같이 짧은 시간에 신호분자들이 손에서 뇌로 이동이 되고, 뇌에서 '빨리 피해'라는 명령을 내려 손을 움츠린 거예요. 황 선생, 혹시 수소의 존재를 느낄 수 있는 신비한 현상을 본 적이 있어?"

"글쎄, 수소가 기체인데 육안으로 볼 수가 있는가? 한 번도 생각해 본 적이 없는데…."

"TV에서 우주에 관한 영상을 방영한 적이 여러 번 있는데, 그때도 본 적이 없어? 그럼 지구가 푸른 별이라는 얘기는 들었지?"

"한두 번 본 기억이 있지. 그때 보니까 지구가 푸른색, 흰색, 녹색 등이 어우러져 있는 것으로 아름답게 보였어."

"그랬을 거야. 누가 봐도 아름답게 보이지. 그런데 그 색이 극히 일부를 빼놓고는 물 분자로 인해 나타나는 색이야. 수소와 산소원자의 진동으로 나타나는 색이지. 푸른색으로 보이는 것은 수소와 산소로 결합된 물 분자들이 아주 느리게 진동하며 생겨나는 색이고, 구름은 공기 중에서 빠르게 열춤을 추는 수증기 분자들을 가까이 끌어당겨 수소결합으로 단단히 결박하고 있는 차가운 물방울인 거야. 눈과 얼음은 열춤을 추는 분자들의 진동속도가 너무 느려진 물 분자들인데, 이때는 수소결합이 꽁꽁 얼어붙어 분자들을 결정(結晶)으로 만든 것이지.

저 앞에 보이는 나뭇잎이 초록으로 보이는 것도 실은 물 분자들이 만들어내는 현상이야. 식물 세포는 색소를 함유하는 세포 소기관인 색소체가 있는데, 이 색소체는 DNA를 함유하고 있으며 색소 합성이나 자기 증식을 해. 이런 색소체는 엽록체, 백색체,

잡색체가 있지. 이 중에 잡색체는 광합성을 하는 엽록소 이외의 색소를 함유하고 있는 색소체로 광합성은 직접 하지 않고 빛에너지를 흡수하여 엽록소로 넘기는 보조 색소 역할을 하고, 백색체는 빛이 잘 닿지 않는 부분에 존재하며, 빛을 받게 되면 엽록체나 다양한 색깔의 잡색체로 변하는 세포야. 엽록소를 가지고 있는 엽록체는 태양빛을 받으면 빛을 흡수하여 빛에너지를 화학에너지로 전환시키는 광합성 작용을 해서 물과 이산화탄소로부터 포도당을 만들어내는 역할을 하는데, 이때 엽록소는 다른 빛은 흡수를 하고 녹색만 반사를 하는데, 그 빛이 우리의 눈에 보이는 거지."

"엽록체는 왜 녹색이지?"

"그건 엽록체를 구성하고 있는 물질에 엽록소라는 것이 있는데, 그게 녹색물질이기 때문이야."

"아, 그렇군. 내가 너무 귀찮게 하지. 김 박사! 근데 그것과 물분자가 무슨 상관이야?"

"엽록체를 구성하고 있는 원자들을 보면, 마그네슘과 질소를 비롯해 물 분자를 이루는 산소, 수소 그리고 탄소로 구성되어 있기 때문이지."

"이제 알겠네."

"어차피 식물에 관한 얘기가 나왔으니 놀랄만한 얘기 하나 더 하지. 지구상에서 생존하고 있는 생물들이 살아가는데 제일 필요한 것은 물이라고 했지. 그 물은 산소와 수소로 이루어져 있고, 산소를 생성해내는 것이 식물이라는 것도…. 그런데 지구의 식물들이 연간 증발산 작용을 해서 만들어내는 양은 얼마나 될까? 그것은 상상을 초월하는 양이야. 식물이 뿌리를 통해 지하수를 흡수하여 광합성 작용을 통해 대기로 뿜어내는 수증기의 양은 지구상에 있는 모든 강의 연간 수량을 합한 것보다 많고, 미국의 오대호에 저장된 물 전체를 4번이나 비울 정도의 양이라는 거야. 놀랍지 않아?"

"놀랍고말고. 그러니까 지금 우리 눈에 보이는 저 나무나 풀 등이 뿜어내는 보이지 않는 산소가 그 정도 된다는 거잖아. 그리고 그 산소는 수소와 결합하여 다시 비로 내려지고."

"그렇지. 그러니까 식물들이 이 땅의 강이나 냇가를 흐르게 하는 원동력이라도 할 수 있지. 그런데 이런 작용을 할 수 있게 만들어준 근본은 수소핵융합반응으로 빛을 발하는 태양이야. 태양빛이 없다면 지구는 암흑으로 변하고 생명체는 존재할 수가 없지. 생명체를 구성하고 있는 원자들의 운동이 멈추게 되는 것이니까. 그러면서 지구는 얼음덩어리로 변해서 목성이나 토성과 같은 행성으로 전락하겠지."

"왜 그렇게 된다는 것이지?"

"그 행성들은 태양과 거리가 멀어서 태양빛이 도달한다 하더라도 생명체가 존재할 만큼의 열이 없거든. 그래서 지금까지 밝혀진 바에 따르면, 우리 태양계 내에서 지구만이 생명체를 가진 유일한 행성이야. 태양과 가까운 수성과 금성은 너무 뜨거워서 생명체가 존재할 수가 없고, 좀 전에 얘기했듯이 화성과 목성, 토성 등 먼 거리에 있는 행성들은 추워서 생명체가 존재할 수가 없지. 그러나 지구는 운 좋게도 생명체가 살아가는데 필요한 만큼의 햇빛을 받을 수 있는 적당한 거리에 떨어져 있어 수많은 생명체가 번성하고 있는 거야. 그것도 자전축이 극적으로 23.5도 기울어진 상태로 태양을 중심으로 공전하기 때문에 계절이 생기고, 자전을 통해 밤과 낮이 생겨 적절하게 태양빛을 받아 지구 어디에서도 살아갈 수가 있으니 우리가 얼마나 복 받은 생명체냐고."

"그것 참 절묘하네. 23.5도의 기울기 때문에 한 때는 태양과 가까워지고, 또 한 때는 멀어지면서 봄, 여름, 가을, 겨울의 사계절이 생기고, 24시간 만에 한 번씩 스스로 돌면서 밤과 낮을 만들고… 자연현상이 신기할 따름이네. 그런데 김 박사, 인체를 구성하고 있는 수소를 제외한 물질들은 애초 어디서 생긴 걸까?"

"황 선생! 좋은 질문일세. 앞서서 잠깐 언급이 되기는 했지만, 전부터 우주를 연구하는 과학자들의 설명에 따르면, 그런 물질들은 별의 죽음에서 탄생되었다고 하지."

"아니, 하늘에 있는 별이 죽는다고?"

"그래 맞아. 하늘에 떠있는 별들도 인간이 알지 못하는 사이에 새로 태어나기도 하고 죽기도 해. 그것을 밝히기 위해 우주학자들은 태양계 이전의 별의 생성과 소멸을 밝히는데 주력하고 있어. 그래서 그들은 미항공우주국(NASA)이 발사한 우주선에 장착된 허블 우주망원경(hubble space telescope)이나 스피처 우주 망원경(spitzer space telescope)이 촬영한 영상을 분석해 빅뱅 당시최초로 나온 물질, 수소나 헬륨 등이 수백만 년 동안 핵융합반응을 하면서 수천만 ℃의 엄청난 열과 빛을 발산하는 별들이 태어난 것으로 판단하고 있지. 그런데 이 별은 핵융합과정에서 주변의 다른 물질들을 마구 끌어당기며 중심에서는 끌어당긴 여러물질들이 엄청난 열로 인해 분해되고 그때 튀어나온 중성자와양성자가 핵력으로 뭉쳐지며 핵은 점점 어마어마한 크기로 결합되었다가 정도가 지나치게 되면 폭발해 별이 소멸의 길로 접어든다는 거야."

"뭔 소리인지 도대체 알 수가 없네그려."

"그럼, 이해를 돕기 위해서 별과 관련된 이야기를 하나 들려줘야겠네. 우주 역사를 연구하는 학자들이 제일 중요하게 여긴다는기록이 하나 있는데, 그것이 뭐냐 하면, 1054년에 일어났던 빛나는 별에 관한 기록이야."

"무슨 기록인데?"

"그것은 중국 송나라의 문헌에 기록되어 있는 내용이야. 1054년 어느 날 아침, 하늘의 천체를 관측하는 부서인 사천감(司天監)

의 수장(首長) 양유덕(楊惟德)이란 사람이 동쪽 하늘에서 이제까지 한 번도 본 적이 없는 빛나는 별을 발견하고, 황제에게 전갈(傳喝)을 보냈어. '소신이 보기에 손님별이 오신 것 같습니다. 이 별은 처음에는 붉은 기가 돌다가 태양빛이 비쳐들 즈음에는 수평선 위로 높이 떠오르면서 점차 옅은 노란색으로 빛났습니다. 그래서 저는 공손하게 절을 올렸습니다. 밝은 빛이 넘치는 이는 곧 통치자를 뜻하니… 이 말은 기록할만한 가치가 매우 크옵니다.'라고. 그리고 또 다른 문헌에는 '새벽녘 동쪽 하늘에서 천관이 지켜보는 가운데 손님별이 나타났다 지금은 사라져 보이지 않는다.' '그 별이 몇 주 동안 금성처럼 밝게 빛났고, 이후에는 밤에만 보이다가 거의 2년이 될 무렵 사라졌다'고.

그런데 이와 관련되어 있는 기록이 아라비아 반도에 위치한 고대 이슬람제국에서도 발견이 되었어. 이슬람제국의 철학자이며 물리학자인 이븐 부틀란(Ibn Butlan)에 의해 관찰되었다고 알려져 있는 내용인데, 그는 그 별을 관측하고 나서 '지극히 밝은 별이 빛났을 때, 이 시대에 가장 악명 높은 역병이 돌았고…. 그해 가을에 14,000여 명의 사람들이 콘스탄티노플에 매장되었다'고 한 기록이야.

그 뿐만이 아니야. 2001년에 일본 연구진이 이 기록내용과 관련된 것으로 보이는 증거를 찾아냈지. 일본 연구진은 남극대륙의 빙산 마루에 구멍을 뚫고 오랜 시간에 걸쳐 층층이 쌓인 얼음기둥을 채취해 48m 길이로 잘라 보관하면서 그 성분을 분석해 지층의 연대를 밝혀내는 연구를 했는데, 그 연구진이 1054년에 형성된 얼음기둥에서 유난히 질소산화물 농도가 갑자기 치솟은 것을 발견했지."

"그게 무엇을 뜻하는 거야. 중요한 사건이야?"

"황 선생! 중요하고말고. 중국 송나라의 양유덕이 발견한 별이나 이슬람제국의 이븐 부틀란이 발견한 별이 모두 같은 별로 일본 연구진이 발견해낸 질소산화물*과 깊은 관련이 있거든. 그것은 1054년에 죽어간 별의 잔해물이라는 거야. 오늘날의 천문학자들은 이 별의 위치가 지구로부터 약 6500광년이나 떨어져 있었던 엄청나게 큰 별로 오리온자리의 허리띠로부터 대각선 위쪽에서 폭발의 잔해를 퍼뜨리고 있는 게성운(Crab Nubula)으로 추정하고 있지.

어쨌든 그 당시의 사람들은 별들의 생성과 소멸이 인간과 연관되어 있다고 생각했어. 막연한 추측이었지만…. 그러나 지금은 거시적인 측면에서 그들의 생각이 옳았다는 것이 학자들의 연구에 의해 증명되었잖아. 별들이 소멸할 때 생겨난 여러 물질들, 원자들이 우리 몸을 구성하고 있다는 것이 밝혀졌으니까.

그럼 본격적으로 별의 생성과 소멸과정에서 생겨나는 원자들

---

* 질소산화물 : 연료의 고온 연소 시 대기 중의 질소가 산소와 반응하여 생기는 화합물로 일산화질소(NO)와 이산화질소(NO_2)가 대표적이다. 이 물질은 대기를 적갈색으로 만들며, 인체에 여러 가지 해를 끼친다.

에 대해 설명하기 전에 먼저 질문 하나 해볼까? 저 하늘에 떠있는 태양은 별일까? 아닐까?"

"아니지. 태양은 낮에만 보이잖수. 그러니까 별이 아니겠쥬. 안 그래유, 황 선생?"

"이장님, 아닌 것 같아요. 태양도 별이라고 알고 있어요. 왜냐 하면 태양은 스스로 빛을 내는 항성이거든요."

"형님! 황 선생 말이 맞아요. 태양도 별 중의 하나에요. 스스로 빛을 내는 항성을 별이라고 하거든요."

"김 박사! 그런데 왜 밤에는 안 보여?"

"그건 지구가 24시간에 한 번씩 돌기 때문이죠. 자전이라고 하잖아요. 지금 이곳은 태양을 바라볼 수 있는 낮이지만, 우리와 정반대에 있는 곳에서는 볼 수가 없죠. 그래서 그곳은 밤이 되고, 지구가 좀 더 돌아서 이곳이 어두워지면 반대편에서는 아침이 되어 태양을 볼 수가 있죠."

"그럼, 별이 밤에만 보이는 이유는 뭐유?"

"별도 낮에 볼 수가 있는 것인데, 태양빛이 워낙 밝아 육안으로 보이지 않을 따름이에요. 그랬다가 태양이 없는 어두운 밤이 되면 빛이 약해도 육안으로 볼 수가 있는 것이지요. 지구에서 태양 까지의 거리는 얼마나 될까요? 태양까지의 거리는 1억 5000만㎞ 에요."

"엄청나게 먼 거리구먼. 달까지의 거리가 38만㎞니까 지구에서 달까지 몇 번을 왔다 갔다 해야 하나? 얼핏 계산해 보니 대략 200번 왕복해야 하는 거리 같은데?"

"맞아요. 그 정도 거리가 될 거에요. 그런데 그 먼 거리에서 빛이 오는데 한 여름이면 살갗이 탈 정도로 뜨겁잖아요. 그러니 태양은 얼마나 뜨거운 것일까요?"

"김 박사! 내가 알기로는 수천 °C가 넘는다고 알고 있는데?"

"맞아, 황 선생. 태양은 수소핵융합반응으로 매초에 수백만 톤의 물질을 열과 가시광선을 비롯해 여러 가지 형태의 에너지로 바꾸는데, 그 크기는 우리가 살고 있는 이 지구만한 행성 100만 개 정도를 삼킬 수 있는 별이라고 해. 그리고 그 표면 온도가 섭씨 약 5,500°C가 넘고 중심은 무려 1,400만°C가 되어 모든 물질이 녹아있는 플라즈마(plasma; 물질이 이온화된 상태) 형태이며, 거기에서 나오는 어마어마하게 밝은 빛과 뜨거운 열이 지구에 도달하는데 약 8분 정도가 소요되고…. 그런데도 불구하고 얼마나 강렬한지 맨 눈으로는 쳐다볼 수가 없지. 우주학자들은 태양계 이전의 별의 기원에 대해서는 우리 생전에 밝히기가 어렵다고 얘기해. 그렇지만 원자들의 생성과정은 소멸하는 별로부터 나온 물질들이라는 것을 밝혀냈지.

미국의 물리학자인 윌리엄 알프레드 파울러(William Alfred Fowler; 1911-1995)는 1965년에 출판한 그의 저서 『질량이 큰 별과 초신성에서의 핵합성(Nucleosynthesis in Massive Stars and

Supernovae)』에서 '별에서 일어나는 핵반응이 모든 원소를 만들어낼 수 있다'는 이론을 제시하고, 1982년 캘리포니아공대 켈로그방사선실험실에서 실험을 통해 그것을 증명해 보였어. 그 결과로 1983년 노벨물리학상도 받았고.

그에 따르면 별이 발산하는 빛과 열을 생성하는 것은 핵반응인데, 핵반응을 통해 제일 가벼운 수소가 최초로 생겨났고, 그 다음에 헬륨이 생겨났으며, 점차 무거운 원소들이 생겨났다고 해. 그래서 생겨난 것이 별의 온도가 점차 내려가면서 수세기에 걸쳐 탄소가 생겨났고, 헬륨과 탄소의 융합반응으로 다시 산소가 생성되고, 이어서 오랜 시간이 흐르면서 탄소와 산소가 융합반응을 하는 과정에서 질소가 태어났고, 그 이후 규소, 칼슘과 인, 나트륨과 염소, 칼륨 등이 생겨났다고 해. 그리고 가장 무거운 원소인 니켈과 철이 생겨났는데, 이 원소들은 별이 소멸하는 마지막 과정에서 대폭발을 일으키며 탄생되었다고 하지."

"김 박사! 사실 아까부터 궁금했는데, 핵융합에 의해 별이 탄생되면 영원히 존재하는 것 아닌가? 핵융합 반응은 계속 일어날 테니까."

"그렇지 않아. 원자를 쪼개면 그 속에서 양전하(+)를 띤 양성자와 전하를 띠지 않는 중성자, 그리고 음전하를 띤 전자(-)가 나오는데, 이들은 고온에서 플라즈마 형태로 변해 약한 핵력으로 결합되어 있던 상태가 깨져버리고, 원자보다 더 작은 쪼개지지 않는 물질인 쿼크상태로 존재하다가 강한 핵력에 의해 양자와 중성자가 뭉쳐 새로운 핵이 생겨나지. 즉 최초로 생겨난 수소가 플라즈마 형태로 있다가 양자와 중성자가 새롭게 결합하며 헬륨이 생겨나고, 이후에 또 다른 형태로 핵이 결합하며 탄소, 산소, 질소, 규소 등… 여러 물질이 탄생하며, 그때 방출되는 핵융합에너지 덕분에 별은 붕괴되지 않고 계속 타오르며 빛을 내는 것이지. 그런데 이런 상태가 지속되다 보면 원자핵들이 뭉쳐 점차 커지면서 무거운 물질로 변하게 되는데, 그때까지 핵력과 중력은 균형을 이루며 그 상태를 유지하지만, 핵이 더 커지면 핵력보다 중력이 커져 균형이 깨지면서 폭발하게 된다고 해.

다시 말하면, 별은 수소나 헬륨과 같은 가벼운 원소들을 압축하고 가열하여 연속적으로 무거운 원소로 바꾸는 과정(핵융합 과정)에서 빛과 열이 방출되는데, 이런 핵융합과정이 더 진행되어 철보다 무거운 원소가 형성될 때는 에너지를 방출하기보다 오히려 흡수하며, 별의 중심에서 철 중심핵이 만들어진다고 해. 그리고 철의 중심핵이 점점 커지면 내부 핵융합 반응에 의한 폭발력이 밖으로 향하지 못하고, 별 중심으로 모여 끝내는 자체중력을 이기지 못하고 엄청난 폭발이 일어나면서 붕괴된다는 거지. 이때 중심핵은 거의 중성자로만 이루어지며, 그 밀도는 찻숟가락 하나 정도의 양이라도 지구에서는 약 500억 t이나 된다고 해.

그리고 폭발이 일어날 때 방출되는 열과 빛은 상상을 초월할 정도여서 수천 광년이 떨어져 있는 곳에서도 며칠 동안 대낮에 관측이 가능할 정도로 강력하다고 해. 그래서 학자들은 그걸 초신성이라고 불러. 그러니까 초신성은 별이 죽어가면서 고통에 못 이겨 내뿜는 마지막 숨이라고 할 수 있지. 그리고 초신성은 자체 중력에 의해 부피가 0이고 밀도가 무한대인 한 점으로 압축되어 블랙홀이라는 이름으로 남는다고 해.

1054년에 중국 송나라의 양유덕과 이슬람의 이븐 부틀란이 보았다는 빛나는 그 별, 그게 바로 초신성이었던 것이지. 어쨌든 별은 죽어가면서 다양한 물질을 방출하는데, 그 중에 가장 무거운 물질은 니켈이나 철이야. 그리고 그 별은 하나의 흑점만 남기고 완전히 소멸하고 말지. 별에서 튀어나온 물질(원자)들은 구름처럼 우주공간에 흩어지는데, 그게 바로 구름처럼 모여 있는 성운이라는 거야. 그 성운은 다시 새로운 별이 태어날 수 있는 터전이 되고, 일부는 우주공간으로 흩어져 떠돌다가 다른 별이나 지구 같은 행성에 떨어지는 것이지. 그래서 우리가 사는 지구에는 여러 물질들이 분포되어 있지."

"얼마나 되는데?"

"지구를 구성하고 있는 물질은 지금까지 밝혀진 바에 따르면, 철 32%, 산소 30%, 마그네슘 14%, 황 2.9%, 니켈 1.8%, 칼슘 1.5%, 알루미늄 1.4%가 있고, 기타 미네랄이 1.4%로 구성되어 있다고 알려져 있어."

"좀 이해되지 않는 부분이 있는데, 우주에 있는 물질 다르고, 지구에 있는 물질들이 다른 거야? 정리가 안 돼서…."

"그럴 수도 있지. 여러 가지 얘기를 듣다 보니 정리가 안 되는 것 같은데, 다시 말하면 우주 공간에는 수소 74%, 헬륨 24%, 산소 1%, 나머지 1%는 탄소, 네온, 철, 질소, 규소, 마그네슘, 황, 기타 미네랄로 구성되어 있고, 지구의 땅덩어리에는 방금 말했듯이 지구가 다른 별에서 떨어져 나올 때 가지고 나왔던 물질과 우주로부터 유입된 물질이 모두 섞여 있는데, 철 32%, 산소 30%, 마그네슘 14%, 황 2.9%, 니켈 1.8%, 칼슘 1.5%, 알루미늄 1.4%, 기타 미네랄 1.4%라는 것이지. 그리고 지구를 둘러싸고 있는 약 1,000km의 대기(공기)층에는 질소 78%, 산소 21%, 기타 이산화탄소, 수증기, 아르곤, 네온, 헬륨 등과 같은 여러 물질들이 분포되어 있지. 그리고 이런 물질들이 지구를 둘러싸고 있는 원인은 지구의 중력 때문이고, 대부분의 물질들은 지표면으로부터 50km이내에 몰려 있다는 것이야. 이제 정리가 돼?"

"음, 이제 복잡했던 머리가 맑아지네그려. 그런데 그렇게 생성된 물질들은 단독으로 존재하고 있기도 하지만, 대부분 화합물로 존재하고 있지 않나?"

"아주 좋은 생각이야. 물질들은 단독으로 존재하기도 하지만 화합물로 유지되고 있는데, 그 이유는 서로 당기는 힘이 있기 때문이지."

"당기는 힘이라니…. 중력?"

"그것도 포함이 되지. 우리가 사는 이 세상에는 4개의 힘이 작용하고 있어. 그것은 중력, 전자기력, 강한 핵력, 약한 핵력이라는 것이야. 중력이라는 것은 학창시절부터 자주 들었을 거야. 질량(무게)을 가진 물질이 서로 끌어당기는 힘이라고 하지. 그리고 질량이 클수록 끌어당기는 힘도 더 커지고…. 그래서 지구의 중력 때문에 우리가 여기에 앉아있기도 하고, 바닷물이 우주로 흩어지지도 않고 그대로 유지하고 있지.

이런 중력을 처음 발견한 사람은 영국의 수학자이며 물리학자인 아이작 뉴턴(Isaac Newton; 1642-1727)이야. 사과나무에서 떨어지는 사과를 보고 중력을 발견했다고 알려져 있잖아. 이 중력을 우주로 확대해 생각해 보면 그 동안 몰랐던 새로운 사실을 이해할 수 있어. 이 힘에 의해 우주공간에 있는 행성들이 스스로 빛을 발하는 항성을 중심으로 빙글빙글 돌고 있다는 것을 증명할 수 있으니까. 한 마디로 질량이 큰 항성의 중력 때문에 질량이 작은 행성을 도망가지 못하게 끌어당기고 있는 것이지.

천문학자인 린드블라드(Bertil Lindblad; 1859-1965)는 중력으로 인해 태양도 은하 중심을 바라보며 2억 년을 주기로 초속 230㎞의 속도로 공전하고 있다는 것과 태양계가 속해있는 우리 은하도 거대 은하단인 처녀자리를 향하여 초속 300㎞ 속도로 공전하고 있다는 것을 밝혀냈지."

"김 박사! 태양도 공전한다니 무슨 뜻이지?"

"황 선생! 지구가 속해있는 태양계도 우주라는 넓은 공간에서 들여다보면 거대한 은하계에 속해있는 아주 작은 부분이야. 날씨가 맑은 날 캄캄한 밤하늘을 올려다보면 하나 둘씩 떨어져 빛나는 별도 있지만, 무수한 별이 모여 강물처럼 하얗게 흐르는 부분이 보일거야. 본 적이 있어?"

"어릴 때 많이 봤지. 어젯밤에도 봤고."

"그것을 은하라고 부르는데, 반달이라는 동요에도 나오잖아. '푸른 하늘 은하수 하얀 쪽배엔…'하고. 거기에 나오는 은하수가 바로 무수한 별들이 모여 강물처럼 흐르는 것이지. 그런데 그 은하가 바로 우리 태양계가 속해 있는 은하야. 그 은하의 전체적인 모습은 날개가 여러 개인 바람개비가 오른쪽으로 돌아가는 모습처럼 생겼는데, 우리 태양계는 바로 그런 바람개비 한쪽 날개의 끝부분에 속해 있지. 그러다 보니 다른 날개를 볼 수가 있는데, 밤하늘에 하얗게 강물처럼 보이는 은하가 바로 다른 날개인 거야. 그리고 중력에 의해 은하 중심부를 향해 시속 230㎞로 힘의 균형을 유지하며 돌고 있는 거지."

"아, 이제야 이해가 되네."

"우주학자들의 연구에 의하면, 이와 같은 은하가 우주 공간에는 수없이 많다고 추정하고 있어. 그래서 우리가 속해있는 은하는 거대한 은하단인 처녀자리를 향해 초속 300㎞ 속도로 공전하고 있다는 거야.

"아, 신비할 따름이네!"

"이해가 됐으면 전기자력에 대해 알아봐야겠지? 전자기력이란 한 마디로 얘기하면 자석의 힘이야. 즉 전기적 힘의 근원이라 불리는 전하에 의해 생기는 힘이지. 전하는 음전하(-)와 양전하(+)가 있고, 같은 성질의 전하끼리는 서로 밀어내는 힘이 있으며, 다른 성질의 전하끼리는 당긴다는 것은 잘 알고 있잖아. 자석을 생각하면 간단히 이해가 되지. N극과 N극 또는 S극과 S극끼리는 밀어내고, N극과 S극이 만나면 서로 들러붙잖아. 그게 전기적 성질인 전하야.

물질을 잘게 쪼개고 쪼개면 아주 작은 알맹이 분자가 나오고, 그것을 더 쪼개면 더 이상 쪼개지지 않는 미립자인 원자라는 물질이 나오잖아. 그 원자를 더 쪼개면 그 속에서 원자핵과 전자라는 물질이 나오는데, 이때 전자는 음전하(-)를 띠고, 원자핵은 양전하(+)를 띠지. 그래서 서로 묶여있게 되는 것이야. 그런데 원자핵을 더 쪼개보면 그 속에는 양자와 중성자라는 물질이 나오는데, 양자가 양전하(+)를 띠고, 중성자는 말 그대로 전기적 성질이 없지. 그래서 결국은 원자핵이 양전하(+)를 띠고 있는 것이야. 놀라운 것은 이런 원자, 즉 원자를 구성하고 있는 전자와 양자, 중성자 간에 전자기력 때문에 물질의 화학구조가 생겨나고 세상의 모든 물질이 유지된다는 점이야. 중력은 물질을 모으고 전자기력은 그것을 구성하고 있는 것이라고 봐야지. 우리 인간의 모든 장기나 근육, 신경도 전자기력 변환에 의해 만들어지고 있어.

그러므로 우리가 감지하는 모든 존재는 전자기력으로부터 시작되고 전자기력으로 끝난다고 봐도 무방하지. 빛도 마찬가지고…. 전자기력이 없다면 세상은 성립하지 않고 만들어지지도 않으며 감각할 수 없지. 생명체는 그만큼 중력과 전자기력에 적응해 만들어진 존재로 전자기력에 의한 힘의 변환이라고 볼 수 있어."

"눈에 보이지 않는 힘에 의해 우리 인간이 만들어지고 조정받는다고 생각하니 어이가 없네."

"황 선생, 핵력에 대해서도 알아봐야지. 그래야 별의 생성과 소멸을 알 수 있으니까. 핵력은 강한 핵력과 약한 핵력이 있는데, 현실에서 인간이 전혀 알 수 없는 미세한 힘이지. 강한 핵력은 입자 단위에서 원자핵을 중심으로 양성자와 중성자를 묶어두는 힘인데, 만약 이 힘이 없다면 핵융합을 만들어내지 못하게 되는 거야. 그러므로 강한 핵력이 작용하는 아주 미세한 공간 안에서는 입자들이 높은 압력과 온도에서 뜨거운 에너지를 방출하고 철과 같은 무거운 원소로 변하게 되지.

반면에 약한 핵력은 무너지는 힘으로 핵융합 조건에서 많은 입자들이 엉켜 무거운 원소들이 만들어지고, 너무 많은 분자들이 달라붙은 커다란 덩어리의 원소는 그대로 놔두었을 때 짓눌려

안정화 작업이 일어나는데, 이 작업은 전자나 중성자의 수가 지나치게 많아 불안정한 상태에서 그것들을 내쫓아 안정된 상태에 이르려는 힘이야. 무너지는 힘이라고 표현된 것은 전자나 중성자를 내쫓기 때문에 붙여진 것이지.”

“인간이 느끼지 못하는 4가지 힘. 중력, 전자기력, 강한 핵력, 약한 핵력이라… 김 박사! 세상의 이치를 밝혀내는 것을 보면, 인간은 미미한 존재인 것 같으면서도 참으로 대단하고 신비한 존재야.”

“그렇지. 인간의 능력이 어디까지인지 모르지. 어쨌든 세상을 지탱하고 있는 4가지의 힘에 대해 알았으니, 인간을 구성하고 있는 물질의 생성에 대해 알아보세. 산소와 수소는 이미 앞에서 얘기했고, 탄소를 알아볼 차례인가?

탄소는 우리 몸의 약 28%를 차지하는 물질로 몸에 약 2000만 개 정도의 원자가 있으며, 무게로 따지면 성인의 경우 약 13-15 kg 정도를 차지하고 있어. 그런 탄소가 우리 몸에서 하는 역할은 각 기관의 틀을 고정시키는 역할이야. 다시 말해서 근육 속의 모든 단백질 섬유나 지방 알갱이들, 혈당 조각들, 모든 유전자와 세포막과 뼈들을 감싸는 틀을 만드는 것이지. 그런데 인간은 탄소를 어디서 얻는 것일까?”

“호흡을 통해서 얻겠지.”

“과연 그럴까? 사실 우리 인간은 호흡을 통해 공기 중에 있는 탄소를 획득하기도 하지만, 그것은 큰 도움이 안 되고 오로지 먹거나 마시는 음식을 통해서 들어온 탄소만이 몸의 일부가 되는 것이야."

"김 박사! 그렇다면 사람들이 섭취하는 음식물에는 모두 탄소가 들어있어?"

"그렇지. 우리가 섭취하는 음식물에는 탄소가 다 들어있지. 동식물에서도 사람과 마찬가지로 탄소는 다른 물질과 결합하여 각종 틀을 구성하는 역할을 하고 있으니까."

"그럼, 저기 텃밭에 있는 야채도, 우리 앞에 있는 저 소나무도, 그 밑에 풀도, 김 박사네 애완견 우량이도 마찬가지겠네?"

"그렇고말고."

"김 박사! 내가 알기로는 석탄이나 석유, 가스 등 화석연료도 주성분이 탄소인 것으로 알고 있는데, 그걸 우리가 먹어도 된다고?"

"직접 그것을 먹을 수는 없지만, 그것이 태워져 분해되어 분자나 원자상태로 날아가 버리면 그것을 마실 수 있는 것이지. 예를 들어볼까? 그런 화석연료를 태우면 무엇이 발생하지. 불꽃이 발생하지. 불꽃은 탄소원자가 산소원자와 만나 격렬하게 부딪힐 때 생겨나는 빛이고, 뜨거운 것은 그때 생겨나는 열이며, 그와 동시에 이산화탄소라는 화합물이 생겨 대기 중으로 날아가게 되는 거야.

지금부터는 먹이사슬에 대해 상상을 하면서 들어 봐. 대기 중으로 날아간 이산화탄소는 누가 먹겠어? 식물들이 먹어치워. 더 정확히 말하면 식물 세포에는 동물이 가지고 있지 않은 소기관 엽록체가 있다고 했지? 이 기관이 식물이 필요로 하는 양분을 만들어내는 기관인데, 이 엽록체는 이미 들어봐서 알고 있겠지만 광합성작용을 하는 곳이지. 식물의 잎에는 육안으로 보이지는 않지만 기공이라는 숨구멍이 있는데, 식물들은 그곳을 통해 공기 중에 이산화탄소를 흡수하여 세포기관에 있는 엽록체로 보내고, 다른 한편으로는 증산작용(蒸散作用)을 통해 뿌리로부터 물을 빨아올린 물을 엽록체로 보내지. 그러면 엽록체 내에서는 햇빛을 받아 이산화탄소와 물을 가지고 광합성이라는 화학반응을 일으켜 필요로 하는 에너지, 즉 당을 만들어내고 그 부산물로 산소와 남은 물을 숨구멍을 통해 대기 중으로 내보내는 것이야. 그렇게 광합성을 통해 자란 식물들은 누가 먹게 될까? 알다시피 일부는 사람들이 섭취를 하고, 일부는 다른 동물들도 먹겠지. 그리고 그것을 먹어치운 동물들은 더 강한 동물에게 잡아먹히고, 지구상에서 최상위포식자인 사람들은 또 그 동물들을 잡아먹고…. 그렇게 해서 사람들은 탄소원자를 획득하게 되는 것이지."

　"육생식물과 동물들은 그렇다 치고, 바다에서 사는 식물들이나 호수, 강에서 사는 수생식물도 그런 과정을 거치나?"

　"당연하지. 해양학자 폴 팔코브스키(Paul Falkowski)가 밝힌 연구결과에 따르면, 해양에는 대기 중에 있는 이산화탄소의 약 50배가 넘는 이산화탄소가 존재한다고 했어. 그러니까 해양식물이나 수생식물들도 똑같은 과정을 거친다고 볼 수 있지."

"거 참, 듣다보니 우리 인간들과 동식물이 차이점이 별로 없네. 겉모습만 다를 뿐이지. 다 같은 원소들로 이루어졌잖아."

"눈치 한 번 빠르구먼. 맞아. 공유하고 있는 원소들이 많지. 아마도 자네는 그 옛날 소크라테스나 이순신 장군이 내뱉었거나 또는 그들이 땅에 묻혀 썩은 시체에서 나온 탄소를 지니고 있는지도 몰라. 뿐만 아니라 몇 달 전에 자네가 배설한 소변이나 대변에서 나온 탄소나 산소를 마시고 있는 줄도 모를 일이고…"

"뭔 소리야? 소크라테스는 왜 나오고, 이순신 장군이 여기서 왜 나오는 거야. 언제 적 사람들인데… 그리고 내가 배설한 대소변에서 나온 탄소나 산소를 마신다니… 농담도 적당히 하게."

"황 선생, 농담이라니. 나는 진지하게 얘기하고 있는 것인데…. 잘 들어 봐. 미국의 대기학자 찰스 데이비드 킬링(Charles David Keeling; 1928-2005)이 입증한 바에 의하면, 지표면에서부터 상공 16㎞에 있는 낮은 대기층에서는 1년 정도면 모든 공기가 지구를 한 바퀴 돌아 모두 섞인다는 것을 증명했어. 다시 말하면 우리가 지금 내뱉은 이산화탄소는 1년 정도면 지구를 한 바퀴 돌아 이곳으로 다시 돌아올 수 있다는 것이야. 그러니까 그 옛날 소크라테스나 이순신 등이 뱉어냈거나 죽은 사체에서 발생한 원소들이 대기권을 돌아다니며 다른 동식물의 몸으로 들어갔다가 다시 나오기를 반복했을 것이고, 그 과정에서 지금 자네의 몸속에 있을지도 모른다는 얘기지. 이해가 되나?"

"잘 모르겠는데? 산소나 탄소 등 지구상에 존재하는 원소들은 어딘가로 사라지겠지."

"황 선생! 질량보존의 법칙이라는 것 들어봤지? 1774년 프랑스의 화학자 라부아지에(Antoine-Laurent Lavoisier; 1743-1794)에 의해서 발견된 법칙, 즉 우주상에 존재하는 모든 물질, 원자는 결합에 의해 모양과 성질만 바뀔 뿐 없어지지 않고 동일한 양이 존재한다는 법칙 말이야. 그 법칙에 따라 우리가 지금 이야기 하고 있는 탄소나 산소 등도 절대 없어지지 않지."

"그럼 정말로 우주에 존재하고 있는 물질, 아니 지구에 존재하고 있는 물질들은 대기권에 남아 있거나 인간과 자연에서 살아 숨 쉬는 생명체들이 공유하고 있는 것이네?"

"그렇지. 대기의 물질들은 눈에 보이지 않는 무생물의 상태를 유지하고 있다가 여러 물질들이 결합하여 생명체를 만들어내는 거야. 즉 무(無)에서 유(有)가 창조되고, 다시 유(有)에서 무(無)로 돌아가는 현상이 반복적으로 일어나는 것이지. 다른 말로 표현하면 죽음에서 삶으로 태어나고, 삶에서 다시 죽음으로 돌아가는 것이야. 그러니 삶과 죽음은 하나인 것이지."

"듣고 보니 그러네. 그러니까 죽음을 두려워할 필요가 없는 거네. 그런데 왜 죽음이 두려운 것일까?"

"그 부분은 나중에 얘기하도록 하고, 지금은 인체를 구성하고 있는 물질에 대해 얘기하세. 황 선생, 혹시 불교에서 말하는 윤회설(輪廻說) 들어봤나? 생명이 있는 것은 자신이 지은 업보(행위)에 따라 천상(天上), 인간(人間), 아수라(阿修羅), 축생(畜生), 아귀(餓鬼), 지옥(地獄)의 여섯 세계에서 삶과 죽음을 반복한다는 교리 말일세. 부모님들 세대에서는 그런 말을 많이 했지. 이승에서 고생했으니 다음 생에서는 좋은 곳에 태어나 행복하게 잘 살라고….

원자적 관점으로 보면, 불교에서 말하는 윤회와는 의미가 좀 다르지만 앞서 얘기했듯이 원소들이 이곳저곳 떠돌아다니며 여러 생명체로 태어나니 윤회한다는 말이 꼭 틀린 것은 아니지. 다시 말하면 어떤 측면에서는 대기는 인간이고, 인간은 대기라고 말을 할 수가 있지. 대기 중의 무생물인 원소가 몸속으로 들어와 생명체를 이루고 있으니까.

혹시 불교경전 『반야심경』에 있는 교리, 색즉시공 공즉시색(色卽是空 空卽是色)이라는 말 들어봤어? '색(色)은 곧 공(空)이고, 공(空)은 즉 색(色)이다. 있는 것은 없는 것이고, 없는 것은 곧 있는 것이다.'라는 내용 말일세. 난 이 말을 생각하면 참으로 신기해. 석가모니가 살았던 기원 전 시대는 지금과 같이 분자, 원자의 개념 자체도 존재하지 않았던 시대인데도 불구하고 어떻게 그런 생각을 했는지…. 아무리 봐도 뛰어난 선각자라고 생각되지 않을 수 없어."

"『성경』의 창조론도 마찬가지 아닌가?"

"『성경』에 나와 있는 창조론이 하나님께서 무에서 유를 창조하였다는 것을 기록한 것은 맞는 말씀이지만, 과연 하나님이 있을까? 나는 무신론자로서 지금 과학을 기초로 말하는 것인데, 과학은 인간이라는 선입견을 배제하고 냉정하고 철저하게 자연현상의 이치를 밝혀내는 학문이거든. 그에 기초해서 볼 때, 『성경』에서 말하는 창조론이라는 것은 과학에서 인정할 수 없는 부분이고, 말 그대로 성경의 논리와 체계를 세운 신학자 아우구스티누스(Augustinus; 354-430) 등 종교학자들이 만들어낸 종교 논리일 뿐이지. 우주는 자연현상에 의해 움직일 뿐이야."

"김 박사, 알겠네. 주제와는 조금 빗나간 질문 하나 하고 넘어가세. 탄소에 관해 이야기를 나누고 있으니까 묻겠는데, 지금 세계는 온난화로 인해 가뭄이나 홍수 등 예상치 못했던 재난이 잇따르고 있잖아. 왜 그런 현상이 벌어지는 거야?"

"그건 매스컴에 많이 회자되듯이 온난화의 주범인 이산화탄소 배출량이 많아서 그런 거지. 미국의 해양대기관리처는 지구 전역의 이산화탄소 농도를 감시하는 인공위성에서 보내온 자료를 분석하여 매년 이산화탄소 분포를 색상 지도로 만들어 공개하고 있는데, 이 지도를 보고 어느 학자가 이렇게 말했지. '이 지도를 보고 있노라면 계절에 따라 이산화탄소가 소용돌이치며 대기로 유입되는 모습이 마치 커피 잔 속에 크림이 섞이는 것처럼 보인다'고. 무슨 말이냐 하면, 그만큼 대기 중에 이산화탄소가 눈에 확연히 드러날 만큼 많이 증가하고 있다는 것이지. 앞에서도 얘기했듯이 대기에는 질소 78%, 산소 21%, 기타 1%라고 했는데, 기타 나머지 부분을 세밀하게 살펴보면 아르곤 0.93%, 이산화탄소 0.04%, 기타 0.03%야.

대기학자들의 연구 결과에 의하면, 이산화탄소 발생원인은 크게 3가지로 생물권에서 일어나는 호흡작용, 화산활동과 해양 표면에서 배출되는 것, 그리고 화석연료의 사용이 주된 원인으로 보고 있지. 인간을 포함한 생물권에서 호흡으로 배출되는 양은 이산화탄소 전체의 1%도 되지 않아서 거의 무시해도 될 정도이고, 근래의 화산활동이나 해양에서 배출되는 양 또한 크게 문제될 것이 없다고 해. 그런데 인간이 사용하는 화석연료, 그러니까 석탄이나 석유, 천연가스 사용으로 인해 발생되는 양은 무려 1년에 350억 톤에 이르러 전 세계의 화산들이 1년 내내 뿜어내는 이산화탄소량의 100배에 이른다고 해. 이렇게 많은 양의 이산화탄소가 지구를 뜨겁게 만든다는 사실은 익히 들어서 잘 알고 있지? 왜 뜨거워지는 것이냐 하면, 이산화탄소분자가 열을 포획하는 강력한 힘을 갖고 있기 때문이야. 그래서 지구는 점점 뜨거워지고 있지.

영국 기상청 메트 오피스(Met Office)에 따르면, 산업화 이전에는 지구의 표층온도가 평균 11℃였고, 1980년에는 14℃였던 것이 2020년 현재는 그보다 1.1℃가 높아져 15.1℃가 되었다는 거야. 1℃, 2℃, 3℃라는 숫자만 생각하면 '조금 더워졌구먼' 하고 별것 아닌 것처럼 생각되겠지만, 그로 인해 발생된 재해는 상상을 초월하는 수준이지. 연례행사처럼 발생하는 LA지역 대형 산불과 호주·인도네시아의 산불을 비롯해 우리가 해마다 느끼는 극심한 폭염일수의 증가, 세계적으로 나타나는 폭우로 인한 물난리, 극심한 가뭄으로 물을 찾아 떠나는 아프리카 사람들의 행렬, 세계적으로 유행하고 있는 각종 질병의 창궐⋯ 등 그 피해는 이루 말할 수 없을 정도야.

최근의 유엔 보고서를 비롯해 여러 연구결과에 따르면 현재와 같이 탄소배출량을 줄이지 못하게 되면, 2100년쯤에는 대기 중에 탄소농도가 기준치 400ppm을 초과해 500ppm 이상이 될 것이며, 그로 인해 지구의 평균 기온이 최소 4.5℃에서 최대 8℃나 올라갈 것으로 예측하고 있어. 『2050 거주불능 지구』라는 책의 저자 데이비드 월러스 웰즈(David Wallace-Wells)는 현재와 같은 탄소배출량이 계속된다면 해수면의 높이는 60m까지 높아져 세계 주요 도시의 2/3는 사라질 것이고, 적도와 열대 지방에 사는 사람들은 해당 지역을 벗어나기도 전에 죽을 것이며, 열기가 너무 강해 사람이 살 수 없는 지역이 지구 전체 면적의 1/3에 달할 것이라고 예측하였어.

이런 내용들은 최악을 가정한 시나리오로 과장된 예측이라는 것을 감안하더라도 향후 지구의 온도가 높아질 것은 자명한 일이고, 그에 따라 변화하는 지구의 환경으로 인해 머지않아 인간을 비롯한 생명체들에게 엄청난 재앙이 닥칠 것만은 확실해 보이지. 아마도 지금이 45억 년 지구 역사상 다섯 번이나 있었던 것처럼 제6의 대멸종 사태의 서막이 아닌가 하는 생각도 들어. 그러니 우리는 살아있다는 것만으로도 행복함을 느껴야 하지 않을까?"

"김 박사! 후손들을 위해서라도 탄소배출을 줄이는 문제를 심각하게 논의해야 할 것인데, 왜 아직도 그것을 실천에 옮기지 못하는 것이지?"

"모든 나라가 다 같이 합심해서 해야 할 일이지만, 각 나라가 처한 상황이 다르니 협의가 이루어지지 않는 것이겠지. 미국만 하더라도 2017년 기준 탄소배출량이 연간 53억 톤으로 중국에 이어 세계 2위임에도 불구하고 2019년 11월 유엔세계기후협약에서 탈퇴를 선언했잖아. 그만큼 자국의 이익을 우선하다 보니 그럴 수밖에. 우리나라도 연간 탄소배출량이 6억 톤 정도로 세계 9위의 배출국이니 자유로울 수는 없지. 아무튼 해결이 쉽지 않은 문제야."

"그러게 말일세. 형님은 어때요?"

"김 박사! 뭘 말하는 게유? 온난화 현상에 대해 어떠냐고? 내가 얼마나 더 살겠수. 100세 시대라고는 하지만, 나는 20년도 더 못 살 것 같거든. 그러니 세상이 어떻게 변하든 상관하고 싶지 않수. 그냥 이대로 살다가 죽는 게야. 아쉬울 것도 없어."

"후손들이 문제지요. 좋은 환경을 그대로 물려줘야 하는데, 인구는 폭증하고 먹을 것은 한정되어 있으니 이 나라 저 나라 할 것 없이 살기 위해 발버둥이지요. 그런 과정에서 무분별한 개발이 이어지며 지구가 견딜 수 없는 지경으로 가는 거고요."

"김 박사, 그건 그렇고 다음 얘기나 이어가세. 이장님도 괜찮지요?"

"그려."

"인체를 구성하고 있는 물질 중 산소, 수소, 탄소에 대해 알아봤고, 지금부터는 우리 몸의 2%를 차지하고 있는 질소에 대해 알아보세. 황 선생, 우선 우스운 질문 하나 해볼까? 하늘은 무슨 색일까?"

"김 박사! 농담도 적당히 하게. 그걸 몰라서 물어? 어릴 때 배웠던 반달이라는 동요에도 나오잖아. '푸른 하늘 은하수 하얀 쪽배엔…'하고."

"그럼 왜 하늘은 파랗게 보이는 걸까?"

"그것은 좀… 잘은 모르겠지만 질문의 의도로 보아, 질소 때문이 아닐까 생각이 드는데…."

"맞아. 질소 때문이야. 그것을 밝혀낸 사람은 '상대성이론'으로 유명해진 알베르트 아인슈타인(Albert Einstein; 1879-1955)이지.
태양광선은 지구의 대기를 형성하고 있는 질소와 산소를 비롯한
기타 물질 분자들에 부딪혀 분산이 되는데, 이때 빨주노초파남보
의 가시광선 중 파장이 긴 빨강, 주황, 노랑 등은 반사가 덜 되고,
그에 반해 파장이 짧은 보라색과 파란색은 사방으로 분산이 되
지. 그래서 파랗게 보이는 거야."

"틀린 거 아냐? 파란색보다 보라색이 파장이 더 짧잖아. 빨주
노초파남보니까…"

"그렇지. 그런데 어째서 보라색으로 보이지 않느냐 하면, 그것
은 우리의 눈이 보라색보다 파란색에 더 민감하기 때문이야. 좀
더 과학적으로 얘기하자면 빛은 파동에 의해 전달되는데, 이때
빛이 질소나 산소분자 사이를 이동할 때 간섭이 일어나지. 즉 한
광원에서 나온 빛이 여러 물질의 분자 사이를 지나 다시 합쳐질
때 밝은 부분과 어두운 부분이 번갈아 나타나는 현상을 빛의 간
섭이라 하는데, 태양빛이 대기권을 통과할 때 파장이 긴 빨강이
나 노란색보다는 파장이 짧은 파란색이나 보라색이 훨씬 더 많은
빛을 분산시키기 때문이라는 것이지.

자, 그건 그렇고… 우리 몸에서 약 2% 정도 차지하는 질소(N)
는 우리를 살아가게 하는 수천 종의 단백질을 만드는데 없어서는
안 되는 물질이야. 예를 들면 산소를 나르는 적혈구 헤모글로빈
에는 질소원자 4개가 철 원자 하나를 붙들고 있으며, 신경전달물

질인 뉴런이나 연골, 모든 효소와 항체, 유전자들 속에는 질소가 존재해야만 해. 그러니까 몸을 구성하고 있는 요소들은 산소와 수소, 탄소를 제외하고는 비록 그 양이 적더라도 반드시 필요한 물질들로 그 중에 질소가 차지하는 역할 비중은 상당하지.

이러한 질소는 크게 2개의 얼굴을 가지고 있어. 하나는 생명을 살리는 비료로 쓰이고, 또 하나는 생명을 죽이는 폭탄의 원료로 쓰이는 거야."

"뭔 말이지? 비료로 쓰이는 것은 알겠는데, 폭탄으로 쓰이다니…"

"질소는 우리가 지금과 같은 모습으로 존재하고 행동할 수 있도록 만들어주는 중합체를 구성하는 핵심 물질로 우리 몸 안에서 탄수화물과 지질을 수천 종의 단백질로 만드는데 필수적인 요소야. 이런 질소는 대기 중에 있는 것을 그대로 사용할 수는 없고, 질소고정이라는 과정을 거쳐야 하는데, 이 과정은 공기 중에 다량으로 존재하는 여러 기체에서 질소만 분리해 그것을 수소나 산소와 결합시켜 암모니아(NH_3), 질산염(NO_3), 아질산염(HNO_2)으로 전환시키는 과정이야. 그 과정을 거쳐야 단백질을 만들 수 있거든….

그런데 이런 과정은 플랑크톤이나 남세균류, 식물의 뿌리에 사는 토양박테리아 등에 의해서만 이루어지는데, 이런 것들을 질소고정 효소라고 해. 이 효소들의 역할은 질소를 반으로 자른 다음,

각각의 원자에 수소원자 3개를 붙여 생물들에게 유익한 질산염, 암모니아(비료)를 만들어내는 역할이지. 이런 질소고정박테리아는 인공 질소고정과정을 발명하기까지 오랫동안 질소 화합물의 생산을 독점해왔기 때문에 다른 생물들은 이 화합물을 그들로부터 훔치기도 하고, 죽여서 빼앗기도 했지. 그만큼 질소화합물은 생명유지에 필수요소라 할 수 있어. 박테리아 외에 질소를 공급할 수 있는 공급원은 여름날에 간혹 볼 수 있는 번개야. 태양의 표면보다도 뜨거운 번개가 번쩍하는 순간 질소를 쪼개 산소를 들러붙게 만들어 산소화합물 증기를 만들어내면 그것은 비나 눈 등에 섞여 지상으로 떨어지고 이것이 식물의 양분이 되는 것이지. 그리고 인간은 또 그 식물을 섭취하게 되는 것이고…. 이게 질소의 먹이사슬인 거야. 이게 바로 질소의 좋은 얼굴이고, 다른 하나는 악마의 얼굴이지. 이 악마의 얼굴을 보려면 프리츠 하버(Fritz Haber; 1868-1934)라는 사람을 만나야 돼. 그는 유태계 독일인으로 아인슈타인의 친구였지. 그는 1905년 인공적으로 질소고정방법을 찾아내고 동료 화학자 카를 보슈(Carl Bosch; 1874-1940)라는 사람과 함께 산업화할 수 있는 공정을 개발하여 비료공장을 세움으로써 농업발전에 크게 기여했어. 그러나 생산되는 질산염이나 암모니아가 비료 생산의 원료가 된다는 것 외에 폭탄 제조의 원료가 되어 1차 세계대전에서 사용됨으로써 수많은 생명을 앗아가 악마의 얼굴로 변했지.

어찌되었든 독일 정부는 하버의 업적과 능력을 인정하여 그를 새로 설립하는 카이저빌헬름 물리화학·전기화학연구소 소장에 임명하였어. 그런데 그 이듬해인 1914년 7월 28일에 1차 세계대전이 발발하자 하버는 자신의 연구소를 정부시설로 전환하는 것은 물론이고, 화학전부대의 책임자가 되어 독가스인 염소가스를 개발했어. 그리고 그 독가스를 1915년 4월, 서부전선 벨기에 북서부 플랑드르 지역 이프르(Ypres)에 주둔하고 있는 연합군을 공격하는데 사용해 엄청난 전과를 올렸지. 그는 연합군 방향으로 바람이 불 때, 준비된 약 5천 개의 염소가스통을 일제히 열어 연합군 방향으로 날아가도록 해 이 독가스를 마신 연합군 병력들이 칼로 폐를 후비는 듯 엄청난 고통에 시달리게 하고 구토를 하며 5,000여 명이 죽게 했고, 중독자가 1만 5,000여 명이나 발생케 했었지.

그런 전과와는 반대로 그의 아내 클라라는 남편이 독가스를 만들어 연합군을 공격해 수많은 군인들이 죽었다는 얘기를 듣고, 죄의식에 사로잡혀 자신의 집 뜰에서 총기로 가슴을 쏘아 자살했어. 아내를 죽음으로 몰고 가도 눈 하나 깜빡하지 않고 전쟁에 헌신했던 하버는 전후에도 연구소 활동을 계속하였으나 1933년 히틀러가 정권을 잡자마자 타민족을 배척하는 인종법이 만들어지면서 유태인인 하버는 연구소에서 쫓겨났지. 그래서 그는 케임브리지 대학의 초청으로 영국으로 갔지만, 그가 전쟁 때 독가스를 제조 사용했다는 사실이 알려지면서 추방당해 다시 스위스로 이주했어. 그렇지만 그곳에서도 전쟁범으로 배척당하여 산송장처럼 겨우 목숨을 부지하다가 1934년 1월 심장병으로 사망하고 말았지.

어쨌든 질소는 이처럼 생명을 살리는 물질로 선한 얼굴을 가지고 있으면서 또 한편으로는 폭탄이라는 악마의 얼굴도 가지고 있지."

"질소가 인체 내에서 단백질을 만들고, 질소비료도 만들고, 폭약도 만들 수 있다는 것은 잘 알겠는데, 그런 질소를 우리는 공기 중에 있는 것만 호흡으로 들이마시면 되는 거야?"

"아니지. 호흡으로 들이마신 질소는 폐를 부풀리는데 유효할 뿐이고, 앞서 잠깐 언급했듯이 음식으로 섭취한 것만이 영양분으로 사용되고 있어. 왜 항구근처나 어시장에 가면 어딘가 모르게 쿰쿰한 냄새가 나잖아. 홍어 삭힌 것 같은 냄새 같기도 하고, 해초가 썩는 냄새 같기도 하고… 그게 바로 질소가 포함된 가스 냄새야. 어쨌든 이런 가스는 통상 해초류나 생선이 썩으면서 발생되는 가스인데, 이런 질소 가스는 대기로 올라가 떠돌다가 비나 눈과 같이 땅으로 떨어져 식물의 영양분이 되지.

이런 질소의 순환 고리를 밝히기 위해 생태학자들이 북아메리카 북서연안으로 올라오는 연어를 잡아서 질소 함유량에 대해 연구를 했었어. 그랬더니 산란을 위해 강으로 올라온 연어의 체

내에서 N-15라는 무거운 질소가 많이 확인된 거야. 질소에는 두 가지 종류의 원소가 있는데, 하나는 N-14라는 가벼운 원자이고, 또 하나는 N-15라는 무거운 원자지. 바다에 있는 가벼운 질소는 빨리 대기 중으로 올라가기 때문에 대부분의 물고기는 무거운 질소를 먹게 되는데 연어를 해체해서 분석을 해보니 연어의 세포에서 나온 질소는 대부분 N-15였어.

그래서 그 질소를 추적해보기로 했지. 우선 연어를 잡아먹은 곰을 포획해 세포에 섞여있는 질소를 확인해 보니 연어와 똑같은 양의 N-15가 확인된 거야. 그 세포에 N-15가 도착하는 과정은 다음과 같아. 일단 연어를 잡은 곰은 입으로 연어를 잘게 부셔 위로 보내고, 위에서는 식도를 통해 내려오는 작은 연어조각들을 효소로 더 잘게 부수어 작은 아미노산으로 만들어 창자로 보내지. 그러면 창자를 지나는 혈관에서 아미노산을 흡수하여 간으로 보내고, 간에서는 이를 여러 단백질에너지로 가공하여 신체의 각 기관으로 보내 몸을 유지하게 되는 거야."

"그럼, 식물들은?"

"생태학자들은 그 강 주변의 여러 식물들도 분석을 했지. 그랬더니 식물들에게서도 같은 양의 질소가 나왔어. 그래서 그 원인을 추적했더니 강 주변에는 엄청난 양의 죽은 연어사체가 널려 있었고, 그 썩는 냄새가 숨을 쉬지 못할 정도로 심했다고 해. 그게 무슨 뜻이냐 하면, 그 썩은 연어의 사체가 바로 비료가 되어 그걸 먹고 식물들은 생명을 유지하고 있었던 거지. 그러니 그 식물에서도 곰이 가지고 있는 만큼의 질소가 나올 수밖에."

"김 박사! 결국 질소도 산소나 수소, 탄소와 같이 대기와 생명체를 오가며 순환하고 있는 것이네."

"그렇지. 인체를 비롯해 생명체들이 가지고 있는 원자들은 대기와 생명체 사이를 오가는 거지. 자, 그러면 질소에 관해서는 이쯤하고, 칼슘과 인에 대해 얘기해 볼까?"

"내가 기억하기로는 우리 몸에는 칼슘 1.5%, 인 1% 정도가 있다고 한 것 같은데?"

"기억력이 좋군. 맞는 말씀일세. 칼슘과 인은 우리 몸에서 산소와 결합하여 뼈와 치아 등을 형성하고 있지. 인체를 구성하고 있는 물질들은 많고 적음을 떠나 모두 나름대로 중요한 역할을 하고 있잖아? 그 중에 성인 몸무게의 3-5%를 차지하고 있는 뼈는 206개가 있는데, 이 뼈들은 외부의 충격으로부터 몸의 기관을 보호하고, 근육에 힘을 부여해 서게 하고, 걷고 말하고 물건을 조작할 수 있도록 해주는 역할을 하지. 특히 칼슘은 심장박동과 혈액 응고를 조정하는 역할을 하고, 인은 유전자의 기능을 강화시켜주며, 음식에서 생성된 에너지를 저장하고 배출하는 일을 돕고 있어."

"칼슘과 인은 최초 어디서 만들어진 거야? 그것도 별에서 생성이 되었나?"

"그렇지. 다른 원소들과 같이 별에서 만들어진 것으로 추정하고 있지."

"그럼, 뼈는 어떻게 만들어진 거야? 왜 묻느냐 하면, 아기는 어머니 자궁에 있다가 좁은 산도를 통해 세상으로 나오게 되는데, 아기의 몸무게가 보통 2.5~4.kg정도 되잖아. 그리고 뼈도 많은데 어떻게 산도를 통과하느냐는 의문이 들거든."

"그렇지. 궁금할 수밖에 없지. 그런데 생명은 너무나도 신비해서 그런 과정을 거쳐도 아무 이상이 없도록 진화되어 있어. 뼈는 인회석*과 탄성이 강한 콜라겐을 기반으로 구축되어 있어 여간해서 부러지지가 않는데, 이러한 뼈는 태아로 있을 때는 연골의 형태로 있다가 어머니의 자궁에서 좁은 산도를 통해 나오고 난 후부터 단단해지기 시작해서 20세 초반이 되면 경화가 완성되지. 이렇게 연골이 뼈로 전환되기 위해서는 수백 만 개의 세포가 작동되는데, 세포들은 섭취한 음식에서 칼슘과 인 원자들을 추출해 숭숭 뚫린 연골의 단백질 섬유 사이에 차곡차곡 채워 넣는 것이지. 이러한 세포의 주요 공급원은 인을 적재한 카세인**과 인산칼슘***덩어리인 모유야. 그러니 모유가 얼마나 중요한지 알겠지. 요즘 젊은이들 사이에는 아기에게 젖 물리는 것을 꺼려하는 풍조

---

* 　인회석 : 다양한 색을 띠는 유리질의 결정·괴상·단괴로 발견되는 인산염 광물의 한 계열.
** 　카세인 : 젖단백질의 주성분으로 미량의 당을 포함하는 인단백질의 하나.
*** 인산칼슘 : 인산의 수소 원자가 칼슘 원자와 바뀌어 놓인 흰색의 비결정성 물질.

가 있지만, 사실 그것이 아기에게 얼마나 큰 영향을 미치는 줄 모르고 있기 때문이야. 우유 등 대체 식품들이 있지만, 엄마의 젖만큼 하겠어? 왜 엄마들이 아기를 낳고 나면 골다공증이 생긴다는 말들이 많이 있잖아. 그것은 사실이야. 어린아이에게 필요한 인이나 칼슘이 부족하면 일단 어머니의 뼈에서 그것을 추출해 태아에게 전달해주거든. 그러니 임신부가 영양 상태가 고르지 못할 땐 태아는 물론 임산부의 건강에도 많은 영향을 미치겠지. 그래서 임산부들에게 어떻게든 잘 먹이려고 하는 것이겠지. 황 선생, 자녀들은 결혼했나? 했다면 딸이나 며느리한테 잘 해야 하네."

"딸 하나를 두었는데 결혼은 하지 않았네. 도무지 갈 생각을 안 하니 걱정이야. 가기만 하면 잘 해줄 텐데. 그건 그렇고 칼슘이나 인은 해산물 섭취로만 얻어지나? TV를 보면, 의사들이나 영양사들이 나와서 칼슘이 많은 멸치라든가 기타 어류 등을 많이 먹어야 한다고 하던데…"

"그것도 틀린 말은 아닌데, 실은 땅에서 나는 야채만 골고루 먹어도 돼. 왜냐하면 흙에는 그런 물질들이 많이 있고, 그런 물질을 먹고 야채가 자라거든. 혹시 어릴 적에 도깨비불 본 적이 있나? 캄캄한 밤 상엿집에서 반짝이던 불빛 말이야."

"봤지. 음습한 날 밤에 죽은 귀신이 도깨비가 되어 나타난다고 해서 친구들이 그 근처에 가는 것을 꺼려했었지. 중학생 때쯤인가 도깨비불이라는 것은 인이 날아다니는 것이라고 배웠던 것 같아. 어른이 되어서야 그런 것들이 헛것이라는 것을 알았지만."

"황 선생. 반드시 헛것은 아니야. 도깨비불은 인(P)의 자연발화라고 볼 수 있어. 인 화합물인 인화수소류(PH_3, P_2H_4 등)는 보통 온도에서도 쉽게 발화가 되는데, 이런 물질들은 죽은 동식물이 썩을 때 피어오를 수 있으니까. 더운 여름날에는 특히 그런 현상이 나타나기 쉽다고 봐야지. 도깨비불이란 말이 나왔으니 묻겠는데, 어디에서 시작됐는지 들어본 적 있나?"

"못 들어봤는데?"

"도깨비불의 유래는 삼국유사의 '비형이야기'라는 내용에서 유래된 거야. 신라 26대 진평왕의 선왕인 진지왕은 죽은 후 혼령이 되어 생전에 좋아하던 도화녀(桃花女)와 관계해서 비형(鼻荊)이라는 아들을 낳았는데, 그 비형이 15세에 이르자 밤마다 귀신과 놀러 다닌다는 소문이 났지 뭐야. 그래서 진평왕은 비형의 기행(奇行)을 듣고 그에게 신원사라는 절 북쪽에 다리를 놓게 했지. 그런데 명을 받은 비형은 바로 그날 밤 귀신들을 동원해 하룻밤 사이에 다리를 완성해버렸어. 그리고 며칠이 지난 어느 날, 귀신들 중에 하나가 여우로 변해 달아나버렸는데, 이를 알아버린 비형이 그를 끝까지 쫓아가 죽여 버렸지. 그때부터 귀신들이 비형을 두려워하게 되자 백성들은 비형의 글을 붙여놓고 귀신을 쫓았다는 거야. 그때부터 백성들 사이에 도깨비가 전해 내려온 거지."

"허허. 그거 재미있는 얘기네그려."

"또 이런 일 겪어본 적이 있나 모르겠네. 왜 우리가 어릴 적에 집집마다 먹을 것이 부족해 식용으로 개를 길러 잡아먹었던 적이 있었잖아. 지금은 거의 사라졌지만…. 그때 주인이 개를 잡으려고 목줄을 걸어 끌고 가면 죽음을 예견한 듯 발버둥하며 눈에서 파란불을 내뿜곤 했잖아."

"봤지. 우리 마을에서도 종종 그런 적이 있었으니까."

"당시에는 그런 일들이 빈번했지. 우리 세대에는 먹을 것이 부족해서 집집마다 식용으로 개를 키웠으니까. 그것과 비슷한 얘기가 미국에도 있어. 비록 늑대에 관한 얘기지만…. 환경고전에세이라고 불리어지고 있는 『모래 군(郡)의 열두 달(A Sand County Almanac)』이란 책인데, 미국의 농업학자인 알도 레오폴드(Aldo Leopold; 1887-1948)란 사람이 쓴 책이지. 그 내용 중에 '사슴들을 보호하기 위해 늙은 늑대를 사냥하면서 죽어가는 늑대의 눈에서 초록 불빛이 사그라지는 것을 발견하였다. 그리고 생명의 불꽃이 사그라진다고 느꼈다. 그리고 내가 모르는 그 어떤 것이 있다고 생각했다.'라는 내용이야. 이 책에서 말하는 초록 불빛은 후에 과학자들에 의해 밝혀졌는데, 그것은 다름 아닌 광합성의 불꽃이었지. 식물은 수억 년 동안을 거치면서 생명에게 이 초록의 불꽃을 이어왔어. 즉 자신의 에너지와 원자를 땅과 다른 식물에게, 온갖 동물에게 전했다는 거야. 그래서 죽어가는 늑대의 눈에서 초록불꽃이 보인 것이지. 즉 식물과 동물 사이에는 원자라는 매체가 서로를 연결해주고 있다는 것을 설명한 것이야."

"그래서 그 초록불빛의 본체가 뭐냐고?"

"자네도 성질이 급하구먼. 차차 설명할 것인데⋯. 결론부터 말하면 앞서 언급했듯이 그것은 식물 및 다른 생명체가 빛에너지를 화학에너지로 전환하기 위해 사용하는 과정으로 광합성이라고 하지. 광합성 작용에 관해서는 앞서 설명했으니까 잘 알겠지? 어쨌든 우리의 몸은 그런 식으로 식물과 연결되어 있다는 거야.

알기 쉽게 이런 생각을 해 보세. 우리 몸의 원자들을 한 가지씩 제거해 보자구. 우선 우리 몸의 65% 정도를 차지하고 있는 물을 제거하면 어떻게 되겠어? 아마도 미라처럼 쭈글쭈글해지겠지. 그 다음에 28%를 차지하고 있는 탄소와 2% 정도를 차지하고 있는 질소를 차례로 제거하면 우리 몸은 그야말로 몇 줌의 재만 남겠지. 섬뜩한 표현이지만 사람이 죽어 화장을 하면 마지막에 남는 것이라곤 몇 줌의 재뿐이지 않은가. 그런데 이 몇 줌의 재도 분석을 해 보면 그 속에는 철분과 염분, 칼슘, 인 원자들이지. 이런 원자들은 흙에서 식물들이 뿌리를 통해 채굴된 것이고, 그 식물을 우리가 섭취한 것이야. 그러니 우리 몸이 식물과 연결되어 있지 않은 것이 무엇이 있겠는가. 식물의 뿌리는 인간과 땅을 연결해주는 교량이지. 황 선생, 혹시 흙이 없는 바위에서 자라는 나무를 본 적이 있는가?"

"등산하면서 여러 차례 봤지. 그걸 보면 생명의 끈질김이랄까 자연에 대해 경외심이 느껴지지."

　"맞아, 그런 걸 보면 누구나 그런 생각을 하게 될 거야. 그런데 그 생각이 틀린 게 아니야. 나무가 그곳에서 살 수 있는 것은 나무가 필요로 하는 양분, 즉 암석에 들어있는 칼슘과 인 원자가 많이 함유되어 있기 때문이야. 이렇게 상상해 봐. 어느 날 바람에 날아온 소나무 씨앗이 바위에 떨어졌다고. 그 씨앗은 오랫동안 먼지들이 내려앉아 싹을 틔울 수 있는 조건이 될 때까지 기다리게 되겠지. 그리고 시간이 흘러 먼지 위로 비나 안개 등이 내리면 축축해지고 씨앗은 그 속에서 싹을 틔우고, 생명활동에 필요한 양분을 흡수하려고 미세하게 갈라진 바위틈을 파고들겠지. 사실 바위는 작은 분자 알갱이들이 압축되어 만들어진 혼합물로 눈에 보이지 않는 틈이 많이 있거든. 그 속으로 나무의 뿌리가 뻗는 것이지. 나무뿌리는 건기에는 말라서 실처럼 가늘어지고 그 뿌리를 암석의 틈바구니에 쉽게 밀어 넣고 비가 오기를 기다렸다가 따뜻한 계절에 비가 내리면 수분과 녹아내린 칼슘과 인 등 여러 양분을 흡수하며 왕성하게 생명활동을 하는 거야. 비에는 탄산이 함유되어 있는데, 그 탄산이 바위의 원자적 구조를 공격하면서 바위에 함유되어 있는 칼슘과 인, 기타 원소들이 용해되어 빠져나오게 되는데, 그때 뿌리는 그 양분을 흡수하면서 더 굵어지지. 그러면 바위는 틈이 점점 벌어지게 되고 끝내 갈라지고 말지. 또 갈라진 바위 표면으로는 이끼류를 비롯해 나무뿌리가 더 쉽게 정복을 하게 되겠지. 그래서 결국에는 성장한 나무가 열매를 맺고, 그 열매가 땅에 떨어져 다른 동물이나 식물의 먹이가 되고. 그렇게 자란 동식물은 또 우리 인간의 먹이가 되어 씨앗-바위-뿌리-열매-동식물-인간으로 이어지는 원자적 관계를 맺고 있는 것이야."

"김 박사. 흙도 결국엔 비나 눈에 섞여 있는 탄산 때문에 바위가 깨지고 부서져 생긴 것이라고 해야겠네?"

"그렇지. 흙은 바로 그래서 생긴 것이지. 그리고 식물들은 흙에 섞여있는 양분을 먹고 자라고… 인간은 그런 식물들을 먹어 양분을 보충하며 살아가는 것이지. 그러니까 암석, 흙, 식물, 동물, 사람이 모두 하나의 먹이사슬에 엮여있는 것이야."

"흙에 양분이 있다고 하는데, 왜 양분이 있다고 하는 것이지?"

"흙은 바위가 오랜 기간 풍화작용에 의해 작은 돌로 부서지고, 또 모래같이 변했다가 더 잘게 부서져 흙이 된 것인데, 바위가 생성되는 과정을 보면 왜 그런지 이해가 되지. 바위란 본래 오래 전에 살았던 동식물의 잔해가 높은 온도와 압력에 의해 굳어진 것이기 때문에 그 속에는 그야말로 여러 생명을 이루고 있었던 탄소화합물이 가득하지. 그러니까 탄소화합물 덩어리가 다시 용해되어 생긴 것이 흙이니까 여러 물질들이 많이 함유되어 있는 것은 당연하지. 그래서 한 줌의 흙 속에도 눈에는 보이지 않지만 수십 억 마리의 세균이 살고 있고, 선충들은 그 세균을 먹고, 그보다 큰 진드기나 곤충들은 그 선충들을 먹어치우고… 그렇게 먹이사슬을 따라가 보면 최종적으로 가장 힘이 센 인간이 있지."

"감은 잡히는데 아직은 좀 이해가 안 되는 부분도 있어."

"그래? 그러면 숲을 한번 생각해 보세. 숲을 구성하고 있는 나무들은 가을철에 잎이 떨어지지. 그러면 바닥에는 잎이 쌓이고, 그 위로 눈과 비가 내리고 잎이 썩겠지. 그러면 어떻게 변할까? 혹시 나뭇잎이 쌓인 바닥을 파헤쳐본 경험이 있는지 모르겠지만, 나뭇잎을 파헤치면 소위 부엽토라고 부르는 검은 흙이 나오는데 이를 더 파내려 가면 모래알 같은 것이 나오고, 또 더 파내려 가면 바위가 나오게 돼. 어쨌든 부엽토라 부르는 검은 흙 층에서는 허옇게 퍼져 있는 박테리아 같은 균류가 생겨나 번식을 하지. 그리고 나면 그 균류를 잡아먹는 벌레들이 생기고…. 식물들은 뿌리를 뻗어 흙속에 퍼져있는 균류들과 거래를 하며 균류들이 가지고 있는 칼슘이나 인 등 필요한 양분을 흡수하게 되지."

"김 박사! 잠깐만, 거래를 한다는 게 무슨 뜻이야?"

"쉽게 얘기하면 식물들은 탄소동화작용, 즉 광합성을 통해서 생산해내는 당분을 뿌리를 통해 균류에게 내어주고, 나무뿌리는 균류가 분해해 놓은 물과 무기물질들을 받아오는 것이지. 이해가 되는가?"

"뭔 뜻인지 이해가 되기는 하는데…. 식물들은 광합성을 통해서 산소를 생산해내는 것이 아닌가?"

"산소를 생산해낸다는 것은 맞아. 그런데 그 산소는 식물들이 광합성을 하여 자신들의 성장에 필요한 당분을 만들고, 그 부산물로 생긴 거야. 광합성이라는 화학작용도 신기하지만 균류들과 거래를 하는 관계가 더 신기하지 않아? 이런 관계는 인간들이 물건을 주고받는 시장경제원리와 다를 바가 없거든."

"그건 또 뭔 얘기야. 땅속에서 시장경제의 원리라니… 허허. 들을수록 수렁에 빠져드는 것 같아."

"미국의 생태학자 토비 커스(Toby Kirs)와 그의 동료들이 『사이언스(SCIENCE)』라는 과학 주간 전문지에 기고한 바에 따르면, 그 연구진들은 균류를 각각의 용기에다 인(P)의 양을 달리해 배양한 후 클로버 풀과 인연을 맺어주는 실험을 했어. 그랬더니 인을 덜 나눠준 균류는 넉넉히 나눠준 균류에 비해 클로버 풀로부터 당분을 1/10밖에 받지 못했다는 거야. 그 뿐만이 아니야. 연구자들이 여러 가지 균류를 섞어서 뿌리에 넣어주었더니, 클로버는 용케도 자기와 거래했던 균류와만 거래를 하고, 다른 사기꾼 균류와는 거래를 하지 않았다는 거야. 이게 바로 시장경제원리가 작동하고 있다는 뜻이지. 네가 하나를 주면 나도 너에게 하나를 준다는 식의 원리 말일세.

신비한 얘기 한 가지 더 얘기해 볼까? 이것은 『플러스 원(PLOS ONE)』이라는 과학 저널에 실린 내용으로 토마토에 관한 내용이야. 병원균에 감염된 토마토가 주변 균류들이 하는 얘기를 엿듣고 균사 관계망을 통해 분자신호를 방출하여 동료 토마토에게 전달해주어 면역시스템을 강화하도록 하였다는 거야. 이 정도면 인간만이 사고(思考)할 수 있다는 생각은 버려야 하지 않을까?"

"놀라운 일이네. 그럼, 식물들도 생각이 있다는 것인가?"

"글쎄, 거기까지는 나도 연구된 논문을 본 적이 없으니까 뭐라 말할 수는 없네. 그렇지만 어찌됐건 식물들은 먹이사슬의 가장 기본적인 식량이 된다는 것만은 확실한 것으로 보이고, 그곳에서 얻은 칼슘과 인은 인류를 지탱하고 있다고 봐야겠지. 이같이 우리가 살고 있는 이 우주는 원자적으로 긴밀하게 연결되어 있다는 것만은 확실해."

"김 박사! 자네가 인체를 이루고 있는 여러 물질들에 대해 얘기를 했는데, 특히 칼슘과 인을 강조하고 있는 것 같아. 내가 잘못 알고 있는 것인가?"

"아니야. 그렇게 느껴질 거야. 지금부터는 그 이유를 말하려고 해. 인이라는 물질은 우주 공간을 통틀어도 매우 희소한 물질이야. 태양계 안에서 인 원자는 수소 원자보다 3,000만 배나 적고, 생명을 이루는 주요 원소들보다도 수백 배나 적은 원소로 대부분 암석이나 흙, 물속 침전물에서 존재하지. 이러한 인 원자는 생명체에 아주 적은 양이 필요하지만, 없어서는 안 되는 필수적인 원소야. 사람에게는 약 450g정도 갖고 있으면서 뼈의 구조적 기반을 이루고 있고, 피부를 형성하는 등 머리끝에서 발끝까지 모든 세포막 안에 들어있지.

황 선생, 아프리카에 있는 먼지소굴이라 불리는 사하라사막 알지? 지질학자들이 위성에서 관찰한 사진을 토대로 분석한 바에 의하면, 그 사막에서 일으키는 먼지, 특히 오랜 옛날 지상에서 제일 큰 담수호였던 차드 호가 마르면서 드러난 바닥에서 생겨나는 먼지들이 바람을 타고 매년 2억 톤 이상의 무기물 알갱이와 규조류(硅藻類)* 껍데기를 대서양과 아메리카로 옮겨놓는다고 해. 그 먼지가 일부는 대서양에 떨어지고, 일부는 아메리카 대륙으로 건너가 세계의 허파로 불리는 아마존의 밀림을 비롯해 플로리다 등 육지에 쌓이면서 대서양의 해양식물과 아메리카 열대우림의 먹이사슬을 만든다는 거야.

일부 통계에 의하면 사하라 사막의 먼지 속에 포함되어 있는 철 원자가 매년 700만 톤 정도 대서양으로 떨어지는데, 이 양은 전 세계 강들이 침식을 통해 만들어내는 철 원자의 약 20배가 넘는다고 해. 이 철 원자는 대서양의 조류(藻類)**가 먹어치우고, 그 조류에 매달리는 바다톱밥이라 불리는 식물플랑크톤 트리코

---

* 규조류(硅藻類) : 담수와 해수에 널리 분포하는 조류(algae)의 일종으로 죽어서 토양의 주요 성분이 됨

** 조류(藻類) : 물속에서 생활하는 단순한 모양의 식물분류군. 광합성이 가능하지만 빛을 받아낼 이렇다 할 잎이나 줄기 등은 없고 자가증식으로 번식할 수 있음.

데스미움(Trichodesmium)은 그 조류를 먹고 사는데, 이 트리코데스미움이 질소고정 능력이 있어 식물들이 필요로 하는 비료를 만들기 때문에 먹이사슬에서 중요한 부분을 차지하고 있지.

육지에 떨어진 철 원자들도 해양에서와 같은 과정을 거쳐 식물의 먹이가 되어 거대한 숲을 이루는 원천이 되는 거야. 사람들은 플랑크톤이나 나무들보다 더 쉽게 철 원자를 획득하는데, 그것은 바로 흙에서 추출해낸 식물을 섭취하여 얻는 방법이지. 그래서 대부분의 사람들은 매끼 먹는 식사로도 몸이 필요로 하는 철분을 섭취할 수가 있어서 별로 의식을 하지 않지. 임산부 같은 이를 제외하고는…. 황 선생, 만약 생명체의 증가를 억제하는 원소가 있다면 뭐겠어?"

"앞서서 김 박사가 잠깐 언급했던 것 같은데… 획득이 제한되어 있다는 인이 아닐까? 아무리 생명체를 이루는 많은 원소들이 널려 있다고 해도 정작 소량이지만 반드시 필요한 물질이 없다면 그건 생명체를 유지하지 못할 것 아닌가? 그래서 획득하기가 쉽지 않은 제한된 물질, 바로 인이 아닐까?"

"그래, 인은 인체에 필수 원소로 대기 중에서 쉽게 얻을 수도 없고, 몸에 들어와도 필요량을 제외하고는 쉽게 배출되고 마는 성질이 있어. 그래서 만약 지구상에 인이 고갈된다면 그것은 모든 생명체의 증식이 중단되는 결과를 초래할 수가 있지. 이러한 인은 산소와 결합하여 세포내에 존재하며, 우리를 살아있게 만들어주는 물질이야."

"어떻게 해서 우리를 살아있게 만든다는 것이지?"

"인체 내의 모든 세포는 유전정보를 가지고 있는 DNA와 RNA 가 있는데, 그것들은 뉴클레오티드(nucleotide; 核鹽)*라는 단백 질중합체로 결합되어 있어. 왜 그런 것 봤지. 나선형으로 꼬여있 는 게놈(유전체) 사진 말이야. 그 나선형으로 꼬여있는 끈이 바로 뉴클레오티드라고 불리는 중합체로 당**과 인산***, 염기로 되어 있지. 이를 원자로 말하면 인과 수소, 산소, 질소의 중합체야. 이 러한 중합체는 모두 5개의 염기가 있는데, 바로 아데신(A), 티민 (T), 구아닌(G), 시토신(C), 우라실(U)이지. 이 염기**** 중 DNA는 아데신, 티민, 구아닌, 시토신으로 구성되고, RNA는 아데신, 구 아닌, 시토신, 우라실로 구성이 돼. 이러한 염기는 아미노산의 정 보를 결정하는 트리플렛코드(3개의 염기가 결합된 화합물)로 결합 되는데 이게 뉴클레오티드라는 단백질이지. 이 중 RNA의 구성 염기 중 아데노신 트리포스페이트(adenosine triphosphate)는 줄여 서 ATP*****라고 부르는데, 이 물질은 세 겹으로 이루어진 인산염

---

*   뉴클레오티드(nucleotide) : DNA와 RNA의 기본단위로서 당 + 인산
        + 염기의 결합체.
**   당 : 탄소12 + 수소22 + 산소11로 이루어진 수용성혼합물.
*** 인산 : 수소3 + 인1 + 산소4로 이루어진 혼합물.
**** 염기 : 수용액 중에서 분해되어 수산 이온을 생성하고 산을 중화시
        켜 염을 만드는 물질로 DNA 또는 RNA 가닥을 형성한다.
*****ATP(adenosine triphosphate) : 생물체 내의 에너지 대사에 관여하는
        물질.

끈으로 되어있으며, 이것이 하나씩 풀리면서 에너지 폭발이 일어나고, 달라붙으면서 에너지를 세포 안에 간직하고 있다가 호르몬 생산 등 세포가 요구하는 작업에 우선적으로 분배하여 생명활동을 하게 하는 역할을 하는 것이지.

그러니까 우리가 숨을 쉬고, 생각하고, 팔 다리를 움직이고 하는 등의 활동은 모두 ATP에 저장되어 있는 에너지를 쓰는 것이지. 이런 활동에 사용된 인은 다시 미토콘드리아라는 세포에서 음식을 통해 들어온 에너지와 결합하여 ATP에 다시 보내 재사용되는데, 이런 활동을 가능케 하는 것이 호흡을 통하여 들이마신 산소야. 그러니까 세포내 미토콘드리아는 생명활동에 필요한 에너지를 생산해내는 엔진인 셈이지."

"김 박사, 매우 어렵고 복잡한 문제지만, 설명을 듣고 보니 어느 정도 이해는 했어. 인은 우리 인체에서 생명활동을 하게 하는 세포의 핵심이 되는 물질이라는 것이잖아."

"그렇지. 우리 몸을 구성하고 있는 물질, 탄소, 수소, 산소, 질소 등 여러 물질들이 모두 중요하지만, 인이 더 중요하게 생각되는 것은 좀처럼 얻기가 힘들기 때문이라는 것이지. 우리 몸은 필요한 원자들을 스스로 만들지 못하고 주변 환경에서 얻어 써야 하니까."

"도대체 얼마나 적기에 그래?"

"미국 지질연구소의 발표에 따르면, 지구상에 인산염 광물보

유고는 14억 톤으로 순도 30%로 가정했을 때, 인 원자 양은 1억 8,500만 톤이며, 이 정도의 양이면, 현재 인구의 약 50배가 넘는 3,700억 명에게 공급할 수 있는 양이라고 해. 거기에다가 500억 톤 가량을 보유하고 있는 모로코를 비롯하여 중국, 토고 등 10여 개국에서 생산되는 양을 고려하면 부족할 것이 없는 물질이지만, 땅에서 얻을 수 있는 인의 약 80~90%는 식물이 흡수하지 못하고, 빗물에 휩쓸려 지하수나 강으로 흘러들어가 인간이 흡수할 수 있는 양은 제한된다는 것이지. 뿐만 아니라 각국에서 비료를 생산하기 위해 사용되는 양이 많기 때문에 현재를 기준으로 추산해 보면, 전 세계적으로 채굴할 수 있는 600억 톤은 향후 400~500년 사이에 고갈될 것이라는 전망이야."

"우리가 죽고 난 후에 벌어질 일까지 걱정해 뭣하겠나?"

"그렇지. 그러나 후손들을 생각한다면 왜 걱정이 안 되겠어? 자네 자손들이 이 아름다운 땅 지구에서 사라지기를 바라는 것은 아니겠지? 어찌되었든 인이라는 물질은 생명체에게 중요한 물질로 이 땅에 적게 존재하기 때문에 인간을 비롯한 여러 생명체의 번식에 제한을 준다는 것이야. 1840년 독일의 화학자 유스투스 폰 리비히(Justus von Liebig; 1803-1873)가 최소량의 법칙(law of minimum)을 발표했는데, 그 내용은 식물의 성장은 어떤 영양소가 되었든 가장 적게 공급되는 영양소에 의해 제한된다는 것이야. 이에 따르면 앞서 말했듯이 인간을 비롯한 생명체에게는 인이라는 물질에 의해 존재여부가 결정된다는 뜻이지."

"김 박사, 고맙네. 나에게 세상을 새롭게 볼 수 있게 해줘서…. 이 섬에 오지 않았다면 내가 어떻게 이렇게 귀한 얘기를 들을 수 있겠어. 평생 동안 궁금했던 일들이 꼬인 실타래 풀리듯 풀렸으니…."

"그 얘기를 하긴 일러. 아직도 많은 얘기들이 남아 있으니까."

"난 이 정도만 해도 새 세상을 본 것 같은데? 혹시 영혼에 관한 얘기 하려고?"

그때 김 박사의 핸드폰이 길게 울렸다. 김 박사가 핸드폰을 들여다보더니 잠시 자리에서 일어나 저만치 가서 전화를 받고는 잠시 후에 돌아왔다.

"얘기 도중에 자리를 비워 미안하네. 사실은 황 선생에게는 좋은 소식이 왔네."

"아니 이 섬에서 웬 좋은 소식?"

"다름이 아니고 좀 전에 영혼에 관한 얘기 하려고 하느냐고 물었잖아. 그 얘기를 해줄 사람이 온다고 연락이 왔어."

"누군데?"

"아, 안 박사라고 나와는 어릴 적부터 친구인데, 아직까지 대학에서 강의하고 있는 철학교수야."

"아이구 고마워라. 사실 내일 떠나려고 했는데, 더 머물러야겠네. 이장님, 예약 손님이 있으면 제가 방을 빼야 하는데…. 괜찮겠어요?"

"요즘 코로나19 때문인지 예약 손님이 없어. 그러니 원하는 대로 머물러도 되지만 대신 공짜는 안 되네."

"그렇고말고요, 당연하죠. 안 박사님이 오시면 제가 멋들어진 식사를 내겠습니다. 하하하."

"그거 듣던 중 반가운 얘길세. 그러면 다시 얘기를 이어갈까? 우리는 많은 시간 동안 지구의 탄생과 생명체의 기원 그리고 인체를 구성하고 있는 원자들이 어떻게 작용하고 있는가에 대해 대략적으로 알아봤잖아. 그걸 다시 정리해보자고.

우주는 지금으로부터 137억 년 전에 빅뱅으로 하나의 흑점이 폭발하면서 생겨나 점점 팽창하고 있으며, 언제까지 팽창할지는 그 누구도 밝히지 못하고 있는 상태야. 그리고 지구는 우리은하에 속해 있는 태양계에 있으며, 태양의 중력에 의해 다른 행성들과 마찬가지로 일정한 궤도를 그리며 태양 주위를 돌고 있는데, 태양계 8개 행성 중에 생명체가 있는 유일한 행성이야. 왜냐하면 태양은 핵융합에 의해 빛과 열을 발산하는데, 태양 가까이에 있는 수성과 금성은 너무 뜨거워서 생명체가 살 수 없고, 화성과 목성, 토성, 천왕성, 해왕성은 너무 멀어서 춥기 때문에 살 수가 없으며, 지구는 햇빛으로 생명체가 살아가기에 가장 적합한 거리에 있기 때문이지.

생명체의 기원에 대해서는 고대로부터 무수한 사람들의 관심사가 되었지만 쉽사리 밝혀낼 수가 없었지. 그래서 사람들은 절대자 신(神)이라는 무형의 존재를 만들어냈고, 그가 모든 만물의 생성과 소멸을 주관한다고 믿으며, 그 신은 하늘에 있을 것이라고 상상해 태양과 별에 대한 관심을 많이 가졌어. 특히 태양은 낮을 관장하고 별은 밤을 관장한다고 믿어 태양신이다, 별신이다 숭배하며 복(福)을 달라고 빌었지. 이렇게 생겨난 숭배사상은 그 대상을 사람들이 감히 범접하기 어려운 여러 자연물로까지 확대하며 토테미즘과 같은 원시 종교로 발전했고, 원시종교는 진리(眞理)를 구하는 방향으로 발전되어 불교, 그리스도교, 이슬람교 등과 같은 여러 종교가 나타났어.

한 예로 유럽의 중세시대를 이끌었던 초기 로마에서는 전통적으로 여러 신을 모시는 다신교 문화였는데, 1세기 중엽 유일신 종교인 그리스도교가 등장해 세력을 확장하면서 국가 통치에 걸림돌이 되었지. 이에 당시 콘스탄티누스 황제가 밀라노칙령을 공포해 그리스도교를 인정하면서 그리스도교는 더욱 강력하게 퍼져나갔다고 했지. 이후 니케아 종교회의에서 예수를 하나님으로 한다는 삼위일체설을 가결하는 등 교회법을 반포하고, 국교로 정하면서 그리스도교는 로마사회 전반을 지배하게 되었지만, 시간이 흐르면서 교회의 잘못을 지적하는 사람들이 나타나기 시작했어. 그 중 폴란드의 천문학자이자 신부인 코페르니쿠스가 종교학자들이 주장하는 천동설(天動說), 그러니까 1세기 초에 그리스의 천문학자 프톨레마이오스가 주장해온 학설을 뒤집는 지동설(地動說)을 주장하면서 그리스도교의 율법이 모두 옳은 것은 아니라는 사상이 싹트기 시작해 중세 사회는 변하기 시작했어. 그리고 많은 학자들이 천체에 관해 많은 관심을 갖게 되었지.

그렇지만 당시의 관측 장비를 가지고는 천체를 설명하는 데는 한계가 있어 약 70여 년 동안 별로 진전이 없었으나, 그때부터 싹트기 시작했던 과학이라는 기법은 1600년대 갈릴레오 갈릴레이, 뉴턴을 거쳐 1800년대 키르히호프, 허긴스 등에 의해 천체에 관한 현상들이 연구되면서 우주에 관한 비밀이 점차 밝혀지기 시작해 현대에 이르러서 과학자들은 고도로 발전된 망원경과 현미경을 가지고 우주와 지구상에 존재하는 물질의 근원을 밝혀내고, 결국 생명의 근원까지 밝혀내는 성과를 거두었지.

생명체의 기원은 빅뱅이나 별들의 소멸과정에서 뿜어낸 여러 물질들(수소, 헬륨, 탄소, 산소, 질소, 칼슘, 인, 철…등)이 바닷물에 녹고, 햇빛을 받아 아미노산이 만들어졌고, 이 아미노산이 결합하여 단백질이 만들어졌지. 지금으로부터 약 35억 년 전에…. 그리고 원시형태의 세포라 불리는 최초의 생명체 원핵세포가 탄생되면서 원핵생물인 시아노박테리아(Cyanobacteria)가 생성되었고, 그 배설물이 쌓여 스트로마톨라이트라는 암석이 바닷가에 생겨났지. 이후 10억여 년 뒤 원핵세포는 진핵세포로 진화하면서 5억3천만 년 전쯤에는 진핵생물이 생겨났고, 4억 년 전에는 육상

동식물이 생겨났어.

또 다시 시간이 흘러 1800만 년 전 침팬지는 꼬리가 퇴화되고 직립보행을 위한 골격과 근육이 발달하기 시작했으며, 700만 년 전쯤에는 두 발로 걸을 수 있는 직립원인(直立猿人)이 탄생되었지. 300만 년 전 동아프리카에서는 몸에 털이 사라지고 현대 인류의 조상으로 불리는 유인원이 나타났고, 또 다시 많은 시간이 흘러 20만 년 전에는 유인원이 좀 더 진화하여 호모 에렉투스가 출현했으며, 1만 5000년 전에는 현대인류와 동류인 호모사피엔스가 태어난 것이지.

어쨌든 만물의 근원은 우주 공간의 별에서 튀어나온 원자이고, 그것들이 서로 화학적 결합을 통해 생명체를 만들어냈으므로 우리 인간과 자연, 우주는 서로가 원자적으로 연결되어 있다는 것이야."

"김 박사! 이틀 동안 있었던 얘기를 잘 요약해줘서 고마워. 그런데 엉뚱한 질문 하나 해도 될까?"

"뭔지 몰라도 내가 아는 것이라면 답변을 하지 않을 수는 없겠지."

"내가 질문하려는 것은 다른 사람들이 들으면 정신 나갔냐는 소리를 들을 것 같아 혼자만 끙끙 앓고 있었던 것인데, 오늘은 한 번 털어내 보려고…."

"걱정 말고 얘기해 보게."

"김 박사, 바보 같은 질문이라고 웃지 말게. 뭐냐면 어제의 내가 나일까? 아니면 오늘의 내가 나일까?"

"하하하. 정말 다른 사람이 들으면 정신 나간 소리라는 얘길 듣겠네. 그러나 그렇지는 않아. 황 선생이 생각한 것처럼 어제의 사람이 오늘과 같은 사람은 아니야. 적어도 원자적 관점으로 보면…"

"그렇지? 내 생각이 맞는 것이지? 인생무상이라는 말도 있잖아. 그래서 생긴 걸까?"

"원자적 관점으로 보면, 이 세상의 모든 만물은 하루도 같은 것이 없어. 세포학자들의 연구결과에 따르면 인간의 세포는 37조 개로 이루어져 있으며, 세포의 크기도 모두 다르고, 그 세포들은 끊임없이 교체가 되고 있어. 탄소 동위원소 추적을 통해 밝혀낸 것이야. 예를 들어 심장근육 세포는 매년 18% 정도가 교체되고, 소화기관을 따라 있는 세포는 매일 교체되며, 피부세포는 39일 주기로, 적혈구 세포들은 4개월 정도, 간세포들은 1-2년 정도에 한 번씩 교체된다고 밝혀냈지. 그리고 뼈세포 같은 경우는 평균 10년 정도, 근육 세포는 약 15년 정도가 되는 등 세포는 우리가 느끼지 못하는 사이에 계속 교체되고 있는 것이야. 신경세포인 뉴런도 마찬가지이고…"

"김 박사, 그렇게 교체되고 있는데, 어떻게 겉모습은 똑같지? 이상하잖아."

"그것은 세포의 생성과 소멸이 안정된 비율로 실행되기 때문이지. 그리고 그런 생명활동을 하기 위해서 계속 음식을 섭취하게 되는 것이고…."

"세포가 계속 교체가 되면 죽음이란 것이 없어야 하지 않나? 그런데 사람이 늙고 죽는 이유는 무엇이지?"

"현대 인류가 태어나면서부터 많은 사람들이 늙는 것이 무엇인지, 영원히 살 수는 없는 것인지에 대해서는 헤아릴 수 없을 정도로 연구를 했지만 확실하게 원인을 밝혀내지 못했지. 그러다가 1665년 로버트 훅(Robert Hooke; 1635-1703)이 세포를 발견하고, 테오도르 슈반(Theodor Schwann; 1810-1882)이 1839년에 동물도 식물과 마찬가지로 세포로 이루어졌다는 것을 밝혀낸 이후, 1938년 마티아스 제이콥 슐라이덴(Mattias Jakob Schleiden, 1804-1881년)이 식물 조직을 연구한 끝에 모든 식물의 조직이 세포로 이루어져 있다는 것을 증명해냈지.

그리고 이후 여러 학자들에 의해 세포의 구조와 세포 안의 소기관에 대한 연구가 활발하게 이루어지면서 생명체의 본질에 대해 좀 더 확실하게 접근할 수가 있었어. 이렇게 여러 학자들의 연구결과를 바탕으로 인간의 노화현상에 대해서도 활발한 연구가 이루어졌는데, 2017년 6월, 국제학술지 과학저널 『Science Advances』에 게재된 내용을 토대로 요약해 보면, 노화란 시간이 흐르면서 각종 신체기관의 기능이 저하되는 것을 의미하는 것으로 인체를 구성하고 있는 세포의 손상이 축적되면서 일어나는 현상이라고 보고 있어. 그리고 그 원인은 유전체의 불안정성, 텔로미어의 감소, 후성 유전학적 변화 그리고 단백질 균형의 상실 등 4가지로 요약할 수 있지.

유전체의 불안정성이란 유전 정보를 담고 있는 DNA의 돌연변이를 말하는데, DNA의 손상을 복구하는 능력이 떨어진다는 의미이고, 텔로미어(telomere)의 감소란 DNA 묶음의 끝에 있는 생명을 지속시켜주는 부위가 세포 분열이 증가하면서 점차 짧아지는 현상을 뜻하는 것이야. 그리고 후성 유전학적 변화란 태어난 이후 접하는 자연환경, 예를 들면 환경오염과 같은 현상에 의해 유전적으로 변형을 일으킨다는 의미이고, 단백질 균형의 상실이란 인체를 구성하는 단백질로 된 각 조직의 세포들이 일정한 수준의 공급과 농도로 항상성이 유지되어야 하는데, 이 균형이 열이나 스트레스, 활성산소 등의 영향으로 균형이 깨지는 것을 의미하는 것이야. 이런 이유들로 노화가 일어난다는 것이지."

"그럼, 그런 노화현상을 막을 수 있는 방법도 있지 않을까?"

"안타깝게도 아직까지는 그런 방법을 찾지 못했어. 찾았으면 벌써 세상이 떠들썩했겠지. 그러나 얼마나 시간이 걸릴지는 모르지만, 유전학이나 세포학이 더 발전하면서 찾아낼 수 있을 것으로 전망하고 있어."

"김 박사, 사실 오래 산다는 것도 문제이기는 해. 인구가 줄지 않는다면 이 세상이 온전히 유지되겠어?"

"황 선생, 지금도 문제야. 1960년에는 세계 인구가 약 30억 명 정도였는데, 2020년에는 자그마치 78억 명이야. 그러니 세계 도처에서 문제가 발생하고 있지. 자원이나 식량생산은 제한되어 있고, 인구는 늘고 있으니…. 그걸 보면 200여 년 전 영국의 경제학자 토머스 로버트 맬서스(Thomas Robert Malthus; 1766-1834)가 주장한 인구론이 섬뜩하게 떠오르지. 그런데다가 사람들이 사용하는 화석연료에서 뿜어내는 탄소가 대기를 오염시키면서 지구는 온난화가 지속되어 폭염, 수해, 질병 등의 재앙이 점차 잦아지고 있고, 유엔보고서에 의하면 2050년경에는 그 정도가 더욱 심화되어 엄청난 재앙이 닥칠 것이라고 예고되고 있잖아."

"그러게 말이야. 돌이켜 보면 우리가 살아온 세상은 너무나도 많이 변했어. 그토록 팽팽했던 내 얼굴도 주름으로 가득하고…. 한편으로는 삶이 무상하다는 생각이 들어."

"그건 나도 마찬가지야. 혹시 이런 얘기 들어본 적 있어? '흙은 흙으로, 재는 재로, 먼지는 먼지로'라는 말."

가만히 듣고만 있던 이장이 말했다.

"김 박사, 그거 『성경』에 나오는 거 아니우? 창세기편 3장에 보면, '그 속에서 네가 취함을 입었음이라, 너는 흙이니 흙으로 돌아갈 것이니라'는 구절이 있거든."

"형님은 교회 신도라 잘 아시네요. '흙은 흙으로, 재는 재로, 먼지는 먼지로'라는 말은 영국 국교회 장례식에서 읽어주는 글귀인데 『성경』에서 따온 말이에요. 안타까움을 금치 못하는 유가족 입장에서는 이런 말들이 위로가 될 수 있을지는 몰라도 사실 근거는 없어요. 『성경』에 그 말을 쓴 사람이 누구인지는 모르지만, 그 당시에는 우주의 탄생과정에서 무생물인 수소, 헬륨, 탄소, 산소, 질소 등 수많은 물질들이 나왔다는 것도 몰랐고, 그러한 원자들이 결합하여 생명체가 만들어졌다는 것도, 박테리아로 시작된 생명체가 오랜 세월 진화한 끝에 인간이 태어나게 되었다는 것도 알 수 없었을 테니까요. 영혼이 있다고 하는 것은 종교적 차원에서는 논의의 대상이 될지 모르나 적어도 생물학적 차원에서는 설명할 수가 없는 것이에요."

"그럼 철학에서는 영혼이란 것을 무엇으로 설명하지?"

"황 선생, 그 문제는 내일 안 박사에게 물어 보고, 오늘은 마지막으로 인간이 죽어서 어떻게 우주로 돌아가는지에 대해 정리를 하도록 하세.

앞서도 잠깐 언급했지만, 다시 한 번 같이 상상해 보자고. 사람들이 죽으면 어떻게 처리하지. 땅에 묻거나 화장을 하겠지. 땅에 묻으면 부패하는 속도가 늦으니까 화장을 예로 들어볼게. 황 선생도 화장장에 가봤겠지만, 시신을 태우는 노(爐)가 있지? 그 노의 온도는 통상 760-1,000℃ 정도가 되는데, 그 속에 시신을 넣으면 산소와 수소로 이루어져 있던 체액은 몇 십분 만에 결합이 분리되면서 모두 수증기로 변해 대기로 빠져나가고, 남아있는 육신의 잔해는 더욱 격렬해진 불로 인해 탄소원자가 빛을 발하며 이산화탄소가 되어 하늘로 빠져나가지. 그리고 나면 남는 것은 뼈와 소금 그리고 약간의 녹 가루만 조금 남고 말지.

그리고 이 물질을 가루로 빻아서 한 줌의 재로 만들어 유골함에 담아 유가족에게 전해주잖아. 그런데 이 가루를 분석해 보면, 그 성분은 살아생전 암석과 토양에서 식물로 전해지고 그 식물을 섭취해서 얻은 물질인 나트륨과 칼슘, 칼륨, 인이 대부분이야. 여기에서 다시 한 번 생각을 가다듬어 보세. 우리 인체를 구성하고 있던 물질 중 2/3를 차지하고 있던 물, 즉 산소 56.1%와 수소 9.3%는 수분 만에 대기로 흩어지고, 뒤이어서 나오는 탄소 28%와 질소 2%, 염소 1%도 불과 2시간 이내에 공중으로 흩어지고 말지. 그리고 마지막으로 남은 한 줌의 재, 칼슘 1.5%, 인 1%, 기타 1.1%가 대지나 강물 또는 바다에 뿌려지거나 땅에 묻히게 되지. 따지고 보면 하늘에서 온 물질은 하늘로 돌아가고 땅에서 온 물질은 다시 땅으로 돌아가는 거야. 그럼 하늘로 흩어진 물질들은 어떻게 될까? 그 물질들은 바람을 타고 대기권을 떠돌게 되지. 가까이는 화장장 근처에서 다른 물질과 결합하여 지상으로 떨어지기도 하고, 그렇지 않은 물질은 멀게는 해양을 거쳐 다른 대륙에까지도 가게 돼."

"잠깐만. 어떻게 다른 대륙까지 갈 수가 있다는 거야?"

"앞서서 잠깐 언급했잖아. 그것은 대기권의 공기가 어떻게 움직이는지를 보아야 하는데, 대기권 중에 공기분자가 많이 모여 있는 지상으로부터 16㎞이내에서는 통상 바람의 속도가 시속 8-16㎞정도야. 그런데 그 이상으로 고도가 높아지면 바람의 속도는 평균 시속 80㎞로 변하기 때문에 지구의 원주를 42,000㎞로 보고 그 속도로 계산하면 화장장 시신에서 나온 기체는 한 달 정도면 충분히 지구를 한 바퀴 돌고도 남지. 그렇기 때문에 화장장에서 날아간 물질은 지구 어디라도 도착할 수 있어. 그리고 언젠가는 다른 생명체의 호흡으로 들어가 그 생명체의 몸의 일부가 되기도 하고, 재로 남았던 유골을 묻지 않고 강이나 바다, 산과 같은 곳에 뿌렸다면, 그 물질 또한 다른 생명체가 흡수하여 그의 일부가 되는 것이지.

이제까지 한 얘기를 한 마디로 정리하면, 인간을 비롯한 지구상의 생명체는 무생물인 물질에서 태어나는 것이고, 죽어서는 다시 무생물로 돌아간다는 것이야. 이것이 자연의 섭리, 즉 우주의 원리인 것이지. 이해가 되는가?"

"아, 우리 인생이 그렇게 되는 것이로군! 돌고 돌아가는 물레방아처럼 생물과 무생물 사이를 오고가는 것이네."

"허무하지? 그렇다고 꼭 그렇게 생각할 필요는 없어. 혼자만이 그렇게 되는 것은 아니잖아. 자네나 나 그리고 여기 있는 형님과 윤 박사 모두가 그렇게 되는 것이니까…"

"윤 박사, 안 그래?"

"그렇지. 먼 훗날 언젠가는 이 지구의 생명체도, 아니 태양계도 사라질 수도 있을 테니까…"

"그건 또 뭔 소리인지 모르겠네."

"황 선생, 알면 알수록 복잡해지지. 간단히 말해서 지구 역사 45억 년을 통해 멸종의 시대가 다섯 번 있었는데, 앞으로 또 언제 닥칠지 모를 일이라는 것이야. 기후학자들의 견해에 따르면, 산업혁명 이후 지구환경의 균형이 서서히 깨지면서 벌써 그 시기가 시작되었다고 하며. 특히 1970년대 이후에는 산업화 속도가 더욱 빨라지면서 이산화탄소 배출량이 급속히 늘어 온난화가 가속되고 있다고 해. 그 결과로 남북극의 빙원은 대략 40%정도가 사라져 수천 년 동안 유지해왔던 지구기온의 안정화가 깨지고 있다고 하며, 지금의 속도로 지구온난화가 계속된다면 앞으로 30~50년 내에는 지구는 폭염, 가뭄, 수해, 질병 등으로 인해 엄청난 변화가 생겨 생명체들이 생존하기가 쉽지 않을 것으로 예상되고, 100년 내에는 온난화가 더욱 가속되어 이산화탄소가 대기권을 덮게 되면서 그 옛날 멸종의 시대같이 태양빛이 차단되어 생명체의 대부분이 멸종에 이를 것으로 진단하고 있어. 더 먼 미래를 예측해본다면 태양도 언젠가는 핵융합과정이 수명을 다하여 과거 1054년에 나타났던 신성별처럼 단발마적으로 강한 빛을 쏟아내고는 죽게 되겠지. 그러면 태양계는 암흑으로 변해 종말을 고하는 것이지. 황 선생, 미안한데 오늘은 이만 하세. 내가 좀 피곤하네."

"그래, 오늘만 날이 아니잖아. 두 박사님들 정말 고맙고 수고했어. 그럼 내일 보세. 이장님 가시지요?"

영혼의 실체를 찾아서

다음 날, 12시쯤 선착장에는 여객선이 도착했다. 그리고 마중을 나간 김 박사는 배에서 내린 친구를 반갑게 맞이했다.

"어이 안 박사! 잘 지냈어? 먼 곳까지 와 줘서 고마워."

"그나저나 자네 얼굴 좋아졌는데? 그래 요즘 어때?"

"많이 좋아졌어. 복잡한 세상사 뒤로 하고 맑은 공기 마시며 지내다보니 좋아진다는 것을 느끼고 있지. 지난 번 병세를 확인하러 서울 갔을 때보다 훨씬 좋아진 느낌이야."

"거 잘 됐네. 자나 깨나 자네 걱정이었는데, 얼굴을 보니 좀 마음이 놓이네."

"자, 가세. 내가 어떻게 살고 있는지 한 번 보시게."

김 박사는 친구와 걸으면서 섬 생활에 대해 이것저것 털어놓으며, 최근 사흘간 있었던 일에 대해 간단히 얘기했다. 그러는 사이

두 사람은 집에 도착했고, 평상에 벌어져 있는 점심상을 보고 깜짝 놀랐다.

"아니 이 사람들이…."

"뭔 일이야. 혹시 자네 우렁각시 됐어?"

"글쎄. 우렁각시가 있긴 해. 틀림없이 우렁각시가 요술을 부리고 간 것일 게야. 하하하."

김 박사의 웃음소리를 듣고 이장이 부엌에서 나오고, 윤 박사와 나는 근처 소나무밭을 걷다가 돌아왔다.

"안 박사! 인사하시게. 여기 이 분은 이 섬의 이장님이신데 엄청 도움을 많이 주시는 형님이고, 이 사람은 이곳에서 만난 윤 박사인데 나와 같이 요양하러 온 처지라네. 그리고 이 사람은 황 선생인데 엊그제 이 섬으로 바람 쐬러 온 서울 사람이야. 선착장에서 오며 잠깐 얘기 했던 그 사람, 알고 보니 동갑내기라 친구하자고 했지."

"처음 뵙겠습니다. 안창룡입니다."

그렇게 모두는 통성명을 나누고 평상에 앉았다. 이장은 나를 바라보며 눈짓을 했다. 나는 술병을 들어 모두의 잔에 술을 따르고는 한 마디 했다.

"오늘 먼 곳에서 친구를 찾아오신 안 박사님의 방문을 환영하고, 여기 계신 모든 분들의 건강을 기원합니다. 준비한 것은 변변치 않지만 맛있게 드시고 좋은 시간 보내시기 바랍니다."

모두는 술을 들이켜고 음식을 들었다. 나는 서먹한 분위기를 바꾸기 위해 안 박사에게 이야기를 건넸다.

"안 박사님! 두 분 우정이 대단하시네요? 이 먼 곳까지 찾아온다는 것은 쉽지 않은 일인데… 나이 들어서는 누가 뭐라 해도 친구가 제일 좋은 것 같아요."

"황 선생님! 사실 그렇기는 하지요. 그 옛날 공자가 말한 인생 삼락(人生三樂) 중에 그런 말이 있잖아요. '유붕자원방래 불역락호(有朋自遠方來 不亦樂乎)라고요. 친구가 있어 멀리서 찾아오면 이 또한 기쁘지 아니한가'라는 말이요."

"맞아요. '학이시습 불역열호(學而時習 不亦說乎), 인불지이불온 불역군자호(人不知而不慍 不亦君子乎)도 즐거움인 것은 분명하지만, 노년에 찾아오는 친구가 있다는 즐거움은 최고라고 할 수 있지요. 김 박사는 참 좋겠어?"

"나도 그렇게 생각하고 있다네. 내 몸이 아프니까 친구 생각이 더 나더라고. 집사람이나 자식들에게 할 말도 있지만 다 털어놓을 수는 없지 않은가. 그렇지만 친구에게는 모든 것을 털어놔도 다 받아주니까 더 없이 좋지. 안 박사, 자네만 좋다면 황 선생하고도 친구로 지내는 것이 어떤가. 오늘 이 음식도 황 선생이 자네와 나를 위해 준비한 거라네. 형님은 셰프(chef)니까 말할 것도 고… 내가 이렇게 몸이 좋아진 것도 이 형님이 돌봐주시기 때문이라네."

"두 분께 감사를 드려야겠습니다. 친구의 건강을 위해서 이렇게 생각해 주시니 정말 감사드립니다."

"별 말씀을요. 우연치 않게 이장님 때문에 세 분 박사님을 뵙게 된 것이라 제가 감사를 드려야죠. 사실 제가 이곳에 온 것을 생각해 보면, 전생에 인연이 있어서 오게 된 것이 아닌가라는 생각이 들어요. 사실 세 분께는 말씀드렸지만, 퇴직이후 삶에 대해 공부하면서 많이 방황하고 있다가 생각을 정리하려고 이 섬에 왔어요. 그런데 이장님 댁에 머물면서 김 박사와 윤 박사를 알게 되었고, 두 분들로부터 이제까지 모르던 삶에 대한 새로운 얘기를 들으면서 깨달은 바가 많았거든요. 그런데 또 안 박사님을 뵙게 되었으니 영광이죠. 김 박사에게 듣기로는 철학을 전공하셨다고 들었습니다만…."

"황 선생님, 김 박사가 말했듯이 동갑내기라 하니 친구로 지내도록 하죠. 그리고 편하게 얘기합시다."

"거 좋은 생각입니다. 한적한 섬에서 동갑내기 셋이 만나다니…. 김 박사, 고마워. 좋은 사람 만나게 해줘서."

"안 박사, 내가 오늘 자네를 더 반기는 이유가 있어. 자네의 머릿속에 든 것을 조금 풀어서 이 분들에게 좀 들려주라는 것이지. 내가 알려줄 것은 대략 다 알려줬거든…."

"그게 뭔데?"

"아, 자초지종을 얘기하자면 길지만 간단하게 얘기하지. 사실 황 선생은 살아오면서 여러가지 어려움을 겪었어. 월남전에 참전해 안케패스에서 치열하게 전투를 하다가 총상을 입고 후송되어 삶과 죽음에 대한 고민을 많이 했었고, 이후 나이가 들어 또 중병이 들어 그런 문제에 직면했었대. 그래서 삶과 죽음에 대한 문제에 관해 나름 생각을 많이 했더라고. 그러나 쉽게 풀리지 않는 문제잖아. 그래서 산에 들어가 깊은 사색에 빠져보기도 하고…. 그러다가 바람 쏘일 겸 해서 이 섬으로 잠시 왔는데, 이장님이 나와 윤 박사가 도움이 될 거라고 소개시켜 준 거지. 그래서 우주의 탄생과 생명체의 기원, 인간으로의 진화, 인체의 구성물질 등에 관해 천문학적인 측면과 지질학적인 측면, 생태학적인 측면에서 대략적으로 설명해주게 됐어. 그랬더니 어제는 정신적인 측면에 대해 알고 싶어 하는 거야. 그런데 마침 자네가 온다고 해서 자네에 대해 조금 알려줬지. 그랬더니 두 분이 날이 밝자마자 바다에 나가 그물도 걷어오고 이렇게 맛있는 음식을 준비한 거야. 소중한 분이 온다고…."

"김 박사, 이 분들이 반갑게 맞이해 줘서 고맙기는 한데 내가 그렇게 보답을 할 수 있을까?"

"너무 깊이 들어가면 어려우니까 개략적으로 쉽게 얘기하면 되지. 안 그래, 황 선생?"

"안 박사, 편하게 얘기할게. 난 이틀 동안 김 박사와 윤 박사에게 정말 많은 얘기를 들었지. 삶에 대해 잠이 확 깰 정도로….

그리고 남은 궁금함이 정신과 관련된 문제였어. 그래서 김 박사에게 물었더니 자네가 온다고 하잖아. 그러니 내가 얼마나 고맙겠어. 난 아무 것도 바라는 게 없어. 이런 기회를 맞이한 것만으로도 감사하고 행복하니까. 돈 주고도 못 들을 귀한 얘기를 들을 수 있는 기회잖아. 부탁하네."

이장도 한 마디 했다.

"황 선생뿐만이 아니에요. 나도 알고 싶어요. 곁에서 들었지만 존재의 근본을 알아간다는 것이 살아가는데 커다란 즐거움이라는 생각도 들었고, 죽음이 닥쳤을 때 공포에서 벗어나 편히 죽음을 맞이할 수 있다는 생각도 들었어요. 그래서 영혼에 관한 얘기가 더 궁금해졌죠."

"그렇게 말씀하시니 부담이 되네요. 그런데 이장님도 편히 말씀하세요. 저보다 연배가 높으신데…."

"그럴까요? 그럼 얘기를 듣기 전에 우선 한 잔씩 하세."

우리 모두는 흔쾌히 잔을 들이켰다. 그리고 안 박사의 얘기가 시작되었다.

"현대 인류가 생겨난 이후 인간의 본질을 파악하려는 노력은 쉼 없이 이어져왔다고 봐야 하는데, 서양철학의 시작을 그리스에서부터 시작되었다고 볼 때, 2500년이 넘는 시간이 흘렀지. 최초의 철학자들로 불리는 소피스트(Sophist)*들은 만물이 존재하는

---

* 소피스트(Sophist) : 지혜로운 자 또는 현명한 자란 뜻으로 대표적인 소피스트

근거가 무엇인지, 무엇이 사물의 존재를 결정하는지를 파악하려는데 연구의 목적을 두었어. 따라서 많은 소피스트들은 만물의 근원을 물, 불, 숫자, 무한자(apeiron)*, 원자 등이라 주장했는데, 이 시기를 대표하는 프로타고라스(Protagoras. BC 485경-BC 410경)가 '인간은 만물의 척도다'라고 하며 철학의 본질적 관심을 자연의 원리를 밝히는 것에서 탈피하여 인간의 정신활동으로 전환시켜 인간의 본질에 대한 연구가 시작되었지. 그래서 서양 철학의 아버지로 불리는 소크라테스(Socrates; BC470-BC399)부터는 인간의 영혼에 관한 연구가 활발하게 이루어지기 시작했고, 그의 제자인 플라톤(Platon; BC427-BC347)을 비롯하여 아리스토텔레스(Aristoteles; BC384-BC322), 에피쿠로스(Epicouros; BC341-BC270) 플라티노스(Plotinos; 205-270), 아우구스티누스(Augustinus; 354-430) 등으로 이어지며 더 많은 연구가 있었지. 그러다가 근대에 이르러서는 데카르트(René Descartes; 1596-1650)의 합리적 이성(理性)을 중점으로, 프로이트(Sigmund Freud; 1856-1939) 이후 현대에 이르기까지는 많은 학자들이 인간의 본질을 비이성(非理性)과 비합리성(非合理性), 실존주의(實存主義),** 실증주

로는 '인간은 만물의 척도'라는 명제를 내세운 프로타고라스(Protagoras; BC485경-BC410경)가 있다. 우리나라에서는 궤변론자라는 경멸적 딱지가 붙어 다닌다.
* 무한자(apeiron) : 그리스 철학자 아낙시만드로스(Anaximandros;BC610-BC545)가 주장한 것으로 모든 현상의 원초적 통일을 나타내는 지각할 수 없는 실체를 말한다.

의(實證主義),* 구조주의(構造主義, structuralism)** 관점 등에서 찾으려 했지요.

그럼, 철학의 중심을 이루는 정신(영혼)이 무엇인지부터 얘기해야겠네요. 정신은 사전을 찾아보면, 영혼 또는 마음이라고 되어 있어요. 이것을 좀 더 구체적으로 풀이하자면 감각이나 지각, 감정, 기억, 욕구, 여러 형태의 추론, 동기, 선택, 인격적 특색, 무의식 등으로 반영되는 그 어떤 것, 즉 보이지 않는 추상적인 개념이에요. 이런 정신은 통상 인간에게만 있다고 알려져 있는데, 과학적 사고로 본다면 꼭 그렇지는 않다는 것이 제 생각이지요.

어찌되었든 인간에게 이런 영혼이 있다고 최초로 제기한 사람은 '너 자신을 알라'라고 일갈한 소크라테스로서 바로 서양철학의 관점을 자연중심에서 인간의 영혼중심으로 바꿔놓은 사람이죠.

잠시 그가 한 말을 살펴보면, '너 자신을 알라'라는 말은 그가 최초로 한 말이 아니고, 기원 전 15C-13C경에 세워진 것으로 추정되는 델포이(Delphoe)의 아폴론(Apollo; 태양의 신이자 지혜의 신)

** 실존주의(positivism) : 개인의 자유, 책임, 주관성을 중요하게 여기는 철학적, 문학적 사조.
* 실증주의(positivism) : 자연현상을 포함한 사회현상을 과학적 방법으로 풀어야한다는 사상.
** 구조주의(構造主義) : 인간을 세계의 중심·주인으로 보고 그가 사물들 전체를 규정하고 그것들에 의미를 부여한다고 상정하는 관점, 즉 인간을 신의 대리인으로 보는 관점을 비판하는 사조(思潮).

신전 기둥에 새겨진 그리스의 격언이라고 해요. 그리고 '악법도 법이다'라는 말은 그가 감옥에 갇혀 있다가 사형이 집행되는 날 제자들이 찾아와 같이 있었는데, 그 중에 죽마고우이자 제자인 크리톤(Kriton)이 돈이 얼마가 들든지 관리를 매수할 테니 도망치라고 권유할 때, '이제까지 나는 아테네 시민으로서 아테네법이 시민에게 주는 특권과 자유를 누려왔네. 그런데 그 법이 이제 내게 불리해졌다고 하여 그 법을 지키지 않는 것은 비겁하지 않은가'라며 청을 단호히 거절했다고 하는 데서 유래된 말이지요.

어찌되었든 소크라테스는 '너 자신을 알라'라는 말로 당시 자연철학이 주를 이루고 있는 사회에 인간중심의 철학을 주장해서 코페르니쿠스적인 커다란 파문을 일으켰죠.

'너 자신을 알라'라는 말은 요즘 우리 사회에서 무지를 질타하는 내용으로 이해되지만, 사실 그 말 속에는 심오한 뜻이 담겨 있어요. 이 말에서 '너'는 인간을 의미함과 동시에 개인의 정신적 열망을 포함하고 있으며, '자신을 알라'에는 '자신의 무지(無知)를 벗어나라'는 의미가 담겨 있는 것이죠. 즉 눈에 보이는 어떤 사물이나 현상에 대한 단순한 사실을 확인하는 정도의 차원이 아니라, 그 본질을 알아야 한다고 강조한 것이죠.

한 예로 '지혜(智慧)'를 말하자면, 지혜는 부모나 선생 등 그 누군가로부터 전달받을 수 있는 게 아니라, 자기가 깨달아야한다는 의미죠. 스스로 탐구하고 터득하는 과정을 거쳐 얻은 깨달음이야말로 진리에 대한 자기 확신이라는 것이에요. 그리고 이는 지혜의 근거가 자신에게 있다는 것을 강조한 것이며, 육체가 아닌 정신에서 나온다고 한 것이죠.

이쯤에서 소크라테스가 사형집행 날 제자들과 정신에 관해 어떤 얘기를 주고받았는지 살펴보는 것도 재미있을 것 같네요.

영혼이라는 말은 소크라테스가 사형집행 날 새벽에 감옥에 찾아온 제자 파이돈(Phaedon; BC417년경–미상), 심미아스(Simias; 미상), 케베스(Kebes; 미상), 크리톤(Kriton; 미상) 등 몇 사람과 종일 이야기를 나누면서 나온 말인데, 파이돈은 그때 소크라테스가 한 이야기를 친구인 에케크라테(Ececrate; 미상)에게 들려주고, 그가 다시 플라톤(Platon; BC427–BC347)에게 전해주어 플라톤이 그때의 상황과 자신의 생각을 더해 영혼불사의 내용이 들어있는 『파이돈(Phaedon)』이라는 책으로 엮어 내놓으면서 알려지게 된 것이지요.

이 책은 지금도 철학에 관심 있는 사람들에게 읽혀지고 있는데, 이 책은 소크라테스가 사형집행 날 간수가 발목에 채워진 쇠고랑을 풀어주어 마지막 자유시간을 얻게 되면서 찾아온 제자들과 대화를 하게 되는 장면으로 시작되죠. 그리고 여러 이야기를 하다가 영혼에 관한 이야기로 발전되는데, 소크라테스가 이런 이야기를 하게 되지요. '쾌락이란 감정은 정말 야릇한 것이야. 고통이란 으레 쾌락의 반대로 생각되지만, 그 관계란 정말 애매하단

말야. 이 두 감정이 동시에 한 사람에게 일어나는 법은 없지만, 그 중에 하나를 추구하여 얻으면 반드시 다른 하나도 따르게 마련이지. 마치 두 개의 몸체에 머리는 하나밖에 없는 것과 마찬가지로 말야. (…) 지금 나의 경험에 비추어 사슬에 묶여 아프던 발이 그 고통이 가시자 쾌감을 느끼게 되는 것으로도 알 수 있을 것 같네'라고 하며, 모든 반대되는 것은 서로 보완하는 상보(相補)의 성질을 지니며, 각자 순수하고, 다른 성질로 변하지 않고, 사라지되 불멸한다고 했지요.

또 이야기가 진행되면서 죽음과 관련한 주제로 넘어갈 때, 제자가 '진정한 철학자라면 죽음을 두려워하지 않고 원해야 한다면서 반대로 자살을 인간의 죄악이라 평하는 것은 서로 어긋나는 것이 아니냐'고 하자, 소크라테스는 '만일 자네의 소유물 중의 하나, 가령 소나 당나귀가 자네의 동의도 없이 마음대로 자살을 한다면, 자네는 그 짐승에 대하여 노여워하고 또 그렇게 할 수만 있다면 벌을 주려고 하지 않겠나? (…) 그런 견지에서 본다면, 신이 지금 나를 부르듯이 자기를 부를 때까지 마음대로 자살해서는 안 된다는 데에는 불합리성이 없을 것이네'라고 말하지.

즉 신이 부르기 전 먼저 생을 끝내선 안 되지만, 정반합(正反合)의 논리 – 무지(無知)가 지(知)가 되고, 다시 지(知)가 무지(無知)가 되는 논리에 따라 모든 것이 상보적이라면, 현생(現生)과 이생(離生)에는 똑같이 절반의 몫이 있다는 것이야. 그렇기 때문에 진정한 철학자라면 죽음으로 가는 일을 두려워해서는 안 되는 것이며, 즐겁게 맞이해야 한다는 것이지. 현생을 살아가는 일이 육신에서 완전히 자유로울 수 없지만, 훌륭한 철학자로서 이생으로 건너가기 위해서는 반드시 이 세상에서도 육체와의 거리를 두고 영혼을 빚을 필요가 있다는 말이지.

또 이런 얘기도 나누었어요. '우리가 육체와 함께 있는 동안, 그리고 이 불완전한 것과 뒤섞여 있는 동안 결코 원하는 것에 만족스럽게 도달할 수 없다는 결론 말일세. 무릇 육체란 먹고 살아야 하네. 이것은 우리에게 얼마나 큰 두통거리가 되어 있는가. 그리고 질병들은 참된 존재에 대한 우리의 탐구욕을 방해하네. 그 외에도 육체는 우리로 하여금 연정과 욕망, 공포, 그리고 온갖 공상과 끝없는 어리석음에 사로잡히게 하고, 그 결과 도대체 무엇인가에 대해 사고할 기회를 빼앗아 가고 있네. (…) 모든 전쟁은 행복의 추구라는 이름하에 기도되며, 그 행복을 추구하는 이유는 바로 육체에 있네. 왜냐하면 우리는 그것의 노예이기 때문이지. (…) 불가피한 경우를 제외하고 살아 있는 동안은 될 수 있는 대로 육체와의 모든 결합을 피하고 육체적인 모든 것에 사로잡히지 않으며, 신이 우리를 해방시켜 줄 때까지 우리 자신을 깨끗하게 지켜 나가야만 올바른 인식에 가장 가까이 다가갈 수 있다고 생각하네.' '진실한 철인이란 언제나 죽음에 다가가며 어느 누구보다도 죽음을 두려워하지 않는 자일세. 그러므로 죽음이

다가올 때 죽기를 싫어하는 사람이라면, 그는 애지자(愛知者)라기보다는 애육자(愛肉者)라는 것은 더 말할 나위도 없을 걸세. 아마 그는 돈 또는 명성을 사랑하는 자이거나, 그렇지 않으면 이 두 가지를 다 사랑하는 사람일 걸세.'

이야기는 계속 이어지고, 제자들은 철학자들이 죽음을 두려워하지 말아야 하며 사는 동안 영혼을 가꿔야 한다는 것에는 동의하나, 죽은 후에도 나의 영혼이 남는다는 것, 영혼은 불멸한다는 것을 어떻게 증명할 수 있냐는 문제를 제기했죠.

이때 소크라테스는 이렇게 말했죠.

'반대되는 사이의 생성과정에 원을 그리는 것 같은 어떤 호응이 없다면, 출발점으로 되돌아온다거나 또는 기울어짐 없이 대립되는 것을 향해 극단적인 직선을 긋는다면, 세상의 모든 것들은 결국 똑같은 모양에 똑같은 상태에 이를 것이며, 그것들 간의 변화, 곧 생성은 끝나고 말지 않겠는가?'라고.

이를 풀이해 보면, 죽음에서 삶이 생기고, 삶에서 죽음이 생긴다는 말이에요. 만약 죽음에서 삶이 생기지 않는다면 모든 것은 죽음에서 끝나겠지요. 반면에 삶에서 죽음이 생긴다는 것은 당연한 순리이고, 그러니까 모든 것은 상보적이므로 순수하며 없어지지 않는다는 것이에요.

이때 제자 심미아스와 케베스가 물었어요.

'영혼이 아무리 중요하고 우리가 태어나기도 전부터 존재하는 순수하고 자체적인 성질이라 할지라도, 결국 육체가 죽으면 죽는 것이 아니냐, 육체의 잔해는 타거나 썩기 전까진 명백하게 남으나 영혼은 육체의 구성 성분으로 먼저 소멸하는 것이 아니냐, 영혼이 육체보다 더 지속적이긴 하나 결국 그 영혼 역시도 죽고 사는 일을 끊임없이 반복하다 보면 하나의 영혼으로써 자신의 역할은 다하고 사라지는 것이 아니냐'고.

그러자 소크라테스는 '나는 미 자체가 아닌 다른 어떤 것이 아름답다면, 그 까닭은 그 아름다움 자체에 관계되었기 때문이며, 결코 다른 이유는 없다고 보는데, 자네는 이에 동의하는가? (…) 나는 단지 모든 사물을 어떤 형태로든 아름다움 자체가 거기에 내포되어 있거나, 또는 아름다움 자체에 관계함으로써만이 아름다운 것이 된다는 이 한 가지 이론만을 단순하고 철저하게 그리고 어리석을 정도로 굳게 지니려 하네. 그것이 어떻게 아름다움 자체에 참여하는가에 대해서는 잘 알 수 없네. 그렇지만 모든 아름다운 것들은 아름다움 자체에 의하여 아름다워진다는 것을 나는 강력하게 주장하는 바이네.'

무슨 뜻이냐 하면, 아름다움 자체의 불멸성을 얘기하는 것이에요. 즉 '영혼은 불멸'한다는 것이죠"

"잠깐만. 자체란 게 도대체 본질적으로 뭐야?"

"황 선생, 하나의 예를 들어 볼까? 사람의 키로… 자네는 나보다 작지. 그러나 내가 없다면 자네는 클까? 작을까?"

"그건 알 수가 없지. 비교의 대상이 있어야 아는 것이지."

"맞아. 자체로서는 크고 작음이 없지. 그러나 나보다 큰 사람이 있으면 나는 작아지는 것이고, 나보다 작은 사람이 있으면 내가 큰 것이지. 그때 나 '자체'는 소멸한다고 봐야지. 그러나 나 자체가 없어지는 것은 아니잖아. 즉 자체란 것은 개념적으로 자신의 속성을 지키는 것으로 불멸한다는 것이야. 마찬가지로 영혼 역시 육체와 분리되어서 불멸한다는 것이지. 어찌되었든 소크라테스는 영혼을 설명하기 위해 여러 가지 사례를 들어 설명했어. 이를 요약해 보면, '영혼(Idea)은 비물질적인 형상(관념)으로 보이지도 않고 소멸불가능하거나 거의 영원불멸하는 존재임을 암시하고 있지.

이를 알기 쉽게 정리해 보면, 첫째, 조합물만 소멸 가능하다. 둘째, 변하는 것만이 조합물이다. 셋째, 눈에 보이지 않는 존재는 변하지 않는다. 넷째, 보이지 않는 것은 소멸하지 않는다. 다섯째, 영혼은 보이지 않는다. 여섯째, 그러므로 영혼은 소멸하지 않는다는 것으로 정리되겠지.

이에 대해 제자 케베스는 '아무리 소멸할 가능성이 지극히 낮다고 해도 그것만으로 영혼의 불멸성을 장담할 수는 없다'며 반론을 제기했고, 제자 심미아스는 리라 같은 현악기가 만들어내는 화음을 예로 들어 소크라테스가 주장한 영혼에 대해 반론을 제기했지.

'정신이란 육체가 만들어내는 화음과 같은 것이다. 보이지 않는 화음은 악기가 파괴되면 소멸된다. 마찬가지로 육신이 소멸되면 보이지 않는 정신도 사라지는 것이 아닌가'라고.

이에 대해 소크라테스는 네 가지를 얘기했지. 첫째, 영혼은 육체 이전에 존재했다. 둘째, 화음은 변할 수 있다. 셋째, 영혼은 선할 수도 있고, 악할 수도 있다. 넷째, 영혼이 주인의 권리로 육체에 명령을 내릴 수 있고, 육체의 의사에 반해 판단할 수 있다며 심미아스의 화음에 대한 질문은 잘못된 것임을 지적했어.

그런데 내가 판단하건대, 소크라테스의 답변은 적당하지 못하다고 생각해. 왜냐하면 영혼은 육체이전에 존재했다고 했는데, 영혼이 먼저 존재했다는 것을 증명하지 못했고, 화음은 변할 수도 있다고 하면서 영혼은 변하지 않는다는 것도 이해하기 어려운 것이야. 영혼은 다양한 수준으로 지성, 창조성, 합리성, 의사소통 가능성 등으로 변할 수 있기 때문이야. 그리고 영혼은 선할 수도 있고 악할 수도 있다고 했는데, 화음도 따지고 보면 조화로운 소리를 낼 수도 있고, 부조화스러운 소리도 낼 수 있기 때문에 영혼의 선악과 다를 바가 없으며, 마지막으로 영혼이 주인의 권리로 육체에 명령을 내릴 수 있고, 육체의 의사에 반해 판단할 수도 있다고 했는데, 이 또한 꼭 들어맞는 비유는 아니지만, 리라의 한 줄이 튕겨졌을 때 떨리는 진동이 다른 줄도 함께 진동하게 만드는 배음현상으로 설명될 수 있다고 생각이 되지. 따라서 소크라테스의 화음에 대한 반론은 틀렸다고 생각해.

이렇게 영혼과 육체에 관한 논의는 앞서 언급했듯이 플라톤이 『파이돈』을 통해 이원론을 주장하고, 『국가』라는 저서에서 영혼은 이성과 의지, 욕망으로 분류될 수 있으며, 이성은 의지와 욕망을 조정한다고 주장했지. 그렇지만 그의 제자인 아리스토텔레스는 스승의 주장을 뒤엎고, 심미아스나 케베스의 주장과 같이 영혼이란 육체가 사라지면 같이 없어진다는 일원론을 주장했어. 이에 대한 논의는 지금까지도 일부에서 이어지고 있지만, 어찌되었든 영혼이 비물질적으로 존재하고 불멸하다는 것은 최초 소크라테스로부터 시작되었다는 거야.”

“안 박사! 나는 성당에 다니는 사람인데 『성경』에 이런 내용들이 있어유. 『성경』에서는 죽음을 잠자는 것이라고 표현하고 있는데, 다니엘 12장 2절에 ‘땅의 티끌 가운데에서 자는 자 중에 많은 사람이 깨어나 영생을 받는 자도 있겠고, 수치를 당하여서 영원히 부끄러움을 당할 자도 있을 것이며’라는 구절이 있는데, 이것은 사후에 부활하여 영생을 얻는다는 것을 의미하거든유. 그리고 데살로니가전서 4장 13절에서부터 16절에는 ‘형제들아 자는 자들에 관하여는 너희가 알지 못함을 우리가 원하지 아니하노니, 이는 소망 없는 다른 이와 같이 슬퍼하지 않게 하려 함이라. 우리가 예수께서 죽으셨다가 다시 살아나심을 믿을진대, 이와 같이 예수 안에서 자는 자들도 하나님이 그와 함께 데리고 오시리

라. 우리가 주의 말씀으로 너희에게 이것을 말하노니, 주께서 강림하실 때까지 우리 살아남아 있는 자도 자는 자보다 결코 앞서지 못하리라. 주께서 호령과 천사장의 소리와 하나님의 나팔 소리로 친히 하늘로부터 강림하시리니 그리스도 안에서 죽은 자들이 먼저 일어나고'라 하고 있어 부활을 얘기하고 있거든유. 이렇게 『성경』에서는 영혼이 있어 영생을 말하고 있는데, 이것과 소크라테스의 영혼과는 어떠한 관계유?"

"이장님! 그렇죠. 그렇게 쓰여 있죠. 그래서 당시의 성직자들은 영혼불멸을 받들어 영혼은 죽지 않으며, 다시 부활하여 영생한다고 설파를 했지요. 그래서 교회가 지배하고 있던 중세시대에서는 육체는 껍데기뿐이고 영혼만이 우선시되는 시기였으며, 가난한 사람들에게는 내세를 믿으라며, 가난을 벗어나는 길은 신에 대한 믿음뿐이라고 강조했죠.

그러한 영혼불멸사상은 플라톤과 그의 제자들로부터 생겨났는데, 간단히 살펴보자면 플라톤은 '인간의 본질은 영혼에 있고, 영혼은 절대 변하지 않는 형상, 이데아(Idea)에서 온 것이다'라고 했죠. 그의 철학은 그가 죽은 후 550여년이 지난 뒤 신플라톤주의 철학자들에 의해 다시 부활되었는데, 신플라톤주의의 대표적인 철학자 플로티노스(Plotinos: 205-270)는 플라톤의 이데아론을 계승하며 '모든 만물은 하나로부터 시작되고 되돌아간다'라고 유출이론을 설파했죠. 마치 태양이라는 하나에서 수없이 많은 빛이 발산되듯, 그리고 태양빛이 없어지면 파생되었던 모든 빛이 사라지듯이 생명체 각자가 가지고 있는 이데아를 모두 아우르는 하나가 있어 모든 만물은 그곳에서 창조되고 끝내 그곳으로 돌아간다고 했어요. 또한 당시 그리스도교의 중심지인 알렉산드리아에서 초기 교부이며 성경주석가이자 신비신학의 창시자로 불리는 오리게네스(Origenes; 185-254)는 그의 저서 『원리론』에서 '하나님은 영이시다. 하나님은 빛이시다. 그에게는 어둠이 전혀 없다. 하나님은 인간의 지성을 비추어 알게 하신다. 불로서 모든 더러운 것을 태우시고 인간 속에 거하신다. 신적 감각은 불멸하는 지성적 감각이다. 눈이 아니라 마음이며 정신에서 온다. 하나님은 신적 감각을 통해 사람들에게 자신을 계시하신다.'거나 '성자 그리스도는 구원 경륜(經綸)*을 위해 인성을 취하신다. 하나님께서 낳으신 분이다. 하나님의 지혜다. 지혜는 곧 말씀이다. 말씀은 진리이며 생명이시다. 피조물은 생명 없이 존재할 수 없다. 영원히 존재하기 위해서는 그리스도의 생명을 받아야 한다.'고 했죠.

또한 그 후 150여 년이 지난 뒤 아우구스티누스(Augustinus; 354-430)는 그들의 이론을 더욱 발전시켜 '지성은 스스로 빛이 될 수 없다, 영원한 빛은 변하지 않는 영혼이다'라는 명제를 들고 나와 변하지 않는 영혼은 모든 영혼을 창조한 하느님이라며 중세

---

* 경륜(經綸) : 그리스어 오이코노미아를 번역한 것으로, 본래 '가족을 돌봄', '청지기의 임무' 등을 뜻하는 말임. 교회에서는 이 말을 주로 '하느님의 구원 계획과 성취'와 관련지어 사용하고 있음.

신학의 창조론을 정립시켰죠.

그가 창조론을 정립시키게 된 배경에는 사회상황이 한 몫을 했죠. 당시의 사회 상황은 민족적 색채가 강하고 엄격한 율법중심의 유대교가 자리하고 있어서 유럽과 주변 사회가 받아들이기 어려운 한계가 노출되어 새로운 문화의 수혈이 필요한 시기였죠. 당시 유럽문화는 다신교 전통 위에 사유체계는 그리스철학이 지배하고 있었죠. 그래서 아우구스티누스는 이런 사회상황을 타개하고 세계인들이 믿을 수 있는 새로운 종교를 꿈꾸고, 그리스철학과 유대교를 접목해 유일신을 지향하는 기독교 교리를 정립시키게 된 것이지요.

그렇게 해서 창조론과 영혼불멸설은 더욱 확산되기 시작했고, 392년 그리스도교가 로마 전역에서 국교로 정해지면서 유럽지역은 물론 전 세계로 확산된 것이죠. 그러나 현대에 와서 일부 종교학자들의 분석에 의하면 영혼불멸설은 『성경』의 구절을 잘못 해석한데서 비롯된 것이며, 『성경』에서는 영혼불멸에 관해 언급한 것이 없다고 하고 있어요."

"안 박사! 그럼 내가 알고 있던 영혼불멸설은 잘못된 것이유? 내가 성당을 오래 다닌 것은 아니지만, 사실 나는 암으로 투병할 때 성당에 가서 신부의 말씀을 듣고 기도를 드리는 것이 그렇게 위안이 되었거든. 그러면서 나는 죽어서 천당에 갈 것이라고 믿었었는데…."

"이장님께서 그렇게 믿는 것도 잘못된 것은 아니에요. 마음이 편하면 되는 것이니까요. 그렇지만 정신이라는 것, 영혼이라는 것을 과학적으로 분석해 보면 그렇지 않다는 것이지요. 이쯤에서 영혼불멸설의 전파에 관해서는 접어두고 정신에 관해 더 집중해 보죠.

17세기 중엽에 유럽에는 걸출한 철학자가 나타났어요. 네덜란드 태생 스피노자(Baruch Spinoza; 1632-1677)죠. 그는 영혼에 관한 실체를 밝히는 책 『에티카』를 출간해 『성경』의 창조설이 잘못되었다는 것을 직접적으로 지적했어요.

그가 『에티카』라는 역작을 남기게 된 배경을 살펴보면, 그럴 만한 이유가 있었죠. 스피노자의 부모는 스페인에서 살던 유대인 상인으로 종교적 박해를 피해 당시에 비교적 억압이 덜 심했던 네덜란드로 이주해 유대인 공동체마을에서 살았어요. 그곳에서 스피노자가 태어났는데, 그는 천재적 재능을 타고나 어려서부터 주위 사람들로부터 촉망을 받는 아이였죠. 그는 커서 목사가 되는 것이 꿈이었어요. 그래서 14살 되던 해에 유대율법학교에 입학했는데, 그만 그 학교에서 심한 충격을 받는 하나의 사건을 접했죠. 우리엘이라는 청년이 내세의 신앙을 의심하는 논문을 발표하자 유대교회에서는 신을 모독하였다는 죄로 그를 파문하는 것도 모자라 교회 입구에 엎드리게 한 다음, 신자들로 하여금 짓밟고 지나가게 하는 등의 모욕을 가했죠. 심한 모욕으로 견딜 수 없었던 우리엘은 집으로 돌아가 박해자들을 비난하는 글을 써놓고 자살했어요. 이성(理性)에 눈뜨기 시작한 스피노자는 그 사건을 접하고는 정신적으로 심한 충격을 받아 신(神)에 대해 의문을 품기 시작했죠. 그렇게 10여 년이 지나서 24살이 되었을 때 스피노자는 교회 장로들로부터 또 한 번의 큰 충격을 받았어요. 교회 장로들이 그를 불러다가 '네가 친구들에게 신은 육체를 가지고 있을지도 모른다. 천사는 환상일지도 모른다. 영혼은 단지 생명일지도 모른다. 그리고 구약성경에는 영생에 관하여 아무 말도 없다고 말한 것이 사실이냐'며 다그쳤죠. 그때 스피노자가 어떻게 답했는지는 알려지지 않고 있으나 장로들이 '신학에 대해 침묵을 지켜주면 500달러의 연금을 주겠다고 회유하였었다는 것과 그 제안을 거절했다는 것'은 전해지고 있어요. 장로들의 온갖 회유와 염탐에도 불구하고 스피노자는 말을 듣지 않았죠. 그러자 교회는 그를 심판하는 종교재판을 열어 파문을 결정했고, 판결문에는 이렇게 적혀 있어요.

'천사들의 결의와 성인의 판결에 따라 스피노자를 저주하고 제명하여 추방하노라. 잠잘 때도 일어날 때도 저주받으라. 나갈 때도 저주받을 것이며, 들어올 때도 저주받을 것이다. 주께서는 그를 결코 용서하지 마옵시고, 주의 분노가 이 사람을 향해 불타게 하소서. 어느 누구도 말이나 글로써 그와 교제하지 말 것이며, 그에게 호의를 보여서도 안 되며, 그와 한 지붕 아래 머물러서도

안 되며, 가까이에 가서도 안 되며, 그가 저술한 책을 읽어서도 안 되느니라.'

이후 스피노자는 모든 것을 잃고 어둠침침한 다락방 하나를 얻어 안경렌즈 닦는 직업으로 겨우 생계를 유지하며 살았지만, 그는 자신의 뜻을 굽히지 않고 자신의 경험을 더해 영혼과 신에 대한 연구를 계속했다고 해요. '자신을 파문에 이르게 한 신은 정말 있는 것일까, 있다면 과연 어떤 모습일까'라는 생각을 하며 그 실체가 무엇인지를 궁금해 했겠죠. 그리고 이 세상을 움직이는 알 수 없는 거대한 힘이 있다고 느끼며 그에 대해 경외심을 가졌겠지요. 그러다가 불현 듯 신이라는 존재는 인간의 모습을 한 존재가 아니고, 우주를 신이라고 여겼을 거예요. 어찌되었든 스피노자는 이 우주를 구성하고 있는 알 수 없는 법칙이 존재할 것이라 가정하고 연구한 끝에 그 알 수 없는 힘이 자연법칙이라고 깨달았죠.

그래서 그는 '모든 사물의 근저에는 실체가 있고, 그 실체는 신이며, 그 신이라고 하는 것은 자연이다'라고 했죠. 그러면서 스피노자는 신, 정신과 정서, 인간과 자유 등에 관한 주제를 통해 존재론과 인식론, 윤리학의 핵심문제를 깊이 성찰한 끝에 얻은 결과를 『에티카』라는 책으로 엮어 세상에 내놓았죠. 이로써 스피노자는 후세 과학자들로부터 인류사에 커다란 족적을 남긴 사람 중의 하나라고 평가를 받고 있어요.

이쯤 되면 정말로 『에티카』라는 저서에는 무엇이 담겨 있는지 궁금하지 않아요?"

  "궁금하고말고."

  "그럼 천천히 책 속으로 들어가 볼까요? 스피노자는 '인간은 육체와 정신이라는 두 개의 분리된 실체로 구성되어 있는 것이 아니라, 동일한 하나의 존재가 지닌 두 개의 측면에 불과하다'고 했어요. 그리고 정신은 욕망과 감정과 이성으로 되어 있다고 했지요. 지금부터는 이 세 가지에 대해 차근차근 살펴보죠.

  먼저 욕망에 대해 알아봐야겠지요?

  스피노자가 말하기를 욕망은 생명을 유지시키는 힘, '코나투스(Conatus; 라틴어로 관성이라는 뜻)'라고 했죠. 이 코나투스는 생명이 유지되는 한 지속적으로 생겨나기 때문에 이를 현실에 맞게 적절한 통제가 필요한데, 그 역할을 하는 것이 이성(理性)이고, 욕망과 이성이 충돌하는 관계에서 생겨나는 것이 감정(感情)이라고 했어요. 그러면서 이를 장미에 비유해 뿌리는 욕망이고, 꽃은 이성이며, 줄기와 잎은 감정이라고 했지요.

  서양 철학에서 영혼의 문제를 제일 먼저 끄집어낸 사람은 앞서 얘기했듯이 소크라테스이고, 이후 플라톤은 『국가』라는 저서에서 인간의 영혼(정신)을 이성과 의지와 욕망으로 구성되어 있다고 하며, 이성은 의지와 욕망이 이끄는 두 마리의 말에 올라탄 것과 같고, 영혼은 이성이 본질이라고 했어요. 그러니까 이성이

의지와 욕망을 지배한다고 본 것이었죠.

그에 반해 스피노자는 플라톤과 달리 욕망을 영혼의 본질로 봤어요. 그래서 그는 장미꽃에 비유하여 욕망은 흙 속에 파묻혀 보이지 않지만 장미를 살아가게 하는 생명력을 지닌 뿌리에 해당되고, 이성은 가장 화려한 장미꽃이고, 감정은 뿌리와 꽃을 제외한 나머지 줄기와 잎에 해당하는 것으로 영혼과 몸에서 피어나는 정서적 변화라고 본 거에요. 그래서 스피노자는 장미를 살아가게 하는 근본적인 힘이 뿌리에 있다고 보아 욕망을 영혼의 핵심으로 본 것이지요.

그럼, 그런 욕망이 생겨나는 근본원인은 무엇일까요?

그 물음에 대해 스피노자는 이렇게 말했어요. '그것은 자신이 자신 안에서 유지되길 원하는 욕망이다.'라고요. 무슨 말이냐 하면 삶을 향한 욕망이라는 뜻이에요. 모든 생명체가 가지고 있는 삶에 대한 욕망, 생명을 유지시키는 힘, 자기 보존의 욕망, 즉 본능이라는 것이지요. 앞서 언급했듯이 스피노자는 이를 '코나투스'라고 명명하고, 삶의 힘과 반대되는 파괴의 힘, 죽음에 대한 욕망도 있다고 했어요. 그래서 삶은 삶의 욕구와 죽음의 욕구 사이에서 요동칠 수밖에 없는데, 그 요동치는 파동을 감정이라고 했지요. 이런 스피노자의 생각은 200여 년 뒤에 지그문트 프로이트(Sigmund Freud; 1856-19390)에 의해 삶 충동인 에로스(eros)와 죽음에 대한 충동인 타나토스(thanatos)로 재조명되었어요."

"안 박사 잠깐만. 정말 죽음에 대한 욕망이 있을까?"

"황 선생, 간단히 생각해 봐. 병에 걸려 육체적으로 견디기 힘들 정도로 엄청나게 아프고 괴롭다면 죽음에 대한 충동이 생기겠지. 스스로 삶을 포기하는 사람들도 많이 있잖아. 사람들은 외부의 자극에 너무 시달리다 보면 조용하고 편안한 상태를 바라게 되겠지. 아무에게도 간섭받고 싶지 않은 자유, 그런 상태가 더 지속되면 외부의 자극에 전혀 반응하고 싶지 않은 죽음으로 가는 것이지. 그렇지만 받아들이기가 쉽지는 않겠지."

"프로이트의 견해를 받아들이기가 버겁네. 과연 그럴까?"

"전적으로 프로이트의 견해를 받아들이기가 어렵지만 죽음까지 원하는 것은 아니더라도 삶을 놓아버리고 싶은 충동, 외부의 자극으로부터 자유로워지고 싶은 욕망은 확실히 있겠지.

그런데 죽음에 대한 스피노자의 견해는 좀 달라. 왜냐하면 근본적인 인간의 욕망은 자기보존의 욕망이기 때문에 자기 파괴의 욕망은 자신 내부의 원인이 아니라 외부적 충격에 의해서만 일어난다고 했어. 그러면서 예를 들어 자살하는 사람은 마음이 무력하며 자기의 본성과 모순되는 외적인 원인에 전적으로 정복당한 사람이라고.

어찌되었든 스피노자는 현실적으로 이러한 욕구의 충동은 상대와의 관계에서 생겨나는데, 어떤 것들과 만나느냐에 따라 서로에게 이익이 될 수도 있고, 해악이 될 수도 있다고 하며, 이익이 되는 관계는 결합에 해당하고, 해악이 되는 관계는 해체라고 했지. 그러면서 그 예로 '즐거운 음악은 기쁜 자에게는 좋은 것이고, 장례식장에서는 나쁜 것이며, 귀머거리에게는 좋지도 나쁘지도 않은 것이다. 따라서 이 세상에는 그 자체로 선한 것도, 악한 것도 없다. 다만 선악은 관계에 의해서만 가려질 뿐이다. 관계가 결합이라면 그것은 그에게 선이며, 관계가 해체라면 그것은 그에게 악이다.'라고 했지.

통념상 우리는 언제부터인가 선과 악의 기준은 이미 정해져 있는 것으로 알고 있잖아. 그런데 스피노자는 그런 일반적인 통념을 깡그리 뒤엎어버린 것이지. 정말 깊은 사유가 아니라면 발견해내기 어려운 일이잖아. 어쨌든 스피노자는 인간의 욕망은 삶을 유지시키는 힘으로 삶의 본질이라고 했어."

"안 박사, 욕망에 관해서는 잘 들었고, 감정에 대해 구체적으로 듣고 싶네."

"감정은 신체의 변화인 동시에 그 변화에 대한 느낌이라고 했어. 그러면서 이런 감정에는 크게 기쁨과 슬픔이 있는데, 기쁨에는 사랑, 환희, 자존감 고양 등이 있으며, 슬픔에는 증오, 분노, 질투, 시기, 공포, 불안, 비루함, 열등감, 자기멸시 등이 포함된다고 했지.

그럼 기쁨이라는 감정에 대해 먼저 풀어보자고. 기쁨의 감정 중에 가장 중요한 부분을 차지하는 것은 누가 뭐래도 사랑이겠지. 사랑은 통상적으로 말하는 이성 간의 열정적인 사랑 에로스(eros), 친구들의 굳건한 동지애로서의 사랑인 필로스(philos), 그리고 신적 사랑인 아가페(agape)를 모두 포함하는 것이지. 에로스와 필로스에 관해서는 설명을 하지 않아도 알 것이고, 아카페에 관해서는 스피노자의 생각은 좀 달랐어. 통상적으로 아가페가 신이 주는 내리사랑이라고 느끼는 것에 반해 그는 신을 존경하는 치사랑을 했지. 그런데 여기서 스피노자가 말하는 신은 하나님이 아니라, 대자연을 뜻하는 것이야. 그래서 아가페는 자연을 향한 인식의 기쁨이며, 그것을 찬양하는 것이었지. 황 선생! 사랑에 대해 얘기를 들으니 가슴이 두근거리지 않아?"

"처음 사랑을 느꼈던 때와는 달리 두근거림이 약하지만 아내를 처음 만났을 때 생각이 들긴 하지. 그때를 생각해 보면 사랑이란 미지에 대한 호기심, 궁금증 같은 게 있는 것 같아. 뭔가 상대방에게 대해 모르는 것을 간절하게 알고 싶은 생각. 아내와 몇십 년을 살다보니 지금은 그런 호기심도 궁금증도 없지만…."

"이 나이에 처음 만났을 때 같은 감정이 어디 있겠어. 모두가 다 그렇게 살아가는 거지. 어쨌든 황 선생이 태어나 처음 느껴봤던 것처럼 사랑이란 감정은 알 수 없는 흥분이며, 상대에 대한 무한한 호기심이야. 스피노자는 '사랑이란 외부의 대상이 주는 느낌과 함께 일어나는 기쁨'이라고 했어. 자기 자신 속에서 일어나는 사랑, 즉 자신의 삶을 영위해 가려는 힘을 코나투스라고 할 때, 그런 코나투스를 가장 빛나게 하는 기쁨의 근원이 사랑이라는 거야. 왜냐하면 그 사랑의 대상이 사랑하는 이에게 만큼은 특별하기 때문이겠지.

황 선생, 아내를 처음 만났을 때를 다시 떠올려 봐. 아내를 처음 본 순간 반해버렸었는지, 아내의 어디가 사랑스러웠는지…. 예를 들어 눈웃음이 특별히 예쁘고 사랑스러웠다면, 황 선생 스스로가 아내를 본 순간 그렇게 결론을 내린 거라는 것이야. 사람들은 새로운 대상을 만났을 때 보고 싶은 것만 보고, 그 내용을 기억에 저장했다가 필요할 때 끄집어내게 되어 있어. 다시 아내를 생각해 봐. 첫 만남 이후 집에 와서 무엇이 떠올랐는지…. 모르긴 해도 황 선생은 잠자리에 누워 있으면서 아내의 예쁘고 사랑스러운 눈웃음을 떠올렸을 거야. 그런 것처럼 사람들은 처음 본 대상에 대해 그렇게 스스로 결론을 짓고 그것을 기억에 저장한다는 것이지. 그리고 그 기억을 떠올릴 때마다 기쁨의 감정이 솟아나 결국 그 대상의 포로가 되고 마는 것이고. 그런데 황 선생도 아내를 만나면서 좋은 일만 있었던 것은 아닐 테고, 가끔 힘든 때도 있었을 거야. 아내가 이런저런 이유로 만나주지 않았다면 별의 별 생각이 다 들었을 거야. 혹시 내가 싫은 것일까? 다른 남자를 만나고 있는 것은 아닐까? 어디가 아픈 걸까?… 등 밉기도 하고, 분노하기도 하고, 안쓰럽기도 하고, 하룻밤 사이에도 수척해질 정도로 고민했을 거야. 그래서 사랑은 모든 감정의 어머니라고 부를 만큼 마음의 동요를 일으키게 되지. 황 선생이 밤을 꼬박 새우며 고민하다 마지막까지 남은 감정이 미움, 분노, 열등감 같은 슬픔이었다면 많이 힘들었을 거야. 그 슬픔이 황 선생 스스로를 파괴해버리는 요인이 되었을 테니까."

"아이구야. 어떻게 내 마음 속을 들여다보고 있지? 사실 그랬거든. 어느 날인가부터 우리 사이는 서먹했었지. 그러나 나는 그 사연을 알 수가 없어 애를 태우며 어떻게 해서든지 그 이유를 알고 싶어 했고, 이해하려고 노력했지. 그러다가도 불현 듯 아내가 밉기도 하고, 인연이 아닌가보다 생각하며 만남을 포기하려고도 했지만 끝내 잊을 수가 없었어. 그래서 나는 아내와의 만남이 우연일까? 필연일까? 아내는 나에게 어떤 의미가 있을까? 별의 별 생각을 하다가 결국 몸살이 났었지."

"그랬었구먼. 사랑하는 이와의 관계가 순탄한 경우도 있겠지만 대부분 사람들은 자네와 같이 괴롭고 힘든 시간을 보내면서 사랑을 키워나간다고 하잖아. 황 선생이 만남을 우연인지 필연인지 생각해 보았다니 한 번 짚고 넘어가보세.

황 선생, 아내가 만나주지 않을 땐 괴로웠지만, 이후 다시 만났을 때 어땠어? 좋았을 거 아냐. 그리고 그때는 아내가 말하는 한 마디 한 마디가 관심의 대상이 되고 기쁨이었겠지. 반대로 아내는 황 선생의 한 마디 말에 의미를 부여하고 그 뜻을 찾아내려 애쓰며 기쁨을 누렸겠지. 사랑이란 그런 식으로 상대방에 대한 호기심을 찾아가는 탐험이라고 해도 될 거야. 그러면서 황 선생은 아내와의 만남이 필연이라고 생각하게 되었을 것이고, 아내의 삶이 황 선생에게 커다란 의미로 다가왔겠지. 마치 황 선생이 걸어온 길과 아내가 걷던 길이 처음에는 달랐지만, 두 길이 이제 만나게 된 것이라고 생각하면서…. 이런 것을 보고 스피노자는 '우연이란 단지 우리가 그 원인과 인과관계의 흐름을 아직 다 파악하지 못한 필연에 붙이는 감탄사다'라고 했어. 그러면서 '만남은 지금껏 의미 없던 하나의 거대한 축에 숨겨진 의미를 발견해낼 기회이며, 사랑이란 그 동안 밝혀지지 않았던 상대의 삶이 지닌 의미를 되짚어 따라가 보는 과정이고, 상대방에 대한 이해다.'라고 했지.

하지만 반대로 아내가 계속해서 만나주지 않고 다른 남자를 만났다면 어떤 상태가 되었을까? 아마도 황 선생은 분노에 휩싸여 마음이 많이 아프고 괴로웠겠지. 더군다나 계속해서 잊을 수가 없었다면 더욱 더 밉기도 하고, 열등감도 생기고, 자기멸시의 감정도 생기고, 질투심도 생겨났겠지. 그러면서 아내의 나쁜 점만 찾으려 했을 거야. 그래야 잊을 수 있을 테니까. 이렇듯 슬픈 감정들은 자존감을 생매장시키는 나쁜 감정이지.

스피노자는 이런 슬픈 감정에 대해 이렇게 말했어. '삶의 의욕을 저하시키고 활동력을 떨어뜨리고, 우리를 보다 작은 충만함으로 이끄는 감정이 바로 슬픔이다.'라고.

또 삶의 과정에서 생겨나는 슬픈 감정을 미움, 열등감, 자기멸시, 질투심 등으로 다양하게 구분하며 이런 감정을 만들어내는 밑바닥에는 경쟁심, 경외심, 경멸의 감정이 있다고 했지. 그리고 우리의 인간관계는 이 세 가지 감정의 틀 속에서 왕복운동을 하고 있다고 해도 과언이 아니라 했어. 왜냐하면 사람들은 흔히 자기를 남과 비교해서 바라보는 경향이 있거든. 그래서 비교는 질투의 근원이 되고, 질투는 경쟁심과 경외심, 경멸을 움직이는 원인이 되는 것이지."

　"어떻게?"

　"가만히 지난날들을 떠올려봐. 회사생활을 하면서 상위 직급으로 올라가기 위해 동료들과 경쟁했던 때 말이야. 자네보다 훨씬 능력이 뛰어난 사람은 당연히 승진할 것이라고 생각하며 경외심을 가졌을 것이고, 자네와 비슷한 처지의 사람과는 경쟁심을 느껴 열심히 하다가 상대방이 승진했다면 질투심을 가졌을 것이며, 자네보다 못하다고 생각되는 사람은 아예 경쟁의 대상으로 생각지 않고 그가 승진에서 떨어질 것은 당연하다며 자신도 모르게 멸시의 감정을 가졌을 거 아니냐고. 그게 무슨 뜻이냐 하면, 사람들은 스스로 상대방을 평가하는 어떤 기준을 만들어 상대방을 규정해버리는 경향이 있다는 거야. 예를 들어 자네가 경제적인 부가 삶의 기준이 된다고 했다면, 모든 조건은 다 제쳐놓고 재력이 많은 사람에게는 경외감을, 재력이 없이 빈곤한 사람에게는 멸시의 감정을 갖게 된다는 의미지. 그렇다면 이렇게 상대방을 규정짓는 것은 무엇일까?"

"글쎄…?"

"그건 교만이라고 해야겠지. 이 오만한 감정은 삶에 있어서 아주 묘한 위치를 차지하고 있는데, 이런 교만에 대해 스피노자는 이렇게 말했지.

'교만은 인간이 자기 자신에 대해 정당한 것 이상으로 느끼는 데서 생겨나는 기쁨이다'라고 하며, 교만에 빠지기 쉬운 성향의 사람들은 '모든 것을 안다고 생각하면서 모든 사안을 자기 마음에 드는 방향으로 가져가고 싶어 한다'라고 했지.

생각해보면, 교만이란 감정은 멸시와 기쁨을 동시에 가지고 있는, 선도 아니고 악도 아닌 기쁨과 슬픔의 경계선상에 있는 묘한 감정이라고 해야 할 것 같아."

"그렇기는 하네. 상황에 따라 변하는 카멜레온 같이. 그런데 안 박사. 정당한 것 이상이라는 것은 어떤 기준을 두고 누가 결정하지?"

"아주 좋은 질문이야. 정당성을 결정짓는 것은 상황에 처한 당사자인데, 과연 스스로가 '나는 교만해'라고 할까? 그렇지 않겠지. 인간은 자신의 행동이 늘 정당하다고 생각하기 마련이거든. 그래서 교만은 신조차도 결정해 줄 수 없는 본인의 문제인 거야. 그런데 스스로가 교만한지 아닌지는 언제 알 수 있느냐 하면, 그것은 본인이 타인에 대해 평가를 할 때 알 수 있지. 방금 얘기했듯이 교만에 대한 평가는 당사자인 본인만이 내릴 수 있는 것이니까 개입하는 순간 그것은 교만이 되고, 타인을 이해하려고 할 때는 정당한 것이 되지. 예를 들어 회사에서 별로 두각을 나타내지 못한 사람이 어느 날, 좋은 성과를 냈다고 가정해 보자고. 그걸 보고 '그 친구 운이 좋았어. 제법이야.'라고 말을 했다면 그것은 교만한 마음에서 나온 빈정거림이고, 질투의 표현이며, 자신의 무지를 드러내는 것이지. 반면에 그 사람의 성과를 보면서 '나는 왜 그렇게 못할까? 나는 이것 밖에 안 되는 사람이야'라고 한다면 그것은 자기비하이고 자기멸시지. 그래서 스피노자는 이렇게 말했어. '자기 멸시는 외부의 슬픔 때문에 자기에 대하여 정당한 것 이하로 느끼는 슬픔이다.'라고.

이런 자기멸시는 열등감과 같은 표현인데, 이런 경향이 짙어지면 슬픈 감정은 더욱 커지게 되겠지. 스피노자는 교만과 자기 멸시에 빠진 인간들에게 이렇게 경고했어.

'가장 치명적 감정인 교만과 자기 멸시는 자신에 대한 가장 무서운 무지다.'라고.

나도 나를 자세히 모르는데 타인을 어찌 안다고 규정할 수 있겠어. 안다고 하면 교만인 것이고, 자기 멸시를 하는 것은 자신의 잠재력을 무시하는 처사지. 그렇기 때문에 교만이나 멸시는 자신에 대한 스스로의 무지를 고백하는 것이나 다름없다는 것이지."

"안 박사 그럼, 교만이나 자기멸시 같은 감정은 어떻게 씻어낼 수 있을까?"

"스피노자는 이렇게 말했어. '깊은 슬픔에 빠진 사람은 자신의 신체적 활동력뿐 아니라 사유능력까지 그에 따라 감소하게 된다.'라고.

이는 슬픔이란 감정은 우리의 생각을 마비시키고 올바른 해결책을 찾으려 하지 않고 현재의 상황에서 벗어나려고만 한다는 것이야. 즉 이를 해결할 수 있는 원인은 찾으려 하지 않고 타인에게나 자기 자신에게 책임을 떠넘기려는 성향이 짙다는 거야. 그게 무엇이냐 하면 타인에 대해 원망 또는 복수심을 가지거나, 자기에 대해서는 양심의 가책을 갖는다는 것이지.

그래서 스피노자는 복수심에 관해서 '인간이란 친절에 보답하기보다는 오히려 복수에 길들여져 있다'고 했고, 양심의 가책에 관해서는 '후회는 덕이 아니다. 슬픔을 더하는 비참함일 뿐'이라고 했지.

그런데 사실 따지고 보면, 양심의 가책이란 자신을 향한 복수심으로 자신의 잘못됨에 대해 자책하는 것인데, 이는 가책을 느낌으로서 약간이나마 스스로에게 너는 그렇게 나쁜 사람이 아니야라고 위로를 보내주는 것이라 봐야겠지."

"거참 알 듯 모를 듯하네. 양심의 가책이 자신을 향한 복수심이며 자신에게 위로를 보내주는 것이라…."

"황 선생. 그래서 독일의 철학자 니체는 양심의 가책에 대해 '누군가가 사람들의 고통에 대해 책임을 져야만 한다. 고통 받는 자는 자신의 고통에 맞서 스스로에게 복수의 꿀을 처방한다'고 했어. 이 말은 양심의 가책은 타인을 공격하는 것을 스스로 용납할 수 없을 때 자신에게 복수하려는 무의식적인 원한이며, 파괴 본능이라는 것이지."

"안 박사. 그런데 인간은 슬픔의 감정을 가졌을 때, 계속 그 감정에만 빠져 있을 수 없잖아. 그렇지 않은가?"

"그렇지. 스피노자는 그런 슬픈 감정에서 빠져나오게 하는 것이 바로 원인과 인과관계를 따져 해결하려는 이성(理性)이라고 했어. 즉 이성이 자신을 감정의 족쇄로부터 해방시키는 자유라는 것이지."

"뭔가 이상한데? 앞서서 스피노자가 한 말을 상기해 보면 분명 '인간은 자유의지가 없고, 욕망이 하라는 대로 행동한다'고 한 것 같은데?"

"맞아. 잘 이해하고 있네. 그런데 그 자유의지란 것이 결국은 욕망이라는 것일세. 예를 한 번 들어볼까? 자네가 길을 가다가 물에 빠진 어린 아이를 보았어. 어떻게 해야 할까. 자네는 순간 구할 것이냐 말 것이냐의 두 가지를 생각했겠지. 구하자니 쉽지 않을 것 같고, 그냥 지나치자니 비겁한 것 같고. 갈등이 생겼을 거야. 그러다가 용감하게 물로 뛰어들어 아이를 구했어. 이를 본

많은 사람들은 박수를 치며 자네의 행동이 더 없이 훌륭하다고, 의인이 나타났다고 칭찬했겠지. 여기서 자네의 행동에 대해 생각해 보자고. 자네에게 누가 아이를 구하라고 했어? 아니면 자네 스스로 한 것이야?"

"그야 스스로 결정한 것이지."

"그래. 자네의 자유의지에 따라 한 것이겠지?"

"당연하지. 내 자유의지지."

"그럼, 그 자유의지를 뭐라 해야 할까? 그건 바로 자네의 욕망이잖아. 자네는 구할 것이냐, 말 것이냐의 두 가지 욕망이 갈등을 빚다가 더 강한 욕망, 즉 구하는 쪽으로 결정을 한 거야. 그러니까 자유의지라는 것도 따지고 보면 의지가 아닌 본성, 무의식에 잠재되어 있는 본성에서부터 우러나오는 욕망이라는 것이지.

그럼 반대로 생각해 볼까? 만약 스스로 결정을 하지 않고 주변 사람들의 강요에 의해서 어쩔 수 없이 물에 뛰어들어 아이를 구했다면, 그것은 자신의 자유의지와는 상관이 없겠지? 그래서 진정한 자유란 타인이나 외부의 압력에 의해서가 아니라 자신이 내부적 본성으로부터 스스로 넘쳐나는 욕망에 따라 행동할 때만 있는 것이지. 다시 말하면 자유란 자유로운 의지에 의한 선택이 아니라, 자신으로부터 생겨난 욕망이 바라는 바를 성취하는 것이라고 해야겠지."

"근데 내가 수영을 못한다면?"

"그럴 수도 있지. 그렇다면 자네는 그렇게 능동적인 결정을 하지 못했겠지. 안타깝게도…. 그리고 위급한 상황에서 아이를 구할 수 있도록 수영을 배워야겠다는 생각을 가질 수도 있겠지. 그러니까 자신의 더 큰 욕망을 달성하려면 능력을 갖추어야 된다는 것이야. 욕망만 있고 능력이 없다면 자유롭게 그런 행동을 결정할 수가 없을 뿐만 아니라, 기쁨의 순간을 맛 볼 수도 없겠지. 즉 자유란 기쁨을 느끼는 그 순간으로, 공간의 크기가 자유의 크기를 결정해주는 것이 아니라, 기쁨의 크기가 얼마나 자유로운가를 말해주는 것이야.

세계 2차 대전 당시 독일의 아우슈비츠수용소에서 살아나온 유대인 한 사람이 이런 말을 한 적이 있었지. '내가 그 수용소에서 살아나올 수 있었던 것은 순전히 내 스스로를 통제할 수 있는 자유 때문이었다.'라고."

"안 박사, 수용소에 있는 사람이 어떻게 자유를 누렸다는 거야? 말도 안 되는 소리지."

"그렇지. 일반적인 통념으로는 자유가 없다고 해야지. 그런데 그 사람은 남들이 자유가 없다는 그 속에서도 자유를 느낀 거야. 어떻게 느꼈느냐 하면, '내가 이곳에서 살아나가기 위해서는 내 스스로 이곳 생활에 적응해야 한다. 그러려면 조급함을 버리고 체력을 길러야 한다. 불려 나가서 돌아오지 못한 사람들은 모두 건강상태가 나쁜 사람들이다. 그러니 독일 병사들이 나를 얕보지 못하도록 체력을 길러야 한다. 그렇게 스스로 다짐하고 실천했더니 결국 전쟁이 끝날 때까지 불려나가지 않았고, 그곳에서 풀려나 기쁨을 맛보게 되었다'고 했어. 이게 바로 진정한 자유인 것이지. 정신적 자유 말이야.

그래서 스피노자는 '진정한 자유란 내적으로 기쁨을 느끼는 순간이다'라고 했어.

유대인이 아우슈비츠수용소에서 살아나올 수 있었던 것은 죽음이 드리워진 공포의 수용소에서도 안에서 일어나는 각종 사건들을 면밀하게 파헤쳐 원인을 분석하고 상황을 반전시킬 새로운 욕망, 즉 삶에 대한 의욕을 버리지 않고, 느긋하게 생각하고 체력을 기르는 일을 능동적으로 실천했기 때문이지. 육체적 구속은 있었지만 정신적 자유를 누리고 있었던 거야."

"안 박사! 이성에 대해 얘기하는 것 같더니, 자유를 얘기하니까 도무지 이해가 되지 않네."

"아, 그런가? 자유에 대해 얘기하는 것은 그런 자유를 느낄 수 있도록 만들어주는 것이 이성이기 때문에 한 것이지. 그래서 스피노자는 이성을 '삶의 빛'이라고 표현했어."

"이성이라고 하면 옳고 그름을 판단하는 능력이라고 알고 있는데, 정확히 이성(理性)은 뭐야?"

"황 선생, 이성을 설명하기 전에 복잡한 머리를 식히기 위해 글렌로이(Glen Roy)라는 국립자연보호구역에서 있었던 얘기 하나 하지.

이곳은 영국의 북부 스코틀랜드 지방에 있는 지역인데, 빙하기에 형성된 지형으로 지질학적으로 매우 중요한 곳이야. 내가 몇 해 전 가을에 그곳을 가보니까 끝없이 펼쳐진 구릉과 언덕으로 이루어진 U자형의 아주 넓은 계곡이 온통 붉은 색을 띠고 있어 장관이더라고. 그런 초원에서 양떼들이 자유롭게 풀을 뜯고 있는 광경은 그야말로 자유로움과 평화 그 자체였지. 그런데 그 옛날 그곳에서 양들에게 좋지 않은 일이 벌어졌어. 어디선가 늑대가 한 마리 나타난 거야. 양들은 깜짝 놀라 자신들의 은거지인 바위 밑에 있는 굴을 향해 도망갔지. 그런데 맨 뒤에서 오던 어린 양 한 마리가 안타깝게도 늑대에게 잡혀 먹혔어. 그를 본 양들은 공포에 떨며 분노에 휩싸였지만 늑대를 물리칠 뾰족한 수가 없었지. 그렇다고 굶을 수도 없는 터라 다음 날도 위험을 무릅쓰고 또 풀밭으로 나가 풀을 뜯어 먹었어. 그런데 저녁 무렵이 되자 또 늑대가 나타나서 양 한 마리를 물고 간 거야. 그렇게 양들이 공포에 휩싸여 희생을 치르며 며칠을 지내던 어느 날, 어디서 왔는지 알 수 없는 양치기 사냥개 한 마리가 나타났어. 그 개는 양들이 풀을 뜯을 때 같이 나가 늑대가 나타나는가를 감시했어. 그런데 늑대가 정말 나타난 거야. 이를 본 개는 곧바로 양들을 바위 밑 은거지로 안전하게 몰아넣고 그 바위에 걸터앉아 늑대를 감시했지. 늑대는 양이 나오기를 기다리며 기회를 노렸지만 사냥개 때문에 허탕치고 돌아갔어. 다음 날도, 또 그 다음 날도…. 그러자 이를 보고 있던 양들은 사냥개에게 고마움을 느끼며 이제야 양답게 살 수 있다고 기뻐서 소리쳤지. 이게 무슨 얘기냐 하면, 수많은 양들은 인간의 다양한 욕망을, 슬픔과 기쁨은 감정을, 양치기 사냥개는 이성에 비유한 것이야.

스피노자는 이성에 대해 이렇게 얘기했어. '인간은 태어날 때 영혼 속에 이성은 거의 찾아볼 수 없다'고. 그래서 어린 아기는 자유롭지 못한 존재라고. 단지 생리적 욕구에 따라 배고프면 울고, 기저귀가 젖으면 보채고, 누군가 먹을 것을 주거나 기저귀를 갈아주면 좋고, 그렇게 해주지 않으면 슬픔에 빠질 뿐이어서 자유가 없다고. 그러나 인간은 무지의 상태로 태어나 자라면서 여러 경험을 거쳐 서서히 이성을 일깨우게 되고, 그것이 크게 자라나 자신의 행동을 능동적으로 관리할 수 있게 되면서 기쁨과 자유를 누린다는 것이지.

그래서 스피노자는 '자유는 욕망을 실현시키는 것이며, 욕망을 실현시키기 위해서는 역량이 필요하고, 능동적으로 그 역량을 발휘해 욕망을 실현시킬 때 기쁨을 누릴 수 있는 것이다'라고 했지.

여기서 역량 중에 제일 큰 역량이 이성이라는 것이야. 일반적으로 사람들은 '이성이 욕망을 억제한다'고만 생각하는데, 스피노자는 그런 생각은 '이성은 옳고 고결하고, 욕망은 더럽고 나쁘다는 이분법으로 보는 잘못된 생각'이라며, 욕망은 인간의 본질이고 이성도 욕망을 억제하기만 하는 것이 아니라 새로운 욕망을 창조한다고 했지. 마치 늑대로 인해 개체수가 줄어가던 양들이 양치기 개의 보호 속에 점점 새끼를 치면서 무리가 커져가듯이. 이때 새로 태어난 새끼 양들은 바로 새로 창조된 욕망인 것이지.

이쯤에서 어느 회사원이 겪었던 사례 하나 더 얘기해 볼까?

A회사에 대리로 근무하던 B씨가 있었어. 그는 결혼을 한지 얼마 되지 않은 새신랑으로 재미있는 나날을 보내고 있었지. 어느 날 아침 B씨는 맛있는 아침밥을 먹고 아내에게 잘 다녀오겠노라 인사를 한 후 즐거운 마음으로 회사로 출근했는데, 사무실에 들어서자마자 느닷없이 상사인 과장이 잔뜩 화가 난 상태로 전날 올렸던 결재서류를 들고 와서 '이 따위로 밖에 못해'라 소리치며 B씨에게 내던지고는 자기 자리로 가버리는 거야. B씨는 즐거웠던 기분이 싹 사라지며 과장에 대한 분노가 치솟았지. 그렇지만 B씨는 사랑스런 아내를 떠올리며 결재서류를 주워들고 책상에 앉았어. 일은 손에 잡히지 않고 힘없는 자신의 처지가 한심하다는 생각이 들었지. 그러고 있는데 우연히 과장이 어딘가로 통화하는 소리가 들렸어. '뭐라고? 3개월 밖에 살 수 없다고?' 순간 B씨는 귀를 쫑긋 세우고 이어지는 전화 통화 내역에 집중해 보니, 과장 부인이 암으로 3개월 밖에 생존할 수 없다는 거였어. 순간 B씨는 분노가 사라지고 과장이 자기에게 화를 냈던 이유를 알게 되었지. 그래서 B씨는 쉬는 시간도 반납하며 결재서류를

재검토하고 수정하여 과장이 일찍 퇴근하도록 했고, 스스로 잘했다는 생각이 들어 기뻐했지.

여기서 이 상황을 살펴보자고…. B씨는 과장에게 꾸지람을 들었을 때 분노하고 자괴감이 들어 슬퍼했는데, 그게 바로 외부의 자극에 슬픔의 감정을 느낀 것이지. 그런데 우연히 과장의 전화통화 소리를 듣고는 과장이 자기에게 화를 낸 원인이 무엇인가를 깨달았어. 외부의 자극에 대한 인과관계, 즉 원인을 파악하게 된 것이지. 그 다음 B씨의 행동은 과장에게 도움이 되려고 시간도 아껴가면서 주어진 일을 열심히 했어. 그것이 바로 새로운 욕망을 창조한 것이야. 다시 말하면 외부의 자극에 수동적으로 움직였던 B씨의 감정이 과장의 전화내용을 들으면서 이성이 작동해 일을 잘 해야겠다는 능동적 자유의지로 바뀌고, 기쁨의 감정으로 변한 것이지.

스피노자는 이런 상황과 관련하여 이렇게 말했어. '수동적 정념(정서, 감정)이 이성의 인식에 의해 능동으로 변한다면 그것은 더 이상 정념이 아니다. 오직 정서(감정, 정념)나 속견(혼란된 생각)에만 인도되는 인간과 이성에 인도되는 인간의 사이에 어떤 차이가 있는지 쉽게 알 수 있을 것이다. 왜냐하면 전자는 자신이 원하든 원하지 않던 자신이 전혀 모르는 것을 행하지만, 후자는 자기 이외의 어떤 사람에게도 따르지 않고 그가 가장 중대하다고 아는 것, 자기가 가장 욕구하는 것만을 행하기 때문이다. 그러므로 전자를 노예라고 하고, 후자를 자유인이라고 부른다'라고.

이 말을 자세히 들여다보면, 자신의 행동과 상황을 인식했느냐 못했느냐에 따라 노예가 되느냐 자유인(주인)이 되느냐가 판가름 된다는 것이지. 다른 말로 바꾸어 보면 정념은 당신을 예속시키는 것이고, 이성은 당신을 자유롭게 한다는 것이야."

"안 박사, 자기 스스로 노예가 되지 않으려면 감정에 휩싸이지 말고, 이성으로 상황을 잘 파악하여 원인을 찾아내서 그에 합당한 행동을 하라. 그래야 자기감정의 주인이 된다는 말이네."

"그렇지. 스피노자는 사람들은 대부분 외부에서 가해지는 상황을 감정적으로 받아들여 슬퍼하고 미워하고 분노하기 마련인데, 이런 감정들이 삶을 무력하게 만드는 것이다. 늑대의 잔인한 행동이 두려워 똑바로 쳐다보지도 못하고 겁에 질려 있는 양들처럼. 스피노자는 이런 상황에 머물지 말고 용기를 내어 이런 결과가 오게 된 원인을 들여다보라고 했어. 그게 바로 이성의 힘이며, 인식의 즐거움이라고.

다시 정리해 보면, 이성이란 발생된 상황의 근본원인을 알아내고, 그에 합당한 새로운 대처방법을 만들어가는 거야. 즉 원인에 대한 앎과 스스로 새로운 원인이 되어 자유의지대로 참여함으로써 수동적이었던 자신을 능동적으로 변하게 한다는 것이지."

"설명은 잘 들었지만 아직은 아리송해. 짧은 시간에 영혼에 관해 모두를 이해한다는 것은 쉽지 않은 일인 것 같아. 듣고 보니까 살아가는데 있어서 이성이란 놈이 제일 중요한 것 같네."

"그래서 스피노자는 '이성에 의해 인도되지 못하고 혼란한 사람은 자기 자신과 사물(타인을 포함한 자신 이외의 것들)과 신에 대해 거의 인식하지 못한 채 방황하는 삶을 살아갈 수밖에 없다'고 했지."

"그건 또 뭔 얘기야?"

"그러니까 지금부터는 자기 자신과 사물, 그리고 신에 대해 작용하는 이성의 역량에 대해 하나씩 살펴보자고.

첫째로 자기 자신에 관한 인식이 어떤 것인지 풀어볼까? 누가 뭐라 해도 나 자신이 제일 중요한 문제이니까. 나 자신을 알기 위해서는 내면을 깊숙이 들여다봐야 하겠지. 그러나 자신을 성찰한다는 문제는 보통 사람으로서는 쉽지 않은 일이지. 그래서 독일의 철학자 니체(Friedrich Nietzsche; 1844-1900)가 들여다본 영혼의 문제를 예로 들어 설명하려고 해. 그것은 결국 우리의 이야기니까. 사람들은 통상적으로 자기 자신에 대해서는 자기가 제일 잘 알고 있다고 말해. 그런데 정말 잘 알고 있을까? 알고 있다고 착각하는 것은 아닐까?

철학자 니체는, '영혼의 세계는 자기의 내면으로 더없이 뛰어들고, 그 속에서 방황하며 배회할 만큼 더없이 포괄적인 공간이다'라고 표현했지.

과연 영혼의 세계가 얼마나 넓은 공간인지 들어가 보자고. 니체는 자신을 성찰하는데 가장 중요한 것은 자신의 감정이 어떻게 움직이는가를 알아보는 것이라며, 그 핵심은 자존심과 자존감이라는 감정이라 했어. 여기서 자존심이란 열등감이나 모멸감을 표출하는 것인 반면, 자존감은 자기 스스로를 존중하는 감정으로 스스로 넉넉하고 만족스럽게 여기는 태도라고 했지. 즉 남이 보는 기준이 아니라 자기 자신만의 기준을 믿고 그 신념에 따라 행동하는 태도라는 것이야.

바꿔 말하면 자존심이 강한 사람은 남이 보는 기준에 휩쓸려 자기 자신을 찾지 못하는 사람이고, 자존감이 강한 사람은 남의 시선이야 어떻든 자기가 생각하는 기준을 믿고 행동하는 사람이라는 것이지. 그러니까 자존심이 강한 사람은 남의 평가에 대해 예민하게 반응을 하는 사람으로 내면 바닥에 열등감이 깔려있는 사람이고, 자존감이 강한 사람은 남의 평가에 신경 쓰지 않고 자기 신념에 따르는 사람이지. 그래서 자존심을 내세우는 사람은 명예나 돈, 권력 등으로 자신을 나타내려는 경향이 강하고, 자존감이 강한 사람은 그런 허울에 신경 쓰지 않고 자기에게 만족하는 사람인 것이야.

이런 니체의 생각, 즉 자존심과 자존감은 그가 강조한 강자와 약자라는 개념과도 맞닿아 있어. 그는 대인관계에 있어 나타나는 심리상태를 연구하였는데, 약자의 경우는 강자를 만났을 때 대체로 상대를 원한과 복수심으로 대하는 경향을 보이는데, 그 이유는 마음속에 부러움이 깔려 있기 때문이며, 그 부러움이 실현되지 못할 때 상대를 끌어내리려는 심리가 그렇게 나타난다는 것이라고 했어. 반면에 강자는 누구를 대하든 상대의 반응에 신경 쓰지 않고 편안한 상태로 대한다는 거야. 하지만 약자가 느끼는 감정은 좀처럼 그에게 다가서지 못하는 그 어떤 거리감이나 벽이 느껴지는데, 니체는 이런 감정을 거리의 토파스(topas)라고 이름 붙였지. 어쨌든 이를 정리하면 자존심이 강한 사람은 약자이고, 자존감이 강한 사람은 강자라는 것이지.

이런 생각은 심리학자 에리히 프롬(Erich Fromm; 1900-1980)의 생각과도 맞닿아 있어. 에리히 프롬은 『소유냐 존재냐』란 책을 저술한 사람인데, 그는 이 책에서 인간의 생존 양식을 재산, 지식, 사회적 지위, 권력 등의 소유에 전념하는 '소유양식'과 자기 능력을 능동적으로 발휘하며 삶의 희열을 확신하는 '존재양식'의 두 가지로 구분하여 설명했지. 그러면서 현대사회가 더 많이 소유하는 사람이 유능한 인간으로 인정받기 때문에 노력을 하지만, 실은 그 소유가 행복을 보장하는 것이 아니고 불행을 초래하는 경우가 많다며, 소유에 집착하지 말고 자존감으로 삶을 긍정적으로 바라보고 타자와 나누며 살아가는 '존재양식'이 필요하다고 강조했지. 이는 곧 소유양식의 삶을 살아가는 사람은 사회적 자아가 강한 사람으로 타인의 눈을 의식하는 자존심이 강한 사람이고, 존재양식의 삶을 살아가는 사람은 진정한 자아가 강한 사람으로 자기만족을 할 줄 아는 강한 사람이라는 의미야. 다시 말하면, 남들의 기준에 따라 사는 삶은 소유의 삶이고, 자기 자신의 기준을 믿고 자족하며 사는 사람은 존재의 삶을 사는 사람이라는 얘기지."

"잠깐만. 너무 심오한 설명을 듣다 보니 어려워. 그러니까 자존심이 강한 사람은 약자라는 것이고, 반대로 자존감이 강한 사람은 강자라는 것이지? 그리고 에리히 프롬이 주장하는 소유의 삶을 사는 사람은 자존심이 강한 사람이고, 존재의 삶을 살아가는 사람은 자존감이 강한 사람이라는 것이지?"

"맞아. 이장님도 아시겠죠?"

"그려. 대충은 이해하고 있수. 이제까지 살면서 이렇게 정신 아니 마음이란 것에 대해 자세하게 생각해본 적이 없어서 그런지 뭔가 헛살았다는 생각이 들어 씁쓸하구먼."

"안 박사, 그럼 자존감을 높이려면 어떻게 해야 할까?"

"황 선생, 그거 좋은 질문일세. 그것은 자신이 가장 잘 할 수 있는 일을 지속적으로 해냄으로써 스스로 자신감을 얻는 것에서 시작되겠지. 그런데 현실은 자기가 좋아하는 일을 할 수 있도록 놔두지는 않잖아. 그렇다보니 좋아하는 일보다도 당장 생계에 도움이 되는 일을 하게 되지. 우리 대학에서 금년도 2월에 졸업하는 학생들의 취업률을 보니까 통계를 내기가 참담할 정도야. 손가락으로 꼽을 정도니까. 그러다보니 자신이 좋아하거나 잘 할 수 있는 분야의 회사에 취업하는 것은 고사하고 어떤 회사든 들어가기만 해도 횡재했다고 해. 참으로 안타깝기 그지없지. 그러니 그렇게 원치 않은 회사에 들어간 사람이 얼마나 성과를 내겠어. 마지못해 하는 일이니…. 아마 그렇게 들어간 사람은 회사를 그만 둘때까지 힘들어 할 거야. 그런 생활을 평생 한 사람이 임종의 침상에 누워 과거를 회상한다면 어떨까? 아마도 회한만 가득할 거야. 황 선생은 그런 삶을 살고 싶어? 그렇지 않겠지. 비록 사는 데충분한 돈이 되지 않더라도 자기가 하고 싶은 일, 즐거움을 느낄수 있는 일을 한다고 하겠지. 그래야 삶에 자신감도 생겨나고, 자존감도 확립해 갈 수 있으며 행복을 많이 느낄 수 있을 테니까. 이런 태도가 잃어버린 자신을 찾는 길이 되겠지.

독일의 철학자 마르틴 하이데거(Martin Heidegger; 1889-1976)는 '나로부터 나와 나를 넘어 나에게로 온다'라는 유명한 말을 남겼어. 무슨 뜻이냐 하면, 진정한 자아로부터 나온 울림이 사회적 껍질을 뒤집어쓴 자아를 넘어 지금의 나에게 전해져 온다는 마음의 소리라는 뜻이지. 어찌되었든 자존감을 높이려면, 자기자신이 원하고 잘할 수 있는 일을 해서 목표를 성취하고 기쁨을 누려 스스로를 고귀하게 여기는 감정을 차곡차곡 쌓아가야 하며, 오랜 시간 그런 과정을 거치면서 자기만의 고유한 특성을 지니게되면 스스로가 고귀하다는 것을 인정하게 되며, 진정한 내가 된다는 것이지."

"이해가 되네. 내가 잘할 수 있는 일을 즐겁게 하면 아무래도 좋은 성과가 있을 테고, 그로 인해 자부심을 느껴 자존감이 생기게 되겠지. 그리고 그런 과정이 반복될수록 나란 존재가 특별하다는 느낌을 갖게 되어 스스로를 존중하는 감정이 생겨나겠지. 안 박사, 그런 뜻 아닌가?"

"맞아. 그런 뜻이야. 그럼 이 문제는 이 정도로 하고, 이제부터는 타인과의 관계에 초점을 맞추어 보세."

"타인과의 관계? 어떤 얘기가 나올지 궁금하네."

"본격적인 얘기를 하기 전에 여담 하나 해볼까? 요즘 우리나라에 거주하는 외국인이 많잖아. 2020년에 발표된 인구주택총조사 통계자료에 의하면 214만여 명으로 전체 인구의 약 4.1% 정도를 차지하고 있지. 그래서 요즘은 주변에 다문화가정이 많이 보여. 특히 동남아 여성들과 결혼해서 가정을 꾸린 경우가 많지. 그 여성들은 왜 고향을 버리고 이 땅에 와서 살까? 잘 알다시피 대부분은 경제적으로 형편이 넉넉하지 못해서일 거야. 그래서 땅 설고 물 설은 미지의 나라에 와서 돈 벌어 가족들을 먹여 살리려고 한 것이지. 얼마나 갸륵한 생각이야. 그런데 그 사람들을 바라보는 우리나라 대부분 사람들의 눈빛은 어떨까? 예전보다는 좀 나아졌지만 피부색이나 언어, 옷차림새에 이르기까지 색안경을 끼고 보잖아. 특히 형편이 어렵게 보이면 더 깔보고 무시하고…. 편견이 많지. 만약 그 사람들이 혹은 그 남편들이 자신들보다 더 큰 집에 살고, 더 깔끔한 복장에 좋은 차를 타고 다닌다면 과연 그렇게 깔보고 무시할까? 그렇지 않겠지?

스피노자는 이런 편견과 선입견들, 세상에 떠도는 이야기를 듣고 무비판적으로 받아들이는 혼란된 생각들을 부적합한 생각이라며, 이런 생각을 갖게 되는 것은 전체적인 시각을 잃고, 단편적인 앎을 바탕으로 판단하기 때문이라고 했어. 그러면서 이런 혼란된 생각, 편견과 선입견을 깨뜨릴 수 있는 것은 오직 이성뿐이라고 했지."

"어떻게 이성이 편견과 선입견을 깰 수 있다는 거야?"

"그것은 오직 경험을 통해서 이성의 잠을 깨워야한다는 거야. 스피노자는 이와 관련해서 '나는 경험이나 실천과 일치하지 않는 사안을 관조를 통해서 발견할 수 있다는 주장을 믿지 않는다'라고 했지. 이 말은 곧 스마트폰을 써보지 못한 사람이 스마트폰을 얘기하는 것은 어불성설이라는 거지. 좀 전의 여담을 다시 끄집어내자면, 다문화가정을 이루고 있는 사람을 이해하려면 그들과 직접 몸으로 부딪혀서 그들의 생활상을 보고 듣고 느껴 온전히 몸과 마음으로 공감해야 이해할 수 있다는 거야. 그렇지 않고 말하는 것은 모두 편견이고 선입견일 수밖에 없다는 것이지. 직접 부딪쳐보고 듣고 느끼는 경험, 즉 몸으로 느끼는 교감이 영혼 속에 숨어있는 이성을 깨워 그들과 공감을 하게 되는 것이고, 그런 공감을 통해 그들을 이해를 할 수 있다는 것이지. 이게 바로 자신이 가지고 있는 편견과 선입견을 깨는 방법인 거야. 그렇게 되면 우리는 혼란된 생각을 버리고 맑은 눈으로 세상을 바라볼 수 있게 되고 기쁨을 맛볼 수 있겠지.

이와 같이 이성은 서로의 영혼에 공통으로 담겨있는 공감의 울림을 만들어내는 것이야. 사실 말은 쉽지만 정말로 상대방을 완전히 이해하고 공감한다는 것은 쉬운 일이 아니지. 온몸에 전기충격 같은 전율이 일어난다면 모를까. 그래서인지 영국의 철학자 흄(David Hume; 1711-1776)은 '우리 영혼 속에는 하나씩 현악기가 있습니다. 어떤 이의 마음속 현이 울리게 되면 그 현과 같은 진동주파수를 가진 우리 영혼의 현은 그 울음에 응답하여 울리게 됩니다. 나와 상대의 현이 멀리 떨어진 두 사람 사이에 공명을 일으키는 것입니다. 이것이 바로 우리 영혼의 공감입니다'라고 했지.

우리는 이렇게 서로에 대한 앎이라는 공감을 통해서 편견이나 선입견이라는 오해를 이해로 바꿀 수 있는 거야. 여기서 편견이나 선입견은 슬픔이란 감정의 한 조각인데, 이런 감정이 앎이라는 공감을 통해 상대를 이해하게 되면 슬픔의 감정은 기쁨으로 바뀌어가게 되고, 슬픔이라는 감정에 예속되었던 영혼은 그 속박에서 벗어나 자유를 누릴 수 있게 되지."

"안 박사, 간단히 말하면, 상대를 알지도 못하면서 내뱉는 말은 편견이나 선입견인 것이고, 이런 감정을 갖게 되는 것은 원인을 알지 못하는 데서 오는 오류로 이를 극복하려면 반드시 직접 경험을 통해서 이성을 깨워 온전히 상대와 공감하고 이해를 해야 한다는 것이지? 그리고 편견이나 선입견이 불러오는 슬픔의 감정은 공감과 이해를 통해 기쁨의 감정으로 바꿀 수 있다는 것이고."

"맞아. 황 선생. 그럼 여기서 이성을 통한 공감과 이해는 다른 말로 표현하면 무엇일까?"

"글쎄, 이장님은 뭐 같아요?"

"서울 선생은 답변이 곤란하면 나한테 넘기는구만… 하하하. 이 섬 구석에서 사는 뱃놈이 뭘 알겠수?"

"이장님. 그런 뜻은 아니고요. 사실 저도 적당한 말을 찾을 수 없어서 그런 것이에요."

"하하하…. 그런 공감과 이해에 대해 스피노자는 사랑이라고 했어요. 그러니까 사랑은 기쁨의 감정을 불러일으키는 것으로 이를 통해 우리의 정신은 더욱 활발하게 움직이게 되고, 맑은 인식의 눈을 갖게 된다는 것이지요. 그래서 우리는 사람들을 만남에 있어 기쁨을 줄 수 있는 사람을 만나는 것이 중요하다고 하는 것이에요. 그렇게 관계를 맺어간다면 우리는 먼 훗날 슬픔을 주는 사람을 만나더라도 이제까지 쌓아온 자신감으로 그에게서 자그마한 기쁨이라도 찾아낼 수 있다는 것이지요. 황 선생, 이 말에서 느끼는 것 없어?"

"자신감은 한 순간에 오지 않는다는 것인가?"

"그렇지. 그런 자신감과 기쁨은 한 순간에 생겨나는 것은 아니라는 거야. 오랜 시간 의도적으로라도 실천해야 그런 습관이 생겨나고, 그 습관을 통해 이상적인 상태에 이른다는 것이지. 그리고 그런 반복적인 과정을 통해 점점 더 밝은 빛을 발하는 이성의 힘이 길러지는 것이고… 이는 마치 무지했던 어린애가 자라면서 여러 경험을 통해 이성을 길러내는 것과 같지. 황 선생, 혹시 자네는 친구에게 전화 자주 하나?"

"그렇지 못해. 어쩌다 일이 있을 때 한 번씩 통화하는 정도지. 자주 해야겠다고 마음을 먹지만 쉽지 않더라고."

"살다 보면 전화 한 통 한다는 것이 쉽지는 않지. 그런데 사랑하는 이에게 주기적으로 전화하는 것을 습관화하는 일은 참 중요한 일이야. 별 것 아닌 것 같지만 그런 사소한 일이 그들에게는 기쁨을 주게 되니까. 그게 습관화되면 자신도 모르게 그를 더 사랑하게 되고 하나인 것처럼 느껴지게 되지. 그게 사랑의 한 형태인 필로스야.

그래서 스피노자는 이런 사랑의 형태에 관해 이렇게 얘기했어. '당신이 사랑하는 이가 기뻐하는 모습은 당신에게는 더없는 기쁨이 될 것이다.'라고.

앞서 얘기했듯이 처음에는 기쁨을 주는 사람들과 관계를 맺어왔지만, 시간이 지나다 보면 그들에게서도 안 좋은 일들이 벌어지겠지. 갈등, 분노, 증오 등 슬픔 감정을 동반하는 사건들 말이야. 이런 일들은 서로의 차이에서 생겨나는 것인데, 그런 일도 힘이 들기는 하겠지만 이제까지 서로 사랑해왔던 힘으로 서로 공감하고 이해하면서 슬기롭게 헤쳐 나갈 수 있다는 것이지. 이런 사랑의 힘이 무엇이냐 하면 모든 것을 포용할 수 있는 힘, 관용이라는 것이야. 이런 관용을 실천한다는 것은 쉬운 일은 아니겠지. 그래서 스피노자는 이런 힘겨운 사랑에 대해, '그런 사랑은 희귀한 만큼 어렵고, 어려운 만큼 고귀하다. 이성의 지도에 따라서 생활하는 사람은 가능한 한 자신에 대한 타인의 미움, 분노, 경멸 등을 사랑이나 관용으로 보상하고자 노력한다'라고 했어. 이게 바로 이성의 힘인 것이야. 이런 능력이 점점 더 커질수록 우리는 상대에 대해 더 깊이 교감하고 공감을 이루면서 사랑하고 기쁨을 누리겠지. 이렇게 이성에 의해 능동적으로 얻어지는 기쁨은 완전한 자유지. 자유는 관계 속에서 찾는 기쁨이니까. 어떻게 보면 우리의 삶은 슬픔에서 기쁨을 찾아내기 위해 자신을 단련시켜나가는 과정인지도 몰라. 잃어버린 자신의 반쪽을 찾아가는 과정 말이야. 나는 어려서는 빨리 어른이 되길 바랐지만 50세를 넘어서면서부터는 갈수록 세월이 참 빠르다는 것을 느끼며 시간이 멈췄으면 하는 생각이 들더라고. 그리고 아이들이 자신의 길을 찾아 곁을 떠나니까 도시가 싫고 조용한 자연이 좋아지고. 지금은 어쩔 수 없이 서울에 살고 있지만… 자네는 어떤가?"

"안 박사. 나도 자네와 다를 바가 없어. 왠지 모르겠는데 점점 자연이 그립더라고."

"황 선생. 난 근래에 중남미 엘살바도르의 어느 섬에서 어부로 살아가는 어느 노인에 관한 얘기를 들은 적이 있어. 그 노인은 젊은 날에는 바다가 너무 지겨워서 도시로 나가고 싶어 했대. 그러나 이런저런 사유로 인해 끝내 섬을 떠나지 못했고, 나이가 들면서 자신의 삶은 바다에 있다고 깨달았다고 해. 왜 그렇게 되었냐 하면, 그에게는 어려서부터 같은 마을에 살고 있는 친구가 있었는데, 노인과 그 친구는 서로 의지하기도 하고 경쟁하기도 하면서 마치 바다가 정복의 대상인 것처럼 늘 호기롭게 고기잡이를 나갔다더군. 그러던 어느 날, 두 사람은 여느 때와 마찬가지로 각자의 배를 끌고 먼 바다로 나갔다가 그만 풍랑을 만나 사투를 벌였고, 친구는 큰 파도에 휩쓸려 배가 뒤집히면서 바닷물에 빠졌대. 이를 본 노인은 친구를 구하려고 안간힘을 썼지만 친구는 파도에 휩쓸려 점점 더 멀어져갔고, 자신도 큰 파도가 덮쳐 뱃머리에 쓰러져 정신을 잃고 말았다더군. 그리고 시간이 얼마나 지났는지 모르지만 노인이 정신을 차리고 보니 풍랑은 그치고 하늘엔 햇살이 가득한데 자신이 탄 배가 마을 가까운 해안에 도착해 있더래. 그렇게 해서 노인은 살아났지만 친구를 구하지 못했다는 죄책감에 바다를 저주하며 섬을 떠나 도시로 갔다더군. 그렇지만 그 노인은 도시생활에 적응하지 못하고 다시 마을로 돌아와 어부

생활을 할 수밖에 없었고, 세월이 흘러 노인이 되었다더군.

그런데 되돌아보니 그렇게 세월이 가는 동안에 노인은 자신이 살고 있는 섬과 바다에 대해 모든 것을 알게 되었대. 바람의 방향과 세기, 구름의 많고 적음, 달무리와 별자리, 바다 냄새의 미세한 차이까지 섬을 둘러싼 자연의 변화를 읽어낼 줄 아는 능력이 생겼고, 내일 일어날 일들까지 예측할 수가 있었다더군. 그리고는 섬을 둘러싸고 있는 환경들이 어떤 알 수 없는 자연의 법칙에 따라 변화하고 있다는 것을 깨닫고, 자연은 정복의 대상이 아니라 적응해야 할 대상이라고 알게 되었다는군.

노인은 석양이 가라앉는 바다를 바라보며 그것을 깨닫던 날, 스스로 자유롭다는 것을 느꼈고, 그 순간 가슴 벅차도록 희열이 밀려오더래. 그래서 어둠이 내려앉는 것도 잊은 채 밤하늘에 빛나는 별을 보며 세상은 참 아름답고 감사하다는 생각을 가졌다더군. 그러면서도 문득 세상이 무상하다는 것을 또 깨달았대. 낮과 밤이 그렇고, 별이 나타났다가 지는 것도 그렇고, 바다가 사나워졌다가 조용해지는 것도 그렇고, 사람이 태어나서 어른이 되는 것도 그렇고, 자그마한 씨앗에서 싹이 터서 커다란 열매를 맺는 것도 그렇고…. 변화를 일으키는 모든 물체들이 거대한 자연, 아니 우주의 하나라는 것을 알게 됐고, 우주 속에 존재하는 모든 만물은 물론 나도 언젠가는 사라진다는 것을 깨달았다더군.

황 선생. 이 이야기에서 또 느꼈겠지만, 자네나 나 그리고 여기 있는 이장님과 두 친구 모두 언젠가는 사라진다는 것은 사실이잖아. 안 그래?"

"그렇지. 이 세상 모든 생명체들은 언젠가는 사라지겠지. 불로장생을 그토록 바랐던 진시황도 49년 밖에 살지 못했고, 요즘 사람들이 아무리 영생을 바라며 발버둥치지만, 대부분 100년도 못 살고 죽게 되잖아. 그게 자연의 법칙이겠지. 그런데 이 세상 생명체들은 목적이 있어 태어난 것일까?"

"글쎄. 무슨 목적이 있겠어. 자연의 법칙에 따라 자연스럽게 태어나게 된 것이겠지. 먼 옛날 사람들에게는 주위에서 일어나는 모든 현상들이 의문스러웠던 때가 있었지. '천둥과 번개가 일어나는 것은 혹시 죄를 지은 사람을 벌하려고 한 것은 아닐까? 바다가 생겨난 것은 사람들에게 일용할 물고기를 주기 위해 생긴 것은 아닐까? 인간은 절대자를 경배하기 위해 신이 만든 것은 아닐까?' 하고. 그러나 그런 의문들은 과학이 발전하면서 쓰레기 같은 의문이 되고 말았지만.

그래서 스피노자는 '모든 목적은 우리가 그 원인을 제대로 알 수 없을 때 생겨나는 오해일 뿐이다'라고 했고, 니체는 '인간은 특정 의도나 특정 목적의 결과물이 아니다. 자신의 존재를 어떤 특정한 목적에 넘겨주는 것은 허무맹랑한 일이다'라고 했지.

사실 대자연은 자기 자신의 법칙에 따라 스스로 존재하고, 변화하고, 스스로 만들어가는 하나의 커다란 전체야. 그 속에는 어떤 목적도 존재하지 않아."

"전체란 것이 무슨 의미야?"

"우주 자체를 말하는 것이지. 사실 우리 같은 보통 인간들이 우주를 정확히 깨달은 것은 1969년 12월 최초의 유인 우주선 아폴로 8호 조종사가 달 궤도를 돌면서 최초로 지구의 둥근 모습을 보고, 그 모습을 촬영해 실시간으로 방영한 때였지. 그로 인해 그전까지 지구가 무한의 공간으로 알고 있었던 인간의 생각은 대전환을 맞게 되었고, 우주 탐험에 대한 비약적인 발전이 있었지. 잠시 주제에서 약간 빗나갔지만, 그러니까 우주는 대자연이고, 그 속에 있는 모든 구성요소들은 소우주라고 해야겠지. 좀 더 설명하자면 소우주들은 자연을 움직이는 장대한 자연법칙에 따른 인과관계의 필연성에 따른 산물, 그러니까 변하지 않는 영원한 우주의 법칙에 따른 산물 말이야."

"그럼 목적 없는 생명체들은 어떻게 살아야 할까?"

"죽을 때까지 그냥 사는 거지. 별 것 있겠어?"

"그렇게 살려면 산다는 것이 너무 밋밋하지 않나?"

"그렇지. 그래서 삶은 각자가 스스로 만들어가야 하는 것이야. 스스로 목표를 설정하고, 그것을 달성하기 위해 노력하고…. 그런데 여기서 중요한 것은 삶이란 것이 목표 자체가 아니라, 목표를 향해 가는 과정이라는 것을 알아야 해. 결과가 아니라 과정. 그래서 매 순간순간이 삶인 것이지.

우리가 앞서 얘기했던 이성과 이해도 이와 마찬가지야. 이성을 꾸준히 도야해서 어느 시점에 도달했을 때 사용하는 것이 아니라, 이성을 단련시켜가는 과정 자체가 이미 이성을 쓰면서 완성해가는 과정이라는 것이지. 타인을 이해하는 시점이 미래의 어딘가에 정해져 있는 것이 아니라 그를 꾸준히 알아가려는 이해의 과정이 의미를 가진다는 것이야.

어쩌면 삶이란 신이 각자에게 던져준 수수께끼이고, 살아간다는 것은 그 수수께끼를 풀어가는 과정이라고 해야겠지. 어느 하나의 정답이 있는 것이 아닌 각자의 해답을 찾는 과정 말이야. 그렇기 때문에 우리는 생명의 유한함에 한탄이나 슬픔을 가질 필요도 없이 순간순간 소중한 의미를 새기는 것이 기쁨이고 행복이지. 어차피 인간은 항상 변해가는 순간을 맞이하지만 그 순간들이란 것이 자연이 허락한 영원한 법칙에 따라 진행되는 인과관계의 필연적인 흐름이니까. 니체는 이러한 인과관계의 필연성을 '운명애(運命愛)'라고 불렀어.

'인간에게 있는 위대함에 대한 내 인식은 운명애다. 앞으로도, 뒤로도, 영원토록 다른 것은 갖기를 원하지 않는 것, 필연적인 것을 단순히 감당하기만 하는 것이 아니라, 오히려 그것을 사랑하는 것'이라고 했어. 이처럼 우연을 필연으로 이해하는 노력이 바로 사랑의 과정이라고 해야겠지.

스피노자는 이렇듯 대우주의 법칙인 필연성, 즉 고립된 편협한 자신으로부터 해방되어 우주의 거대한 법칙과 합일하는 최종적인 기쁨에 다다르는 경지를 신에 대한 사랑, 그러니까 나뿐만이 아니라 나 이외의 모든 생명에 대한 이해와 사랑을 '아가페'라고 했어. 그리고 그렇게 세상을 바라보는 눈을 가진 사람이야말로 가장 행복한 사람이고, 욕망이 다양하듯이 우리에게 허락된 행복도 무수히 많다고 했지. 그렇지만 술주정뱅이의 행복과 철학자의 행복이 같을 수 있겠느냐고 반문했지. 다시 말하면, 각자가 욕망을 충족하기 위해 노력하고 행복을 찾는 것은 아름답지만, 그 욕망의 대상이 무엇이냐에 따라 그 아름다움이 더할 수도 있고, 덜할 수도 있다는 것이지.

이제까지 길게 나눴던 이야기를 간추려 보면, 우리의 영혼은 욕망과 감정과 이성으로 이루어져 있는데, 욕망이란 우리 자신을 살아가게 하는 힘, 즉 자기 자신의 실체이고, 감정은 우리의 피부와 같은 것으로 욕망의 충족 여부를 나타내는 척도인데 기쁨은 욕망의 충족을 말해주는 감정으로 가장 큰 기쁨은 이해와 공감을 바탕으로 한 사랑에 의해서만 완전해질 수 있다는 것이지. 그리고 이러한 사랑으로 살아가는 모든 순간을 영원으로 새겨 넣는 것은 이성이라는 빛 아래서 이루어져야 한다는 것이지.

다시 말하면, 욕망의 기저에는 자기 자신에 대한 사랑이든, 타인에 대한 사랑이든, 자연을 향한 사랑이든 상관없이 사랑이 깔려 있다는 것이야. 황 선생. 이제까지 영혼에 관해 설명했는데,

자네가 궁금해 하는 사항들이 어느 정도 충족되었는지 모르겠네."

"안 박사. 아주 잘 들었네. 알아듣기 쉽게 얘기해 줘서 감사할 따름이야. 그런데 몇 가지 궁금한 사항이 있어? 우리는 어차피 지정학적으로 극동에 위치하고 있어서 예부터 인도나 중국의 영향을 받지 않을 수가 없었잖아. 그래서 불교나 유교의 영향을 많이 받아 온 것도 사실이고…. 그래서 철학이라고 하면 으레 인의예지(仁義禮智)나 희로애구애오욕(喜怒哀懼愛惡欲)을 떠올리잖아. 그런 것과는 어떤 차이가 있지?"

"좋은 질문이야. 그런데 그런 내용을 말하기 전에 한 가지 물어볼 것이 있는데, 혹시 황 선생은 어떤 종교를 가지고 있어?"

"나는 종교가 없어. 그런데 그런 건 왜 묻지?"

"왜냐하면 앞서 얘기에서도 느꼈겠지만, 종교는 과학과 같을 수가 없거든. 그래서 자칫 내가 설명하는 내용들이 종교적 해석과 배치될 수 있기 때문이지. 내가 바라보는 종교란 우주와 세계, 인간의 상호관계와 그 존재론, 그리고 인간의 죽음과 영원의 문제를 다루는 것으로 관념적이라 보거든. 그에 반해 과학은 현존하는 현상들을 분석하여 그 이치를 밝혀내는 학문이라 차이가 있을 수 있지. 종교인들이 사물을 바라볼 때, 간혹 착각을 일으키는 것이 현상들을 과학적 관점으로 보는 것이 아니라 종교적 관점에서만 바라보기 때문이거든."

"안 박사. 듣자 하니 종교의 주장은 틀렸다는 것을 얘기하려는 것 같은데?"

"그런 것은 아니야. 절대 신 하나님을 경배하는 기독교나, 절대적 신이 없고 모든 것은 원인과 조건이 있어서 생겨나고 원인과 조건이 없어지면 소멸한다는 연기설(緣起說)을 근본사상으로 하고 있는 불교도 마찬가지지만, 종교는 먼 옛날 과학이라는 것이 발달되지 않은 상태에서 생겨난 것이고, 관념적이라서 현대와 같이 고도로 발전된 과학의 관점과는 차이가 있거든. 창조설이 그렇고, 윤회설도 그렇고… 억지로 확대해석해서 꿰맞추면 모를까 차이가 있는 것은 어쩔 수 없거든."

"연기설과 윤회설은 다른 것인가?"

"윤회설이란 연기설에 포함된 개념이지. 석가모니가 보리수 아래서 깨우쳤다고 알려진 것은 오랜 묵상 끝에 인간 만사와 우주의 원리를 깨우쳤다는 것인데, 그 내용은 우주 만물은 원인에 의하여 생기는 상관관계의 원리, 즉 연기(緣起), 인연에 의해 유지되고 있다는 뜻이야.

그러므로 우주만물은 절대자가 없이 비어 있다, 즉 공(空)이라는 것이지. 이런 석가모니의 깨우침을 구체화한 것이 불교인데, 불교의 세계관은 흔히 12처설(十二處說)로 설명을 하고 있어. 12처설이란 6근(根)과 6경(境)을 뜻하는 것으로 6근은 눈, 혀, 귀, 코, 입, 몸, 의지이고, 6경은 그것들의 상대개념인 색, 맛, 소리,

냄새, 촉감, 법이라는 것이야. 이것이 인간의 몸 안에 들어앉았다 해서 12처라고 하는 것이지. 이를 가만히 살펴보면 우주에 관한 인식론이 인간의 감각에서부터 출발하고 있음을 알 수가 있지.

이러한 12처가 만들어내는 것을 직관적 감각으로 인식되는 현상 세계인 색(色), 감각작용인 수(受), 인식작용인 상(想), 의지작용인 행(行), 마음작용인 식(識)이라 하며, 이를 오온(五蘊)이라 하여 12처와 함께 우주의 근본으로 보고 있지. 여기에 더해 사성제(四聖諦)라 하여 네 가지의 높은 깨우침인 고집멸도(苦集滅道)를 강조하고 있는데, 고((苦)는 생로병사의 괴로움이고, 집(集)은 괴로움이 모인 번뇌의 모임이며, 멸(滅)은 번뇌의 흩어짐이고, 도(道)는 깨달음을 통해 열반으로 가는 길이지. 이 고집멸도가 서로 연기하는 것으로 집은 고의 원인 또는 인연이 되고, 멸은 집의 원인이 되며, 도는 멸의 원인이 된다는 뜻이지.

그리고 삼법인(三法印) 또는 사법인(四法印)을 불법의 특징이라 하여 제행무상(諸行無常), 제법무아(諸法無我), 열반적정(涅槃寂靜), 일체개고(一切皆苦)를 교리로 하고 있는데, 그 뜻을 간단히 알아보면 제행무상은 정신계와 물질계의 모든 현상은 무상함을 벗어나지 못한다는 것이고, 제법무아는 모든 현상은 고정불변(固定不變)한 실체가 없기 때문에 아(我)도 없다는 것이며, 열반적정은 온갖 번뇌 망상의 불을 끄게 되면 마음은 일체의 대립이 없고 모순을 초월하여 고요하고 원만하고 청정한 상태가 된다는 것이지. 그리고 일체개고란 모든 현상은 괴로움이라는 의미지. 결국 불교의 존재론은 12처설과 5온설, 3 또는 4법인설로 정리될 수 있어.

황 선생이 말하는 윤회설은 앞서서 말한 12처설의 의지(意志)가 업(業)으로 연결되는 존재론으로 의지가 있으면 반드시 법(法)이 있으며, 과(果)가 있으면 보(報)가 있다는 사실에 대한 확대해석이야. 즉 지난 생애의 행이 지금에 미친다는 것이고, 지금의 행이 내세에 미친다는 것이지. 다시 말하면 생은 숙세, 현세, 미래에 걸쳐 육도(六道)를 윤회하는데, 그 여섯 군데는 지옥(地獄), 아귀(餓鬼), 축생(畜生), 아수라(阿修羅), 인간(人間), 천상(天上)이라는 것이지.

불교에 관한 것은 이쯤으로 하고, 인의예지나 희로애구애오욕에 대해 궁금해 하였으니 살펴보세. 그 문제는 자네가 잘 알다시피 유교에서 나온 정신에 관한 문제지.

유교의 근본사상은 천인합일(天人合一)에 근거한 인간본위의 종교로서 경천애인(敬天愛人)에 있지. 천명사상(天命思想)은 경천의식을 기반으로 하고 있으며, 애인사상(愛人思想)은 인(仁)의 도를 쫓아 가족에서부터 온 세계로 구세제중(救世濟衆)*하는 충서사상(忠恕思想)**이 교리이고 이념이야. 여기서 하늘은 복을 구하

---

* 구세구중(救世濟衆) : 위기에 처한 세상에 평화와 안락을 가져오고, 죄악과 불행에 헤매는 중생을 행복과 선업의 길로 인도하는 것.
** 충서(忠恕) : 수양에 힘써 자신을 속이지 않는 인격을 쌓고 그것을 미루어

고 세상을 구하는 주체적 상징이 되고, 인간은 실천적 주체가 되지. 그래서 상징적 주체인 하늘과 실천적 주체인 인간이 만나는 것을 천인합일이라고 한 것이야."

"그래서 인의예지와는 어떤 관계냐고?"

"참, 급하기도 하네그려. 이제 설명하려고 하잖아. 인(仁)은 유교의 중심사상으로 넓은 의미로는 의(義)와 예(禮)와 지(智)를 포함하는 개념이고, 좁은 의미로는 개인의 수양과 결부되어 마땅히 지켜야 할 인간적인 도리, 즉 남을 사랑하는 일이지. 그리고 의(義)는 국가나 사회의 일원으로서 마땅히 지켜야 할 공적인 도리로 일상적인 생활 속에서 옳은 것을 지키고 실천에 옮길 수 있는 인간의 내면적 도덕적 행위의 기준이야. 예(禮)는 외면적이고 형식적인 도덕적 행위의 실천으로 사회생활에서 합리적 타당성을 요구하는 것이지."

"잠깐만. 합리적 타당성이라면 법이라 해야 하지 않나?"

"맞아. 그럴 수 있지. 그런데 여기서 예는 인간의 심성에 바탕을 둔 주관적이고 적극적인 것으로 자네가 말하는 객관적인 법과는 차이가 있다고 봐야지. 지(智)는 옳고 그름을 구별할 수 있는 이성, 즉 지적인 능력을 의미하지."

"그럼 희로애구애오욕은 어떻게 다르지?"

"사서삼경의 하나인 『예기(禮記)』에 나오는 희로애구애오욕

다른 사람에게까지 영향을 주는 것. 즉 인을 행하는 자세를 가리킴.

은 인간의 일곱 가지의 마음작용, 정(情)을 말하는 것으로 기뻐하고, 성내고, 슬퍼하고, 두려워하고, 사랑하고, 미워하고, 욕심내는 것을 말하는 것이지. 이와 유사한 표현으로 유학에서는 희로애락애오욕(喜怒哀樂愛惡欲)이라 했고, 불교에서는 희로우구애증욕(喜怒憂懼愛憎欲)이라 했어. 이는 스피노자가 넓은 의미로 구분한 기쁨과 슬픔의 감정과 같은 내용이야. 그러니까 동서양의 철학에서 말하는 감정에 관한 내용은 표현만 다를 뿐, 모두 같다고 해야겠지."

"그럼, 조선시대의 학자 퇴계(退溪) 이황(李滉; 1501-1570)과 고봉(高峯) 기대승(奇大升; 1527-1572) 간에 있었던 이기론(理氣論)에 대한 논쟁은 뭐야?"

"황 선생, 그 논쟁을 논하자면 먼저 이기론이 어떻게 나오게 되었는지부터 알아야겠지. 그것은 중국 송나라의 학자 주희(朱熹; 1130-1200)가 주창한 성리학에서 나온 것이야. 성리학은 주자학이라고도 불리는 이론으로 우주 만물의 생성과 소멸에 관해 해명하는 이론으로 우주 속에 존재하는 모든 만물은 이(理)와 기(氣)로 구성되어 있으며 이것에 의해서 모든 현상들이 생성되고 변화된다는 것이지.

여기서 이(理)는 모든 사물의 생성원인 또는 존재이유와 같은 정신적 성격으로 무형·무위의 것이고, 기(氣)는 모든 구체적 사물의 존재와 생성과 관련된 질료(質料)·형질(形質)이라는 뜻으로 모든 사물을 이루는 데 있어서 필요한 실재적 요소를 의미하는 것이야. 이기론을 바탕으로 인간을 이해하자면 인간은 본연지성(本然之性)과 기질지성(氣質之性)을 가지고 있는데, 본연지성은 모든 인간의 마음속에 본래 존재하고 있는 이(理)로서 도덕적 본성을 의미하고, 기질지성은 육체와 감각 작용으로 나타나는 인간 본능을 나타낸다고 하는 것이야.

이런 이론을 가지고 조선시대에 이황과 기대승은 논쟁을 벌였지. 퇴계 이황은 이기이원론을 주장하였는데, 이 이론은 이가 기보다 먼저 존재하면서 기를 낳는다거나 이는 기 바깥에 독립해서 존재하는 객관적 실재라고 주장하는 반면, 이기일원론은 이와 기가 서로 상호의존적인 측면을 강조하며, 이는 기에 내재하는 원리나 법칙성을 강조하는 이론이지."

"듣자하니 이기론도 서양 철학자들이 말하는 영혼과 육체에 관한 이론과 비슷하네. 그렇지 않아?"

"맞아. 서양철학이 소크라테스 이후 플라톤을 거쳐 오랜 기간 인간을 포함한 우주의 생성원리에 관해 발전되었다면, 동양철학은 석가모니나 공자 이후 맹자, 주자 등 오랜 기간을 거치면서 인간을 포함한 우주의 생성원리에 관한 연구로 발전하였지. 그런데 공간적으로 서로 다른 지역에서 연구된 학문이지만, 그 내용을 들여다보면 결국 유사한 내용이었지."

"윤 박사. 그렇지만 내가 알기로는 아직도 논쟁은 계속되고 있다고 보는데, 안 그런가?"

"아직도 인간에 대한 탐구는 계속되고 있지. 우주가 하늘과 땅, 불, 바람으로 이루어졌다고 하던 과거와 달리 지금은 망원경과 현미경의 발명으로 광대한 우주로부터 눈에 보이지 않는 미세한 세균에 이르기까지 관찰할 수 있으니까 엄청나게 달라졌지."

"어떻게 달라졌는데?"

"김 박사에게 들었는지 모르겠지만, 인간을 구성하고 있는 육체와 영혼이 어떻게 생성되고 소멸되는지를 원자적 측면이나 세포학 측면에서 규명하고 있지. 그래서 학계에서는 육체와 영혼이 분리되어있다는 과거의 관점에서 벗어나 이제는 육체와 영혼이 하나라는 구조적 관점으로 변화되고 있다고 봐야지."

"그럼, 영혼이 육체적 운동의 하나라는 것이 증명되어야 할 텐데 그게 밝혀졌나?"

"상당부분 밝혀졌다고 봐야지. 그에 관해서는 철학을 연구한 나보다도 생물학을 연구한 김 박사가 더 잘 알 텐데… 안 그래?"

"꼭 그런 것은 아니지만, 그 분야는 내가 많이 공부하고 연구했지. 그럼, 그 부분에 대해서 설명해 볼까?"

"그래, 그렇게 해줘."

"예나 지금이나 생물학자나 생태학자들의 관심사는 생명체의 비밀을 풀어가는 것이지. 그러나 그런 비밀을 풀어가는 데에도 관측 장비의 발전에 따라 많이 달라졌어. 좀 전에 안 박사가 말했듯이 과거와 달리 지금은 엄청나게 성능이 좋은 현미경이 발명되면서 생명에 관한 연구도 많이 달라졌지. 그래서 세포학이나 유전학, 뇌신경학 같은 학문이 발전했고, 그에 따라 정신이 생겨나는 원인이 밝혀지고 있지."

"어떻게?"

"그것을 알려면 뇌의 구조부터 알아야 해. 뇌는 몸이 느끼는 모든 정보를 받아들여서 처리하고 온몸을 제어하는 역할을 하는 기관으로 뇌를 보호하는 조직인 두피가 있고, 그 속에 두개골이 있으며, 두개골 속에는 뇌척수막이라는 것이 있지. 그리고 그 속에 뇌(골)가 있는 거야. 두피와 두개골은 설명의 여지가 없고, 뇌척수막은 세 겹으로 이루어져 있는데, 맨 바깥쪽에 있는 막이 경막, 가운데 있는 막이 거미막, 맨 안쪽에 있는 부드러운 막이 연막이야. 그런데 거미막과 연막 사이에는 뇌척수액으로 가득 차있어서 외부의 충격을 흡수하고, 또 한편으로는 뇌로 보내는 각종 영양분을 공급하는 역할을 해. 두피와 두개골, 뇌척수액으로 보호를 받고 있는 뇌는 크게 세 부분으로 이루어져 있는데, 대뇌와 소뇌, 그리고 뇌간이지.

대뇌는 성인의 경우 1300-1400g 정도 되는 뇌 무게의 약 80%를 차지하고 있고, 대뇌의 표면에는 두께가 약 2-6mm쯤 되는 회백질의 대뇌피질층이 있으며, 그 안에 대뇌수질이라는 백질이 가득 차있는데, 그곳에 뉴런(neuron)이라고 하는 수없이 많은 신경

세포가 모여 있어. 그리고 대뇌 밑에는 타원형의 소뇌가 있고, 신경섬유가 지나는 뇌간이 있지. 대뇌는 또 전두엽, 측두엽, 두정엽, 후두엽으로 구분되고, 측두엽에는 해마와 편도체라는 것이 있어. 이런 구조를 가지고 있는 두뇌는 생각의 공장이라고 할 수 있지.

이 공장은 외부에서 받아들인 하나하나의 자극에 신경세포로 연결된 회로를 만드는데, 이렇게 회로를 만들 수 있는 것은 각각의 뇌세포에서 뻗어 나온 신경가지가 시냅스(synapse)라는 접합 부위를 통해서 연결되는 것이지. 이렇게 외부의 자극들로 만들어진 수많은 회로들은 서로 교차되면서 시냅스를 통해 정보를 주고받으며 분류와 가공을 거쳐 과거에는 없었던 새로운 의식을 만들어내는 것이지. 이때 회로를 만드는데 중요한 역할을 하는 것은 화학메신저라 불리는 신경전달물질이야. 이 신경전달물질은 잘 알려진 도파민, 세로토닌, 노드 아드레날린 등 여러 종류가 있지.

"김 박사, 잠깐만. 신경가지 시냅스라는 설명을 했는데, 그게 뭐야?"

"그것은 신경세포 뉴런의 한 부분이지. 신경세포를 들여다보면, 하나의 세포 안에 세포핵, 수상돌기, 축삭돌기, 시냅스가 있어. 우선 그렇게만 이해하고 좀 더 얘기를 들어봐. 그러면 이해가 될 거야.

제럴드 에델만(Gerald Maurice Edelman; 1929-2014)의 저서 『신

경과학과 마음의 세계』에 보면, 뇌를 구성하고 있는 뇌신경세포 뉴런의 수는 현재 정확히는 알 수 없으나 대뇌피질만 봤을 때 약 100억 개 정도 되고, 뉴런과 뉴런을 연결하는 접합부위, 즉 시냅스는 초천문학적인 10의 100만승 개나 되는데, 이것이 수없이 많은 회로로 연결되어 있다고 해. 예를 든다면 기쁨회로, 슬픔회로, 분노회로, 두려움회로… 등 여러 회로를 만들어낸다고 말하고 있어. 또 신경학계에서 얘기하는 생각이나 감각의 전기적 발현과정에 관해 프랭크 H. 헤프너(Frank H. Heppner)가 『판스워스 교수의 생물학 강의』라는 저서에서 밝혔는데, 그 과정을 보면 이렇게 쓰여 있어.

'뉴런 세포를 보면, 내부에는 칼륨이온들이 있고, 외부에는 나트륨 이온들이 들어차 있는데, 내부에는 음전하(-)를 띠고 있고, 외부는 양(+)전하를 띠고 있으며, 이렇게 균형을 이루고 있을 때를 정지전위상태라 한다. 이러한 정지전위상태에서는 −70mV(mV는 1,000분의 1V)의 전하량을 유지하고 있다가 열이나 빛, 압력, 화학물질 등으로부터 자극을 받으면 세포 외부에 있던 나트륨이온들이 안으로 들어오기 시작하고, 칼륨이온들은 밖으로 퍼져나가기 시작해 내부의 음전하는 양전하로 바뀌고, 외부의 양전하는 음전하로 바뀌게 되는데, 이때 양전하(+) 내부전압은 +30mV정도가 된다.'고 했지.

세포 내에서의 전기적 신호의 전달과정을 보면, 외부로부터 들어온 자극을 핵으로 전달하는 임무를 띤 수상돌기와 수상돌기로부터 들어온 전기신호를 처리하여 축삭돌기로 이동시키는 역할을 하는 핵, 핵으로부터 받은 전기신호를 뉴런과 뉴런을 연결시켜주는 시냅스로 전달하는 역할을 하는 축삭돌기, 다른 뉴런세포로 전기신호를 전달해주는 시냅스로 구분할 수가 있지. 여기서 시냅스가 연결해주는 뉴런과 뉴런의 간격은 50만 분의 1㎜정도인데, 이 시냅스를 통과하면서 전달되는 전기적 신호는 몇 개의 차량으로 연결된 지하철 전동차처럼 맨 앞에 있는 A전동차가 음전하를 띠고 있다가 B전동차로 넘어갈 때는 양전하로, 다시 C전동차로 넘어갈 때는 다시 음전하로 바뀌는 것처럼 전기적 신호가 바뀌게 되어 전달된다는 것이야. 그리고 전기적 신호가 전달되고 나면 원래의 전하로 되돌아온다는 것이지. 이렇게 될 수 있는 것은 다름이 아니라, 앞서 설명했듯이 칼륨-나트륨펌프라는 화학작용에 의해서 다시 나트륨을 내보내고 칼륨을 끌어들이기 때문이라는 것이지.

이렇게 외부의 자극이 전기적 신호로 바뀌어 전달되는 과정에서 중요한 것은 뉴런세포의 끝에 있는 축삭돌기에 전기적신호가 도착하면 신경전달물질이 분비가 된다는 것이야. 그 신경전달물질은 다름 아닌 호르몬인데, 예를 들자면 기분을 향상시키는 세로토닌이나 도파민, 엔돌핀, 그리고 스트레스가 심할 때 생성되는 아드레날린 같은 것들이지. 다시 말하면 뉴런세포 안에서는 전기적 신호로 전달되던 자극이 시냅스를 통과할 때는 화학적 신호로 바뀌어 이동된다는 것이야. 그러니까 외부의 자극이 전달되는 것은 전기적 신호가 화학적 신호로, 화학적 신호가 전기적 신호로 계속 반복적으로 바뀌어가며 전달되는데, 이 전달과정은 칼륨이 가지고 있는 양성자와 전자, 나트륨이 가지고 있는 양성자와 전자의 이동이며, 그 양성자와 전자의 전기파동이 생각을 일으킨다는 것이야.

이런 뇌신경세포의 작용은 부위별로 나뉘어져 있다고 해. 몸이 느끼는 정보, 그러니까 오감(시각, 청각, 후각, 미각, 촉각)을 통해서 들어오는 정보는 생각의 기본재료가 되는 것인데, 시각정보는 후두엽에서 감지하고, 청각과 후각정보는 측두엽에서, 촉각은 두정엽에서 받아들이며, 이렇게 흘러들어온 정보는 해마와 편도체에서 좋은 재료인지 아닌지를 분별해내고, 이 재료를 가지고 두정엽과 측두엽이 다시 조립하고 가공해 보다 구체적인 생각으로 만들어낸다는 것이야. 특히 양쪽 귀 부근에 위치한 측두엽에서는 감각과 언어를 묶어서 개념을 만들거나 문장을 만들어내고, 이렇게 만들어진 정보는 이마 바로 뒤에 위치하면서 이성적 판단을 관장하는 전두엽으로 보내지는데, 이 전두엽은 가공된 정보의 가치를 판단하고 우선순위를 정해 활동을 계획하고 실행하는 곳이지. 그렇게 해서 완전한 하나의 생각이 만들어진다고 해.

생각이 만들어지는 과정을 개략적으로 소개했는데, 뇌의 각 부위에서는 많은 역할을 하고 있어. 전두엽은 종합적인 사고기능을 관장하는 곳으로 분석, 판단, 문제해결 등의 기능을 수행하고, 측두엽은 청각정보를 처리하는 영역으로 언어의 이해와 표현, 직관력, 통찰력과 관련이 있으며, 두정엽은 입체 공간적 사고와 인식기능, 계산 및 연상기능을 하며, 문자를 단어로 조합해 의미나 생각을 만들어낸다고 해. 그리고 후두엽은 시각영역과 인접해 있어 시각 정보를 분석하고 통합하는 역할을 한다고 하지.

이렇게 될 수 있는 것은 바로 앞서 말했듯이 신경물질을 생성해내는 시냅스(synapse)를 통해 이루어지며, 이런 시냅스는 새로운 자극이 들어올 때마다 새롭게 형성되거나 구조를 바꾸게 되는데, 이런 것을 뇌의 신경가소성(neuroplasticity)*이라고 해.

기억은 해마(hippocampus)에 저장하게 되는데, 해마는 넓이가 1㎝ 정도, 길이가 5㎝ 정도로 기다란 모양이며, 측두엽의 양쪽에 총 2개가 존재하면서 기억과 학습을 관장해. 주로 좌측 해마는 최근의 일을 기억하고, 우측 해마는 태어난 이후의 모든 일을 기억하지. 이렇게 기억이 만들어지는 과정은 외부에서 들어온 자극을 가지고 뇌에서 만들어진 생각이 저장되는 것인데, 해마가 이 역할을 하는 담당하는 것이야. 해마는 기억을 단기간동안 저장하고 있다가 필요한 기억을 대뇌피질로 보내 장기 기억으로 저장하

---

* 신경가소성(neuroplasticity) : 뇌의 신경경로가 외부의 자극, 경험, 학습에 의해 구조 기능적으로 변화하고 재조직화 되는 현상.

거나 삭제하는 역할을 하는 곳인데, 그렇게 저장된 기억들은 필요할 때마다 꺼내 쓰이게 되는 것이지."

"아! 눈이 확 밝아지는 느낌이네. 그러니까 영혼 또는 정신은 바로 뉴런과 시냅스가 만들어내는 전기화학적 작용이라고 해야겠네. 그런데 외부의 자극에 의해 시냅스가 새롭게 생성된다고 했는데, 어떤 자극이 시냅스의 화학작용을 어떻게 변화시키는지도 밝혀진 것이 있는가?"

"예를 든다면, 꽃을 봤을 때 아름답다는 생각이 생겨나는데, 이 때 시냅스의 화학적 작용이 어떻게 일어나는지 그 메커니즘을 알고 싶은 거잖아?"

"맞아. 그거야."

"안타깝게도 아직은 정확하게 밝혀지지 않았다고 해. 학자들은 특별히 생각과 기억, 외부의 반응과 같은 자아구성의 흐름을 나타내는 것들을 '사고언어'라고 부르는데, 이에 관한 연구는 지금도 계속되고 있고, 상당부분 밝혀졌는데 머지않아 보다 정확하게 모든 것을 밝혀낼 것이라고 봐."

"아, 그렇군. 그런데 김 박사. 나는 또 궁금한 게 있어. 죽은 뒤의 삶은 없나? 영혼이라는 것은 육신이 죽은 뒤에도 남아 있어 언젠가는 다시 부활할 수 있다는 것을 의미하는 것이잖아. 그래서 많은 사람들이 그것을 믿는 것이 아닐까?"

"맞아. 많은 사람들이 인간은 육체와 영혼으로 이루어졌다고 믿고 있지만, 반대로 그렇지 않은 사람들도 많이 있지. 육체와 영혼은 하나라고. 그래서 이 문제는 상당한 논란이 지속되고 있는 문제인데, 이에 대해 연구한 학자도 여럿 있지. 그 중에 한 사람이 예일대 철학교수 셸리 케이건(Shelly Kagan)이지. 그는 자신의 저서 『죽음이란 무엇인가』에서 '영혼과 육체는 하나다. 영혼이란 비물질적 존재로 존재할 수 없는 관념적 사고에 기인한 것이라서 육체의 죽음과 함께 사라진다'라고 강조하며, 영혼의 존재를 여러 가지 측면으로 분석한 결과를 내어놓았지."

심각하게 듣고 있던 이장이 한 마디 던졌다.

"김 박사, 분석 결과가 어떻게 나왔수?"

"형님께서 깊이 알고 싶으신 모양이네요. 혹시 형님께서는 영혼을 보신 적이 있나요? 있다면 영혼은 육체의 어디에 존재할까요?"

"본 적은 없지만 들은 바로는 영혼은 육신과 같이 있다가 육신이 죽으면 몸에서 떨어져 나와 하늘로 올라간다고 하잖수."

"그런 말이 있기는 하죠. 또 영혼이 있다고 주장하시는 분들 가운데는 영혼이 육체를 이탈하여 공중에서 누워있는 자신을 육신을 내려다보았다는 경험, 즉 유체이탈을 경험했다고 주장하기도 하고, 의식을 잃었던 사람들이 임사체험(臨死體驗)을 했다고 하기도 하죠. 그러나 그것은 한마디로 착각에 불과한 것이에요. 내 영혼이 뇌나 가슴 등 특정한 위치에 존재하고 있다는 느낌은 내 몸이 끊임없이 전달하는 감각에 의해 조작된 환상이에요. 만약 영혼이 육체와 쌍을 이루어 존재한다면, 영혼도 육신이 죽게 되면 같이 죽어야겠지요. 그런데 영혼을 믿는 사람들은 죽을 때, 몸에서 영혼이 빠져나간다고 하거든요. 그러면서 인간은 육체의 조합이 아니고 원래 자체가 영적인 존재라고 하죠. 그래서 이런 질문을 형님께 드리고 싶어요. 비물질적인 영혼이 정말로 존재할까요? 정말로 존재한다면 육체적 죽음 이후에도 그대로 남아있는 걸까요?"

"좀 전에 얘기했듯이 육체적 죽음 이후에도 영혼은 하늘로 올라가 영생한다고 했잖수?"

"그런데 영혼과 육체가 하나라고 주장하는 사람들은 분리된다는 것 자체가 어불성설이라고 해요. 왜냐하면 영혼은 반드시 육신이 있어야 존재하기 때문에 육신이 죽어 나중에 썩어 없어지면 영혼도 같이 없어지는 것이라고요. 그래서 인간은 그저 육체에 불과하다고 하면서 인간이란 수많은 놀라운 기능을 수행하는 물리화학적·정보적 기계라고 하죠. 생각하고, 계획을 세우며, 합리적으로 판단하기도 하고, 또 감정을 느끼고, 아이디어를 떠올리기도 하며, 꿈도 꾸고 희망을 품으며 의사소통도 한다고요."

"그럼, 인간은 그저 다기능을 가진 물체 정도라고 하는 것이잖수. 이거 너무한 것 아닌가? 존엄성도 없고…"

"허무하기는 하지만 냉정하게 현실을 직시해야 해요. 영혼 또는 정신이란 육체의 다양한 기능들을 설명하기 위한 하나의 도구라고 봐야죠. 웃음을 예로 들어볼까요? 혹시 웃음을 본 적이 있나요?"

"본 적이 있지. 김 박사는 웃음을 못 봤수?"

"형님께서 본 것은 웃음이 아니라 웃는 얼굴을 본 것이지요. 웃음은 형체가 없잖아요. 형님께서 보신 것은 웃음이 아니라 웃는 얼굴의 모습, 그러니까 입술을 벌린 채 치아를 드러내는 등 일련의 특정한 육체적 행위를 본 것이지요. 치아나 입술, 잇몸, 혀 등은 육체의 일부지만 웃음은 아니죠. 웃음은 바로 사라져 없어지니까요. 이렇듯 영혼도 같은 것이지요."

"하하하. 듣고 보니 그러네. 웃음은 보이지 않는 것이었네."

"김 박사, 이제야 인간이란 존재, 아니 나란 존재에 관해 좀 더 깊이 알 수 있게 되었네."

죽음이란 무엇인가

나는 세 박사로부터 지구의 탄생으로부터 생명체의 기원, 인간으로의 진화과정, 그리고 인간의 육체와 영혼에 관해 소중한 이야기를 들었다. 하지만 아직도 궁금증이 완전히 풀린 것은 아니었다. 그래서 또 질문을 이어갔다.

"안 박사! 죽음이란 무엇일까? 사람이 영원히 살 수 없다는 것은 변하지 않는 진리 아닌가. 나이가 들어서인지 요즘은 젊을 때 같지 않고 죽음에 대해 관심이 높아져."

"그렇지. 이 지구상에 있는 생명체는 언젠가는 반드시 죽게 되는 것이 자연의 법칙이고, 또 나이가 들만큼 들었으니까… 이 문제도 김 박사가 설명해주는 것이 좋을 것 같은데?"

"그래야겠구먼. 앞서 잠깐 언급되기는 했지만, 설명이 많이 부족했던 것 같네. 좀 더 깊이 얘기해 볼까? 죽음이란 일반적인 인식으로 본다면 '생명이 없어지는 현상 또는 한 생명체의 모든 기능이 완전히 정지되어 원형대로 회복될 수 없는 상태'라고 하지. 그러나 간단히 그렇게만 볼 수 있는 문제는 아니고, 종교적, 철학적 관점과 생물학적 관점으로 나눠봐야 할 것 같아."

"아니, 종교적·철학적 관점은 무엇이고, 생물학적 관점은 또 뭐야?"

"우리가 죽음을 인식하는 데는 두 가지가 있어. 하나는 자기의 죽음이고, 또 다른 하나는 다른 사람의 죽음이야. 왜 두 가지로 나눠봐야 하느냐 하면, 타인의 죽음은 관찰 가능하지만 자기의 죽음은 스스로의 극한적 경험으로 상상이나 표상(表象)의 영역과 이어져 있기 때문이지. 이것 때문에 죽음에 대한 인식에 차이가 생겨나는 것인데, 그것이 바로 생물학적 관점으로 보느냐, 아니면 종교적, 철학적 관점으로 보느냐가 되는 것이고, 그에 따라서 지역별로 다양한 신화나 각종 의례가 생겨났지.

먼저 죽음을 종교나 철학적 관점에서 보자면, 서양과 동양이 달랐어. 서양의 그리스도교 문화권에서는 '죽음을 지상에서 한번 더럽혀진 육체가 소멸하는 것에 지나지 않는다'고 생각했고, 동양의 불교문화권에서는 '죽음을 생과 표리(表裏)관계를 이루면서 사후와 관계되어 있다'는 것으로 봤지. 하지만 유교의 창시자라고 보는 공자는 '지금도 생을 잘 모르는데 하물며 죽음에 대해 알겠는가'라고 하여 죽음의 영역을 알 수 없는 미경험의 영역으로 생각했지.

좀 더 자세히 얘기하자면, 불교경전 중 하나인 『반야심경』에 '불생불감(不生不滅) 불구불정(不垢不淨) 불증불감(不增不減) 무노사 역무로사진(乃至 無老死 亦無老死盡)'이라는 구절이 있어. 즉 낳지 않고, 사그라지지 않고, 더럽혀지지 않고, 깨끗해지지 않고, 더해지지 않고, 덜해지지 않고, 드디어 늙음도 죽음도 없고, 또한 늙음과 죽음이 없어지지도 않게 된다는 뜻이지. 해석해 보면 이 세상에 존재하는 모든 것은 실체(實體)가 없으며, 따라서 낳았다고 말할 수 있는 것도 없고, 사그라져 없어졌다고 말할 수 있는 것도 없으며, 그러므로 더럽혀진 것도, 깨끗한 것도, 더해졌느니, 덜해졌느니 따질 것도 없다는 것이야. 실체가 없으니 물질적 현상이나 감각, 표상, 의지 같은 것이 있을 수가 없고, 몸뚱이도 없다. 따라서 늙음과 죽음도 없는 것이다. 즉 '삶이 죽음이고 죽음이 삶이다'라는 뜻이지.

임진왜란 당시 승병을 이끌고 왜군을 물리쳤던 서산대사는 어느 날 죽음에 대해 이렇게 말했어.

'사람이 죽을 때는 단지 오온(五蘊)이 다 공(空)이고 사대(四大)가 내가 아님을 볼 것이다. 참 마음은 모습이 없어서 가는 것도 아니고 오는 것도 아니며, 살았을 때도 성품은 또한 살지 않았고, 죽을 때도 성품은 또한 떠나가지 않는다'라고.

이것이 무슨 뜻이냐 하면, 인간은 사대(四大)로 이루어지고 오온으로 살아간다는 것이야. 여기서 사대는 지수화풍(地水火風)으로 사람의 몸은 이 네 가지에 의하여 만들어져 있고, 오온은 색(色), 수(受), 상(想), 행(行), 식(識)의 다섯 가지로 색은 물질로서 육체이며, 수는 감각, 상은 개념 구성, 행은 의지, 식은 의식을 가리키는 것으로 살아 움직인다는 것을 나타내는 것이지. 즉 인간은 죽음을 맞이하고 나면, 육신이 진정한 '나'가 아니었다는 것을 깨닫게 되고, 그 동안 살아 움직였던 모든 활동들이 '공(空)'이라는 것을 알아차려야 비로소 진정한 자유인으로 해방된다는 것이지. 만약 그렇지 않고 이 세상에서 익힌 매듭이 조금이라도 남아 있다면 다시 얽매임으로 굴러다니게 된다는 의미야. 즉 죽음에 대한 불가(佛家)의 인식은 공(空)으로 삶과 죽음의 경계가 없다고 보는 것이야.

유가에서는 죽음에 대해 직접적으로 언급한 것은 없으나 삶을 알면 죽음은 저절로 알게 되며, 현세의 연장이 곧 내세임을 암시하는 내용들이 있지. 예를 들면 공자는 제자인 자로(子路)가 죽음에 대해 물었을 때, '미지생 언지사(未知生 焉知死)'라고 했어. 즉 '삶에 대해서도 모르거늘 어찌 죽음에 관하여 알겠는가'라고 했는데, 이는 바꿔 말하면 삶을 알게 되면 죽음은 저절로 알게 된다는 뜻이지. 그러면서 충효를 강조했는데 이는 '사람은 이 세상에 단독자(單獨者)로 오는 것이 아니라, 무수한 조상을 뿌리로 해 태어나는 것이며, '나'를 출발점으로 해 또 무수한 자손이 뻗어 나간다는 것을 가르친 것이야. 요약하면 유가에서는 죽음을 겨울이 가면 봄이 와서 새싹을 틔우듯이 '새로운 싹을 트이기 위한 사그라짐(消)이고 자라남(長)의 순환으로 본 것이지.

그에 반해 기독교에서는 '죽음을 원죄에 대한 처벌'이라고 했어. 『성경』로마서 5장 12절에 '이러므로 한사람으로 말미암아 죄가 세상에 들어오고 죄로 말미암아 사망이 왔나니 이와 같이 모든 사람이 죄를 지었으므로 사망이 모든 사람에게 이르렀느니라'라고 하여 죽음은 죄에 대한 벌이라고 했지.

기독교에서는 인간은 육체와 영혼으로 이루어져 있어 죽음도 두 가지로 구분하고 있지. 육체의 죽음은 생물학적 죽음으로 신체적 기능이 원상태로 회복될 수 없는 상태로 가는 것이고, 영혼은 분리되어 세상의 창조자이자 구원자인 하느님 앞으로 가 일생 동안의 일에 대해 심판을 받는 것이라고 하였지. 그리고 인류의 원죄를 뒤집어쓰고 죽은 예수 그리스도의 죽음에 동참하여 부활을 통해 구원을 받고 영생할 수 있는 것이라고 했지."

"듣고 보니 불가에서는 모든 것이 본래 공(空)이라 하여 삶과 죽음의 경계가 없다는 것이고, 유가와 기독교에서는 내세가 있다는 것을 전제로 현세에서의 행동이 죽음 이후의 내세에 영향을 미친다고 하는데, 과학의 눈으로 본 죽음은 어떠한가? 죽음 이후의 세계가 있다고 보는가?"

"의학계에서는 인간의 죽음에 대해 심장과 호흡, 뇌 활동의 정지상태를 기준으로 보고 있는데, 나는 생물학자로서 이런 분석들에 관해 전적으로 신뢰를 하고 있지. 죽음에 관한 문제는 의학자들이나 생물학자들이 많은 연구를 하고 그에 대한 결과물들을 내놓고 있는데, 그 중에 앞서 언급했던 셸리 케이건(Shelly Kagan)이란 교수는 그의 저서 『DEATH; 죽음이란 무엇인가』에서 죽음을 신체기능과 인지기능의 관점으로 분석을 하고 있어. 신체기능면에서 볼 때의 죽음이란 숨을 쉬고, 심장이 뛰고, 음식물을 소화하고, 몸을 움직이는 등 신체적 기능이 정지된 상태를 뜻하는 것이고, 인지기능면에서의 죽음은 의사소통을 한다든지, 창조성을 발휘한다든지, 자의식을 갖는다든지 하는 등의 생각활동이 정지된 상태를 의미한다고 했지. 그러면서 죽음이란 특별한 경우를 제외하고는 신체적 기능과 인지기능의 정지가 따로 나타나는 것이 아니고 동시에 나타난다고 했어. 예를 들면 숨을 쉬지 못하면 뒤이어 뇌 작용도 정지상태로 가게 된다는 것이지."

"김 박사. 그런데 특별한 경우가 뭐야?"

"예를 들면 어떤 사람이 길을 가다가 자동차에 치여 넘어지면서 뇌를 다쳤어. 다행히 그는 119의 도움으로 병원에 실려가 목숨을 구했지만, 인공호흡기 없이는 숨을 쉴 수가 없게 되었어. 그렇지만 소화, 순환, 혈압 등은 정상이어서 그야말로 식물인간이 된 거지. 가족들은 조만간 깨어날 것이라 믿으며 많은 시간을 기다렸지만 그는 깨어나지 못하고 계속 그대로였어. 이런 상황이라면 그는 죽은 것일까? 산 것일까? 신체기능면에서만 본다면 소화를 하고 배설을 하는 등 활동을 하고 있어 살아있다고 하겠지만, 인지기능면에서는 아무 것도 인식할 수 없는 상태야. 이런 경우를 특별한 경우라고 보는 것이지. 황 선생, 그 사람은 정말 살아있는 것일까? 죽은 것일까?”

“허허. 그런 경우도 있지. 인지기능이 정지된 뇌사상태를 뭐라고 해야 할까? 이장님은 어때요?”

“서울 양반, 또 나한테 넘기는 거유? 글쎄 살았다고 해야 하지 않겠수? 몸은 움직이고 있잖수.”

“이장님. 목숨은 붙어있지만 사람 구실을 못하잖아요? 영원히 못 일어난다면 살아있다고 하기가 곤란하지 않을까요?”

“두 분의 의견이 갈라지고 있는데, 황 선생이 죽었다고 보는 것은 인지기능 측면에서 보았을 때를 의미하는 것이고, 이장님께서 살아있다고 보는 관점은 신체기능 측면에서 보기 때문이죠. 그래서 의사들은 죽음에 대해 판정을 내릴 때, 신체기능 측면으로 볼 것인지 아니면 인지기능측면으로 볼 것인지, 그것도 아니면 두 가지 측면을 함께 고려할 것인지를 놓고 어려움을 겪는다고 해요. 전통적 정의에서는 신체기능을 중요하게 여겨 죽음을 심폐기능설에 근거를 두고 심장고동과 호흡운동의 정지상태, 그리고 신체의 각종 반사 기능이 영구적으로 정지한 것이라고 하고 있지만, 요즘은 인공심폐소생술이 발전하면서 심폐기능설은 설득력을 잃어가고, 인지기능을 중요시한 뇌사설이 더 설득력을 얻고 있어요. 즉 뇌가 완전히 정지된 상태를 죽음으로 보는 것이지요. 뇌사가 의학적으로 죽음으로 인정된 것은 1968년에 호주 시드니에서 열린 제22회 세계의학협회 총회(World Medical Assembly)에서 채택된 '시드니 선언'이었어요. 이후 여러 국가에서는 이 선언을 근거로 뇌사설을 채택하게 되었는데, 그 배경에는 심장 이식 등 장기 이식 수술을 필요로 하는 환자들이 늘어나는 것이 원인이었을 거예요.

우리나라는 1983년에 대한의학협회에 구성된 〈죽음의 정의 특별위원회〉가 마련한 죽음의 정의 및 뇌사 판정 기준을 통해 죽음을 '심장 및 호흡 기능과 뇌 반사의 불가역적 정지 또는 소실'로 보면서 뇌사를 사망으로 인정하기 시작했죠. 그러나 법률적으로 뇌사가 죽음으로 완전히 인정된 것은 아니고, 장기 기증자에 한해서 뇌사를 죽음으로 인정할 뿐이어서 뇌사자라도 장기 기증을 하지 않으면서 인공호흡기를 떼면 불법이 되는 애매모호한 상태에요."

"김 박사, 그러니까 전통적 심폐기능설을 유지하면서 조건부 뇌사설을 인정하는 것이네."

"현재는 그렇지. 우리나라는 이렇게 뇌사설이 조건부로 받아들여지고 있는 터에 다른 나라에서는 뇌사설을 넘어 세포사설을 논하고 있는데, 이 세포사설이 받아들여진다면 죽음에 관한 논쟁은 또 새로운 국면으로 전개되겠지. 무슨 뜻이냐 하면 인체는 37조 개가 넘는 세포로 이루어졌다고 알려져 있는데, 이 세포는 심장이나 뇌 활동이 정지된 후에도 일정기간 살아있게 되어 있어. 그 이유는 각 세포가 ATP 형태로 저장해둔 에너지를 모두 사용하기까지 세포는 살아있을 수밖에 없기 때문에 이 세포들이 ATP를 전부 소모하고 활동이 정지되는 시점을 죽음으로 보게 된다는 것이지. 이 에너지가 없으면 세포는 100% 살아날 수가 없게 되니까. 이 사세포설을 기준으로 한다면, 목이 잘린 사람도 당분간은 죽은 것이 아니지. 잘린 머리나 몸뚱이의 세포가 얼마 동안은 살아있을 테니까."

"허허, 죽음이란 문제도 간단치 않군!"

"그 뿐만이 아니야. 앞으로 유전자를 교체할 수 있는 기술이 발전되어 세포를 살릴 수 있게 된다면, 죽음이란 문제는 정말 새로운 국면을 맞이하게 될 거야. 이와 관련하여 미국의 컴퓨터과학자이자 발명가이며 공학자, 미래학자인 레이몬드 레이 커즈와일(Raymond Ray Kurzweil; 1948-)이 강력히 주장하는 기술적 특이점에 의하면 인간의 죽음 자체가 없어질 수도 있다고 해."

"기술적 특이점이 뭐길래?"

"인공지능이 극도로 발전하여 인간의 지능을 능가하는 시점부터는 매우 빠른 속도의 학습과 연쇄적 자체 개량을 통해 지능폭발을 일으키게 되고, 결과적으로 기술의 지속적, 가속적 발전으로 인해 인류 역사에 필연적으로 발생할 변곡점, 즉 비생물학적 초지능이 탄생하여 생물학적 지능의 총합을 넘어서는 시점을 기술적 특이점이라고 하는 것이야.

간단히 말하면 어느 시점에 이르면 인공지능이 인간보다 더 발전한다는 것이지. 그렇게 되면 인간을 죽게 만드는 원인이 인공지능의 기술로 치유할 수 있게 되어 죽음 자체가 사라지고 영원할 수 있다는 의미지. 지금으로 보면 좀 황당한 이론이라 할 수 있겠지만, 요즘 간혹 실시되는 실험을 보면 가능성이 전혀 없다고는 할 수 없어. 2016년에 있었던 인공지능 알파고와 우리나라 바둑 천재 이세돌과의 바둑대전이라든가, 2021년 모 방송사 신년특집으로 방영된 '세기의 대결 AI 대 인간'이라는 프로그램에서 인공지능 AI가 골프를 칠 때 바람의 세기, 방향, 속력, 타격 강도 등을 계산하여 공을 친다든가, 노래하는 AI가 특정 가수의 목소리를 분석하여 스스로 그 가수와 똑같은 목소리로 감정까지 실어서 노래를 부른다든가 하는 모습을 보면 섬뜩하잖아. 그런 것들이 모두 앞으로 인공지능이 어떻게 발전할지를 보여주는 것이지. 이렇게 계속 발전한다면 수십 년 후에는 세상이 레즈 커즈와일이 예측한 대로 변할지도 모르지."

"그럴 수도 있겠어. 그런데 지금까지 우리가 나눈 얘기는 생물학적 측면에서 바라본 죽음이잖아. 그런 문제는 어느 정도 이해가 되었네만 내가 정말 궁금한 것은 심리적 측면이 궁금해. 내가 죽음 앞에 있을 때, 과연 나는 죽음을 어떻게 받아들이고 어떻게 해야 할 것인가 말이야."

"나도 그 문제는 궁금하지. 나 자신을 장담할 수 없으니까. 안 박사, 혹시 이 문제에 대해 연구된 바가 있나?"

"있고말고. 전 세계의 철학자들도 죽음이란 무엇인가에 관해서 엄청난 관심과 연구를 하고 있지. 죽음은 나쁜 것인가? 나쁘다면 무엇 때문에 나쁜가? 인간은 왜 유한한 삶을 살아야 하는가? 유한한 삶을 살아가는 인간은 어디에 삶의 의미를 두고, 어떤 가치를 추구해야 하는가? 등 끝없이 연구를 진행하고 있지."

"안 박사. 그거 좋은 얘기네. 내가 궁극적으로 알고 싶었던 것 중의 또 하나가 바로 자네가 말한 거야. 이장님도 그렇게 생각하세요?"

"글쎄유. 사람이 살아가면서 근본적으로 궁금하게 생각하는 부분이기는 한데 내가 그것을 안다고 내 삶이 바뀔 것도 아니잖수. 하지만 사실 궁금하기는 해."

"그럼 얘기를 시작해 볼까요? 먼저 황 선생에게 물어야겠네. 죽음은 나쁜 것일까? 좋은 것일까?"

"대체적으로 많은 사람들이 영생을 바라니까 죽는 것은 나쁜 것이라고 해야 하지 않을까?"

"그럼, 반대로 영생은 좋은 것일까?"

"죽지 않고 오래 산다면 그보다 더 좋은 것이 어디 있어."

"하하하. 그럼, 의학적으로 고칠 수 없는 병에 걸려 고통스럽게 살아가는 사람도 영생을 바랄까?"

"그건 또 그렇군. 고통 속에서 오래 사는 것은 싫지."

"황 선생. 그럼, 자네가 좋아하는 일은 뭔가?"

"나는 먹고 노는 것을 좋아하지."

"그럼, 수만 년 수백만 년, 아니 죽지 않고 영원히 살면서 먹고 놀기만 한다면 그게 좋을까? 우리가 평소에 먹는 음식도 똑같은 메뉴로 몇 끼만 먹어도 지겨워서 싫증인 나는데?"

"듣고 보니 영생이란 문제가 꼭 좋다고만은 할 수가 없네."

"그래서 죽음을 바라볼 때, 두 가지 측면을 다 봐야한다네. 좋은 것은 무엇이고, 나쁜 것은 무엇일까 하고. 대체적으로 죽음이 나쁘다고 하는 사람들은 '추구할만한 가치가 있는 삶 또는 살아 있으면서 누릴 수 있는 것을 빼앗긴다는 것' 때문이라고 하는데, 학자들은 그런 것을 '박탈이론'이라고 불러. 반면에 죽음이 좋은 것이라고 하는 사람들은 '고통에서 벗어날 수 있기 때문'이라고 하지. 아픈 사람의 고통 또는 영생을 산다고 가정했을 때 같은 일만 반복하는 지겨움 같은 것….""

"그럼 추구할만한 가치란 것은 어떤 것이야?"

"그것은 차차 얘기하기로 하고, 먼저 인간의 조건, 즉 삶 이후에 죽음이 따른다는 진실에 대해 상호 어떤 효과가 있을까를 생각해 보자고. 이는 두 가지 측면으로 볼 수가 있어. 하나는 긍정적인 측면으로 삶이 유한하기 때문에 삶을 가치 있게 바라본다는 것이고, 또 하나는 부정적인 측면으로 인생의 맛, 즉 사랑하고 여행하고 운동하고 책을 읽고 상상하고 …하는 등의 일상에 관해 살짝 맛만 보고 빼앗긴다는 것이지. 그럼, 또 이런 의문이 생길 거야. 그래서 긍정적으로 보라는 것이냐, 아니면 부정적으로 보라는 것이냐 하고. 사실 이 문제는 획일적 가치로 답할 수는 없는 문제야. 각자에게 달린 문제지."

"그렇겠지. 개개인이 판단할 문제겠지. 그럼, 자네에게 이렇게 묻고 싶어. 어떻게 살아가라는 거야?"

"황 선생. 아주 좋은 질문이야. 언젠가 죽을 것이라는 것을 깨닫는 것은 삶의 방식에 커다란 영향을 미치니까. 우리 사회에서는 죽음에 다다른 사람들이 자식에게 유언을 남기는 일을 흔히 목격할 수 있지. 이제까지 살아오면서 나는 아내나 자식에게 못 해준 것이 많다, 그게 제일 아쉽다, 그러니 너희들은 어떠어떠하게 살아라, 유산은 어떻게 처리하라는 등. 이것을 자세히 들여다보면 그 말 속에는 만족할 만큼 충만한 삶을 살지 못했다는 의미가 들어있지. 그것은 '어떻게 살아가야 할까'라는 질문에 대해 삶을 충만하게 살라는 답을 내려준 것이야."

"좋아. 누구든지 죽음에 다다라 후회하지 않으려면 삶을 충만하게 살아야겠지. 그런데 인간들은 왜 반드시 유한한 삶을 살아야 할까? 또 유한한 삶 속에서 어떻게 사는 것이 충만한 삶일까?"

"인간이 왜 유한한 세월밖에 살 수 없을까? 이 문제도 두 가지로 얘기할 수 있어. 먼저 기독교 교리에 의거하면 전지전능한 신이 아담과 이브에게서 영생을 빼앗고 벌했기 때문이라 보는 것이고, 또 다른 하나는 비인간적인 우주론을 토대로 무에서 유가 창조되는 자연현상으로 보는 것이지. 즉 우주 공간에는 여러 물질들이 존재하고 있는데, 그 물질들이 다양한 형태로 결합했다가 분리되는 과정에서 생명체가 태어나고 진화해왔다는 것이지. 난 개인적으로 그런 자연선택론을 믿고 있어."

"안 박사. 난 기독교인으로서 『성경』에서 말하는 창조론을 믿고 있었던 게 사실이유. 그런데 세 사람으로부터 여러 얘기를 들으니 생각이 복잡해지는구먼."

"이장님, 그렇다고 제가 꼭 이것이 옳다고 강조하고 싶지는 않아요. 왜냐하면 삶에 있어서 창조론을 믿든 자연선택론을 믿든 지금 살아가고 있다는 것이 더 중요하고 감사할 따름이니까요. 그리고 단 한 번뿐인 유한한 삶을 어떻게 더 충만하게 살 것인가가 더 중요하니까요. 더군다나 끝없는 우주의 시간 속에서 인간의 삶은 그야말로 찰나에 불과할 뿐인데, 이 중요한 시간을 충만하게 채워야하지 않겠어요? 실패가 없는 충만한 삶을 살기 위해서는 두 가지를 명심해야 할 것 같아요. 첫째는 자신이 무엇을 할 것인지 목표를 선정하는 것이고, 둘째는 선정된 목표를 달성하는데 집중해야 한다는 것이죠. 목표가 잘못 선정되면 훗날 자신이 추구했던 목표가 최고의 선택이 아니라거나 가치가 별로 없는 것이라고 판단되었을 때 후회함은 물론이고, 그 후회를 만회하기 위해서 다른 목표를 선정하고 추진하는데 시간이 많이 부족하기 때문이죠. 그래서 삶은 신중하고 조심스럽게 살아가야 한다는 것이죠."

"그러니까 어떤 목표가 가장 가치 있고, 보람 있고, 의미가 있는 것인지를 잘 선택해야 한다는 것이쥬?"

"그렇죠. 그렇게 목표를 잘 선택하려면 두 가지 방법을 고려할 수가 있어요. 첫째 방법은 목표를 높게 잡는 것이고, 둘째는 낮게 잡는 것이죠. 그런데 목표를 너무 높게 잡으면 실패할 위험이 높기 때문에 우선 달성가능한 적정한 목표를 정하는 것이 중요하다는 것이에요. 예를 들면 의식주를 해결한다거나 이성을 사랑하는 것과 같은 일상적으로 얻을 수 있는 즐거움을 찾는 것이지요. 그래야 많은 것을 삶이라는 그릇에 채워 넣을 수 있으니까요. 하지만 이런 것만을 목표로 하면 정말로 중요한 가치를 잃을 수도 있어요. 사실 가치 있는 것들은 실패할 확률이 아주 높은 것들이지요. 예를 들면 인류에게 이로움이나 아름다움을 주는 일을 하는 음악가, 소설가, 시인, 교수, 과학자… 등이 되겠다고 한다면, 그것은 일상적으로 얻을 수 있고 성공가능성이 높은 의식주 해결 등을 목표로 하는 삶보다는 가치가 더 있다고 하겠지만, 성공할 확률은 낮다는 것이죠. 황 선생은 어느 것을 택하겠어?"

"안 박사, 꼭 두 가지로만 정할 수 있는 것은 아니잖아. 그 중간형도 있지 않을까?"

"그렇지. 그 중간형도 있을 수 있지. 두 가지를 적절하게 섞은 중간목표, 그렇다면 어떤 목표가 더 많은 가치를 가졌는지 따져봐야겠지. 삶의 가치를 따져보려면 또 두 가지를 고려해야 해. 그것이 무엇이냐 하면 행복 점수와 삶의 길이로 따져봐야 할 것 같아. 예를 들면 이런 것이야. 어떤 일을 했을 때 정말 행복했다면 그 행복한 정도를 100분위로 판단해 몇 점에 해당되는지를 정하는 거야. 그리고 그 행복이 얼마나 지속가능한 것이냐를 따져 그 총량을 계산해야 한다는 것이지. 그렇게 여러 목표를 비교하면 어떤 목표가 삶의 가치가 크고 높은지를 알겠지."

"그렇지만 행복도가 10이고 수명이 200년간 지속된다면 행복의 총량은 2,000이 되지만, 행복도가 50이고 수명이 30년이면 1,500이 되니까 행복도가 낮은 것이 더 좋은 것이 아닐까? 즉 행복하지는 않지만 오래 살 수 있다는 것과 행복하지만 짧게 사는 것 중에서 어느 것에 가치를 두느냐에 따라 달라지는 것은 아닐까?"

"그렇지. 그래서 삶을 평가하고 선택을 할 때는 전체 행복의 총량만을 계산할 것이 아니라, 살아가면서 이룩한 성취가 얼마나 가치가 높은 곳까지 이르렀느냐는 하는 삶의 질에 더 많은 관심을 가져야 한다는 것이야. 그래서 독일의 시인 프리드리히 횔덜린(Friedrich Holderlin; 1770-1843)은 〈운명의 여신들에게〉라는 자신의 시에서 이렇게 표현했어.

여신들이시여, 제 노래가 완전히 무르익도록
한 철의 여름과 가을을 더 허락하소서.
제 노래의 달콤함을 마음껏 누리고 나서
기꺼이 죽으리다.

살아서 거룩한 권리를 누리지 못한 영혼은
죽어서도 편히 쉬지 못하나이다.
그러나 제 마음속에 성스러움이 충만하면 시는
결실을 맺으리다.

그때가 되면 암흑세계의 정적마저도
기쁜 마음으로 받아들여
제 노래를 두고 떠나라 하더라도 결코
불평하지 않으리다.
적어도 한 번은 신들처럼 살아봤으니
더 이상 바랄 게 없나이다.

이 시에서 휠덜린은 삶의 양에는 전혀 신경 쓰지 않고, 자신이 원하는 소중한 성취를 이룬다면 그것으로 충분하다고 삶의 질을 중요시했어. 이 세상 사람들은 대체적으로 자신이 놀라운 업적을 이룩했을 때, 다른 사람들이 자신을 오랫동안 기억해 줄 것이라 믿으며 그 속에서 영생의 느낌을 받는다고 해."

"다 좋아. 그런데 이런 형태의 영생도 가치가 있을까? 내가 어디서 들은 바에 의하면, 미국의 영화감독인 우디 앨런(Woody Allen; 1935-)이란 사람은 '작품을 통해서 영생을 누리고 싶지는 않다. 나는 정말로 영원히 사는 영생을 원한다'라고 했다던데…"

"그랬지. 철학자 쇼펜하우어(Arthur Schpenhauer; 1788-1860)도 '먼지에 불과한 단순한 물질을 보고 어떻게 우리의 진정한 내적 본성의 영속을 떠올릴 수 있다는 말인가?'라고 질문을 하며, '오, 여러분 이 먼지를 알아보겠는가? 그게 무엇인지, 무슨 일을 할 수 있는지 알 수 있겠는가? 아무 것도 아니라고 무시하기 전에 먼저 그 먼지를 들여다보자'고 했어.

이 뜻은 인간도 원자적 관점으로 보면 하나의 먼지에 불과하다는 것이지. 사람이 죽어서 화장을 하면 인체를 구성하고 있던 물질들은 원 상태인 원자로 변해 날아가 없어지고 말잖아. 그런데 그 날아가 버린 먼지 형태의 원자를 보고 생명의 영속을 떠올릴 수 있느냐는 것이야. 그렇지만 한편으로는 그것과 달리 생각할 수도 있지. 날아간 그 먼지는 언젠가 다시 다른 물질과 결합하여 식물이나 동물 등 하나의 생명체로 태어날 수 있을 테니까. 그런 우주의 순환원리가 있다고 해서 우리가 영속한다고 할 수 있을까? 그 속에서 위안을 받을 수 있을까?"

"안 박사. 듣고 보니 쇼펜하우어의 주장이 일리가 있는 말이긴 한데 그것을 영생이라고 볼 수는 없지."

"그래서 그런 것을 유사영생이라고 해. 나는 솔직히 쇼펜하우어의 주장처럼 내 몸의 일부가 먼지로 남아 있기에 위안을 받는다는 것에는 동의하지 않아. 그렇지만 사는 동안 자신이 목표를 설정하고 그것을 달성했다면 성취감을 느껴 삶에 위안을 받을 수 있다고 생각해. 휠덜린의 시가 200년이 지난 지금에도 이렇게 남아 읽히듯이 여러 학자들의 중요한 연구 결과나 저명한 소설가의 소설, 저명한 시인의 시는 지금도 읽혀지고 있고, 저명한 음악가들의 작품들이 지금도 연주되고 있는 것을 보면, 그러한 성취들은 그 가치가 증명되고 있는 것 아니겠어? 사후에도 계속 존재할 수 있는 성취를 일구어낸 삶, 그것이 진정한 가치이고 한편으로는 유사영생이라고도 할 수 있겠지.

지금까지 우리는 오랜 시간 동안 죽음은 무엇이고, 죽음은 나쁜 것인가 아니면 좋은 것인가에 대해 얘기를 했어. 그렇지만 확고하게 이것은 나쁘다 좋다고 결론짓기에는 무리가 있다고 봐. 박탈이론을 기본으로 하여 삶은 좋은 것이고 죽음은 상실이라는 생각은 서양적 사고이고, 그에 반해 삶의 상실이 나쁜 것이 아니라고 하는 생각은 동양적 사고야. 불교의 삼법인인 제행무상(諸行無常), 제법무아(諸法無我), 일체개고(一切皆苦), 즉 모든 것은 변하기 때문에 고정된 것이 없다. 그래서 자아란 존재도 없는 것이고 그렇기 때문에 괴롭다. 그러니 '나'라는 존재로부터 벗어나라. 그러면 죽음에 대해 두려울 것도 없다는 것이지.

장황하게 여러 가지를 얘기했지만, 결국은 모든 것은 각자의 판단에 맡길 수밖에 없어. 그렇지만 이것만큼은 잊지 말고 생각해 봐야 할 것 같아. '삶을 가장 가치 있게 만들어주는 것은 무엇인가?' 그런 생각을 가지고 삶을 살아간다면 좀 더 의미 있는 삶이 되지 않을까?"

"윤 박사, 김 박사, 그리고 안 박사! 지난 3일 동안 있었던 일을 생각해 보니 나는 평생을 살아오면서 이렇게 의미 있는 시간을 가져본 적이 없었어. 내 삶에 대해 깊이 생각해볼 겨를도 없이 아내의 남편으로서, 또 아이의 아버지로서 그들의 생존을 책임지려 발버둥하며 살았지. 어떻게 생각하면 지난 시간들이 허무하기도 하지만, 각자 자기의 자리에서 나름 생활을 잘 하고 있는 가족들을 생각하면 일견 보람이 있기도 하지. 하지만 앞으로는 보다더 내 삶에 충실해지고 싶어.

아무튼 나 자신의 존재를 깨우치게 시간을 내준 세 박사님들께 진심으로 감사의 인사를 드리네. 그런 뜻에서 오늘 저녁은 이 섬에서 최고로 맛있는 음식과 술을 대접하고 싶네. 받아 줄 거지?"

나는 진심으로 이장님과 세 박사에게 감사의 뜻을 전하고 싶었다. 그래서 준비할 수 있는 최고의 해산물들로 모처럼 편안하게 만찬을 즐겼다.

그리고 밤늦게 잠자리에 들었지만 좀처럼 잠이 오지 않아 달빛 쏟아지는 바닷가로 나가 고요가 뒤덮인 해안가를 걸었다.

밤하늘을 수놓은 무수한 별과 도도히 흐르는 은하수, 밀려왔다 밀려가는 파도에 휩쓸려 속삭이는 자갈의 사그락 소리, 숲에서 들려오는 풀벌레 울음소리…등 자연을 만들어내고 있는 아름다운 모든 것들이 새롭게 다가왔다. 그리고 너무 감사했다. 광대한 우주 속에 서있다는 현실에, 눈에 보이는 모든 생명체들이 나의 형제자매들이고, 나의 일부라는 생각에. 끝.

○ 참고도서

『종의 기원』·찰스 다윈. 2019. 7. 31. 장대익 옮김. 사이언스북스.

『인간의 유래와 성선택』 찰스 다윈. 2019. 3. 25. 이종호 옮김.
지식을 만드는 지식.

『천체의 회전에 관하여』 니콜라우스 코페루니쿠스. 1998. 4. 5.
민영기 외 옮김. 서해문집.

『꿈의 해석』 지그문트 프로이트. 2007. 6. 1. 이환 옮김. 돋을새김.

『갈릴레오 갈릴레이』 아이너 테일러. 2005. 2. 25. 권경희 옮김.
랜덤하우스코리아.

『파이돈』 플라톤. 2009. 2. 25. 최현 옮김. 범우.

『국가』 플라톤. 2014. 11. 12. 최광열 옮김. 아름다운날.

『총,균,쇠』 제레드 다이아몬드. 1998. 8. 8. 김진준 옮김. 문학사상사.

『DEATH 죽음이란 무엇인가』 셸리 케이건. 2012. 11. 21.
박세연 옮김. 엘도라도.

『원자, 인간을 완성하다』 커트 스테이저. 2014. 11. 25. 김학영 옮김.
반니.

『생명이란 무엇인가』 폴 너스. 2021. 1. 15. 이한음 옮김. 까치.

『한 문장으로 시작하는 철학수업』 박홍순. 2019. 5. 31. (주)웨일북.

『초인수업』 박찬국. 2014. 10. 20. 21세기북스.

『우울할 땐 뇌과학』 앨릭스 코브. 2018. 3. 20. 정지인 옮김. 심심.

『철학카페에서 시읽기』 김용규. 2011. 11. 14. 웅진지식하우스.

『2050 거주불능 지구』 데이비드 월러스 웰즈. 2020. 4. 20. 김재경 옮김.
청림출판(주).

『우리는 결국 지구를 위한 답을 찾을 것이다』 김백민. 2021. 6. 10.
블랙피쉬.

『스킨. 피부색에 감춰진 비밀』 니나 자블론스키. 2012. 5. 10.
　진선미 옮김. 양문.

『성경』

『원리론』 오리게네스. 2014. 6. 13. 이성효 옮김. 아카넷.

『에티카』 스피노자. 2017. 10. 10. 강영계 옮김. 서광사.

『소유냐 존재냐』 에리히 프롬. 2007. 4. 20. 차경아 옮김. 까치.

『신경과학과 마음의 세계』 제럴드 에델만. 2010. 12. 20. 황희숙 옮김.
　범양사.

『판스워스 교수의 생물학 강의』 프랭크 H 헤프너. 2004. 2. 10.
　윤소영 옮김. 도솔.

『나는 천국을 보았다』 이븐 알렉산더. 2013. 4. 8. 고미라 옮김.
　김영사.

『인간의 마지막 순간에서』 샐리 티스테일. 2019. 6. 19. 박미경 옮김.
　Baing.

『내가 죽음을 선택하는 순간』 마리 두루베. 2014. 11. 25. 임영신 옮김.
　WILLCOMPANY.

『우리는 왜 죽음을 두려워할 필요가 없는가』 정현채. 2018. 8. 13.
　비아북.

○ 기타 논문 등

저자 약력

황성운(黃成雲)

저자는 경기도 시흥에서 태어나 장교로 30년 복무하고, 예편 후 국방부 산하기관에서 다년간 근무하였으며, 퇴직 후 월간 《한맥문학》으로 문단에 등단하였다.

인간의 내면세계와 삶의 문제에 많은 관심을 가지고 꾸준한 연구를 통해 관련된 책을 저술하고 있다.

저서로 시집 『나에게 띄우는 편지』, 장편소설 『사실은 내시였다』, 인문서 『존재, 생과 사의 본질을 추적하다』가 있다.

수상경력으로 군 복무기간 중에는 대통령 표창을 비롯하여 국방장관·참모총장 표창 등 24회의 표창을 수상하였고, 등단 후에는 한맥문학신인상, (사)함께하는 아버지들이 선정하는 2016 올해의 아버지상 대상을 수상하였다.

존재
생과 사의 본질을 추적하다

초판 인쇄 2022년 01월 25일
초판 발행 2022년 01월 30일

지은이 : 황성운
펴낸이 : 연규석
펴낸데 : 도서출판 고글

서울특별시 용산구한강로 40길 18
등록 / 1990년 11월 7일(제302-000049호)
전화 / (02)794-4490, (031)873-7077